经 典 作 家 十 五 讲

齊文軒

经典作家十五讲

Fifteen Literature Classes on Grandmasters

曹文轩
- 著 -

江苏凤凰文艺出版社
JIANGSU PHOENIX LITERATURE AND ART PUBLISHING

图书在版编目（CIP）数据

经典作家十五讲 / 曹文轩著. -- 南京：江苏凤凰文艺出版社，2024.10. -- ISBN 978-7-5594-8980-7

Ⅰ．I106

中国版本图书馆 CIP 数据核字第 2024B74E28 号

经典作家十五讲

曹文轩 著

选题策划	胡杨文化　何崇吉
责任编辑	白　涵
特约编辑	孙明新　杨秋怡
装帧设计	今亮后声
责任印制	冯红霞
出版发行	江苏凤凰文艺出版社
	南京市中央路 165 号，邮编：210009
网　　址	http://www.jswenyi.com
印　　刷	北京中科印刷有限公司
开　　本	880 毫米 × 1230 毫米 1/32
印　　张	12.25
字　　数	245 千字
版　　次	2024 年 10 月第 1 版
印　　次	2024 年 10 月第 1 次印刷
书　　号	ISBN 978-7-5594-8980-7
定　　价	75.00 元

江苏凤凰文艺版图书凡印刷、装订错误，可向出版社调换，联系电话 025-83280257

我是一个承认文学是有规律可循的人,是一个承认文学标准并顽固地坚持标准的人。我始终认为文学是有恒定不变的基本面的。它既存在于西方也存在于中国,既存在于昨天也存在于今天。

——曹文轩

目 录

引　　言　　解读四个成语 _ VI

第 一 讲　　"细瘦的洋烛"及其他 - 读鲁迅 _ 001

第 二 讲　　达夫词典 - 读郁达夫 _ 031

第 三 讲　　圈子里的美文 - 读废名的《桥》_ 051

第 四 讲　　回到"婴儿状态" - 读沈从文 _ 073

第 五 讲　　面对微妙 - 读钱锺书的《围城》_ 089

第 六 讲　　水洗的文字 - 读汪曾祺 _ 107

第 七 讲　　樱桃园的凋零 - 读契诃夫 _ 141

第 八 讲　　银斧高悬 - 读陀思妥耶夫斯基 _ 167

第 九 讲　　春花秋月杜鹃夏 - 读川端康成 _ 195

第 十 讲　　寂寞方舟 - 读普鲁斯特 _ 219

第十一讲　　一根燃烧尽了的绳子 - 读毛姆 _ 243

第十二讲　　天际游丝 - 读卡尔维诺 _ 269

第十三讲　　无边无际的眩晕 - 读博尔赫斯 _ 293

第十四讲　　进入现代形态 - 读米兰·昆德拉 _ 315

第十五讲　　结语：混乱时代的文学选择 _ 337

附　　录　　三个放羊的孩子：三个文学的隐喻 _ 360

引　言

解读

四个成语

这四个成语可能与文学有关，与文学的生命有关。它们分别是"无中生有""故弄玄虚""坐井观天"和"无所事事"。

无中生有

从某种意义上讲，文学就是无中生有。无中生有的能力是文学的基本能力。也可以说，无中生有应是文学所终生不渝地追求的一种境界。

由于无止境的精神欲求和永无止境的创造的生命冲动，人类今天已经拥有一个极为庞大的、丰富的、灿烂辉煌的精神世界——第二世界。造物主创造第一世界，而人类创造第二世界。这不是一个事实的世界，而是一个无限可能的空白世界，创造什么，并不是必然的，而是自由的。我们要丢下造物主写的文章去写另一篇完全出自我们之手的文章。我们眼前的世界，既不是造物主所给予的高山河流、村庄田野，也不是硝烟的人世，而只是一片白色的空虚，是"无"。但我们要让这白色的空虚生长出物象与故事——这些物象与故事实际上是生长在我们无边的心野上。

我们可以对造物主说：你写你的文章，我写我的文章。空虚、无，就像一堵白墙——一堵高不见顶、长不见边的白墙。我们把无穷无尽、精彩绝伦、不可思议的心象，涂抹到了这堵永不会剥落、倒塌的白墙上。现如今，这堵白墙上已经斑斓多彩、美不胜收……这个世界已变成人类精神生活中不可分割的部分。

这个世界不是归纳出来的，而是猜想演绎的结果。它是新的神话，也可能是预言。在这里，我们要做的，就是给予一切可能性以形态。这个世界的唯一缺憾就是它与我们的物质世界无法交汇，而只能进入我们的精神世界。我们的双足无法踏入，但我们的灵魂却可完全融入其间。它无法被验证，但我们却又坚信不疑。

无中生有就是编织，就是撒谎。

劳伦斯反复说："艺术家是个说谎的该死家伙，但是他的艺术，如果确是艺术，会把那个时代的真相告诉你。"而这一思想的最后表述是由纳博科夫来完成的："一个孩子从尼安德特峡谷里跑出来大叫'狼来了'，而背后果然跟一只大灰狼——这不成其为文学；孩子大叫'狼来了'而背后并没有狼——这才是文学。那个可怜的小家伙因为撒谎次数太多，最后真的被狼吃掉了纯属偶然，而重要的是下面这一点：在丛生的野草中的狼和夸张的故事中的狼之间有一个五光十色的过滤片，一副棱镜，这就是文学的艺术手段。……我们也可以这样说：艺术的魔力在于孩子有意捏造出来的那只狼身上，也就是他对狼的幻觉；于是他的恶作剧就构成了一篇成功的故事。他终于被狼吃了，从此，坐在篝火旁边讲这个故事，就带上了一层警世危言的色彩。但那个孩子是小魔法师，是发明家。"

写作者应该是那个放羊的孩子。

故弄玄虚

要体会这个成语，可以回味一下两个早被谈得起了老茧的作家：博尔赫斯和卡尔维诺。

博尔赫斯的视角永远是出人预料的。他一生中，从未选择过大众的视角。当人们人头攒动地挤向一处，去共视同一景观时，他总是闪在一个冷僻的无人问津的角度，用那双视力单薄的眼睛去凝视另样的景观。他去看别人不看的，看出别人看不出的。他总有他自己的一套——一套观察方式、一套理念、一套词汇、一套主题……

这个后来双目失明的老者，他坐在那把椅子上所进行的是玄想。

他对一切都进行玄想——玄想的结果是一切都不再是我们这些俗人眼中的物象。

"镜子"是博尔赫斯小说中一个常见的意象，也是一个最富有个性的意象。在博尔赫斯看来，镜子几乎是这个世界之本性的全部隐喻。"镜子从远处的走廊尽头窥视着我们。我们发现（在深夜，这种发现是不可避免的）大凡镜子，都有一股妖气。"更糟糕的是，它如同父性一般，具有增殖、繁衍的功能。博尔赫斯一向害怕镜子，他说："我对上帝及天使的顽固祈求之一，便是保佑我不要梦见镜子。"

我同意这种说法，博尔赫斯的作品是写给成年人的童话。而另一个写成年童话的作家卡尔维诺更值得我们去注意。他每写一部作品，几乎都要处心积虑地搞些名堂，这些名堂完全出乎人的预料，并且意味深长。我不知道这个世界上还有哪一位作家像他那样一生不知疲倦地搞出一些人们闻所未闻、想所未想的名堂。他把我们带入一个似乎莫须有的世界。这个世界十分怪异，以至于让人觉得不可思议。我们总会有一种疑问：在我们通常所见的状态背后，究竟还有没有一个隐秘的世界？这个世界另有逻辑，另有一套运动方式，另有自己的语言？

"世界正在变成石头。"卡尔维诺说，世界正在"石头化"。我们不能将石头化的世界搬进我们的作品。我们无力搬动。文学家不是比力气，而是比潇洒、比智慧。面对博尔赫斯与卡尔维诺的玄想——故弄玄虚，我们是否应该得到一些启发：中国文学应该如何启动自己关注一些玄虚的问题——形而上的问题的功能？

坐井观天

我们假设,这个坐井者是个智者,他将会看到什么?坐井观天,至少是一个新鲜的、常人不可选择的观察角度,并且是一种独特的方式,而所有这一切,都将会向我们提供另一番观察的滋味与另样的结果。

什么叫文学?

文学就是一种用来书写个人经验的形式。

从这个意义上讲,只要那个作家在创作时尊重了自己的个人经验、是以个人的感受为原则的,那么他在实质上就不能不是坐井观天的。

"每个人在不同的时空背景之下,会得到不同的经验。"这几乎是一个常识性的问题。许多年前,一个打工的女孩经常来北大听我的讲座,她告诉我,她小时候在冬天的晚上最喜欢做的一件事是:帮家里洗碗。我觉得这太奇怪了。洗碗是我们很多人最不愿意做的一件事,所以才发明了洗碗机嘛。她解释道,小时候家里很穷,穷到连几分钱一盒的蛤蜊油都买不起,于是,她想通过洗碗在干燥的手背上找到一点点油腻的感觉。我敢断言,这种经验是她个人所独有的。

我们没有理由不在意我们自身的经验。我们应当将自己的作品建立在自己经验的基础上。经验是无法丢失的前提。

《红瓦》刚出来的时候,一位批评家指出,他没有想到我会这样写"文化大革命"。因为在此之前,作家一涉及"文化大革命",都在写集体性的记忆。但其实,不同人的"文革"是不一样的。《红瓦》的背景是"文革",但绝不是现在一般作品中所记忆的集体性的"文革"。那时,我才十一岁,刚上中学。我的父亲把我交给一个女语文老师。她领着我们一群孩子过长江到上海去串联,路途要经过苏北小城南通。当时,我的感觉是:整个世界沦陷坍塌了,所有的人都集中到了南通。因为人流滚滚,我们小孩子经常被挤丢。老师很着急,用张艺谋的电影来讲,"一个都不能少"。她经常是找到一个孩子,另一个孩子又没了,非常紧张。于是,她在街头给我们每个小孩买了一个玩具。那是一种用塑料做的鸟,灌上水,鸟尾巴上有一小眼,嘴对着小眼一吹,水就在里面跳动,会发出一种欢鸣的声音。她告诉我们,如果谁掉队了,就站着别动,吹水鸟,她就会循着声音找谁。这样的效果很好。当时,男孩女孩全拿着一只水鸟一路走在南通小城,那真是南通小城的一道风景线。

后来,我们这个串联小分队得到了一张集体船票,准备坐东方红一号到上海。码头上人山人海,非常混乱。老师知道把一个队伍完整保持到船上,根本不可能。于是,她让大家上船以后在大烟囱下集合。队伍哗的一声散掉了，大家各奔东西。我开始拼命吹水鸟，但是没有一个人呼应我。我很焦急。吹了很久，远处终于有一个人呼应我，我当时的心情不知道有多么激动，就像一个地下党员跟组织接头，接了好久没接上，现在终于接上了。然后，我吹一个长声，他就吹一个长声；我吹一个短声，他就吹一个短声；我吹一长一短，他也吹一长一短——像两只小鸟在一起合鸣。

后来，我上了船，到了大烟囱下，却发现没有我的老师和同学。随着一声汽笛长鸣，东方红一号缓缓离开江岸，向江心开去。我到处找大家，不停吹水鸟，吹得嘴唇都麻木了。最后回到大烟囱下，依然没有一个人。这时，我知道了，今天上了船的就只有我一个人。你们知道我当时最恨的是什么吗？恨我的机灵呀。大家想想，一个十一岁的只去过县城两三次的小男孩，在秋天的黄昏，一个人在长江之上，他是一种什么心情。当然，他是非常悲哀的。我印象很深，我当时趴在栏杆上哭，不是那种悲愤的号啕大哭，好像哭声中还带着一种甜丝丝的感觉。看着眼泪随着风儿飘忽摇摆，我觉得很好玩，就再哭；哭累了，就在大烟囱下睡着了。睡到深夜，模模糊糊的不知道什么时候醒来了，就拿起水鸟接着吹。这时，隐隐约约觉得一个苍茫的地方有人用水鸟呼应我。我生怕这是幻觉，摸摸我的帽子，摸摸我的行李，确信是真的，于是我拼命地一边吹一边往船尾跑，那个人也拼命向我这里跑。最后，我们会合了。在灰暗的灯光下，我看到那不是一个男同学，而是一个女同学，而且，最让人尴尬也让我能回味无穷的是：那个女孩是自从我上初中以后全班同学拿她和我开玩笑的那个女孩。下面还有很长的故事，我不再讲了。我说这些，只是为了说明：文学必须回到个人的经验上来。

一个小说家自己的鲜活感觉大概永远是最重要的。

无所事事

卧病在床的普鲁斯特留给我们"无所事事"的印象,而"无所事事"恰恰可能是文学写作所需要的上佳状态。由无所事事的心理状态而写成的看似无所事事而实在有所事事的作品,在时间的淘汰下,最终反而突兀在文学的原野上。

中国文坛少有无所事事的作家,也少有无所事事的作品。我们太紧张了。我们总是被沉重的念头压着。我们不恰当地看待了文学的社会功能,将文学与社会紧紧捆绑在一起,对当下的社会问题表现出了过分的热情。普鲁斯特对我们来说,是一个启发。他在无所事事的状态之下,发现了许多奇妙的东西,比如说姿势——姿势与人的思维、与人物的心理,等等。在《追忆似水年华》中,他用了许多文字写人在不同姿势之下会对时间产生微妙的不同的感觉:当身体处于此种姿势时,可能会回忆起十几年前的情景,而当身体处于彼种姿势时,就可能在那一刻回到儿时。"饭后靠在扶手椅上打盹儿,那姿势同睡眠时的姿势相去甚远……"他发现姿势奥妙无穷:姿势既可能会引起感觉上的变异,又可能是某种心绪、某种性格的流露。因此,普鲁斯特养成了一个喜欢分析人姿势的习惯。当别人去注意一个人在大厅中所发表的观点与理论时，普鲁斯特关闭了听觉，只是去注意那个人的姿势。他发现格朗丹进进出出时，总是快步如飞，就连出入沙龙也是如此。原来此公长期好光顾花街柳巷，但却又总怕人看到，因此养成了这样步履匆匆的习惯。

人在无所事事的佳境，要么就爱琢磨非常细小的问题，比如枕头的问题、姿势的问题、家具的问题，要么就爱思考一些大如天地的、十分抽象的问题。这些问题自有人类历史的那一天就开始被追问，是一些十分形而上的问题。在普鲁斯特这里，他是将这些细小如尘埃的问题与宏大如天地的问题联系在一起思考的——在那些细小的物象背后，他看到了永世不衰、万古长青的问题。

作家也是知识分子，但却是知识分子的一种。他既需要具备一般知识分子的品质，同时又需要与一般知识分子明确区别开来。作为知识分子，他有责任注视"当下"。面对眼前的社会景观，他必须发言，必须评说与判断。"知识分子"这一角色被规定为：他必须时刻准备投入"当下"。李敖甚至将知识分子一生的使命定位在唱反调上。他说，刽子手不杀人，这是他的失职，而一个知识分子不唱反调也是失职。当一个知识分子对他所处的环境中所发生的种种事件竟然无动于衷、麻木不仁时，他就已经放弃了对"知识分子"这一角色的坚守。在庞大的国家机器中，知识分子永远是强劲的驱动力。

然而，当他在作为知识分子中的一种——作家时，他则应该换上另一种思维方式。他首先必须明白，他要干的活儿，是一种特别的活儿。作家所关心的"当下"应含有"过去"与"将来"。他并不回避问题，但这些问题是跨越时空的：过去存在着，当下存在着，将来仍然会存在着。这些问题不会因为时过境迁而消失。此刻，那些琐碎的、有一定时间性和地域性的事物在他的视野中完全消失了——他可以视而不见，而看到的是——用米兰·昆德拉的话讲，是"人类存在的基本状态"。"写小说应该写的，这是小说存在的唯一理由。"（米兰·昆德拉）

第一讲

『细瘦的洋烛』及其他

读鲁迅

细瘦的洋烛

在《高老夫子》中，鲁迅写道："不多久，每一个桌角上都点起一枝细瘦的洋烛来，他们四人便入座了。"

描写洋烛的颜色，这不新鲜；描写洋烛的亮光，这也不新鲜。新鲜的是描写洋烛的样子：细瘦的。这是一个很有耐心的人的观察。鲁迅小说被人谈得最多的当然是它的思想意义，而鲁迅作为一个作家所特有的艺术品质，一般是不太被人关注的。这是一个缺憾，这个缺憾是我们在潜意识中只将鲁迅看成是一个思想家所导致的。我们很少想起：鲁迅若不是以他炉火纯青的艺术向我们展示了他的文字，我们还可能如此亲近他吗？

作为作家，鲁迅几乎具有一个作家应具有的所有品质。而其中，他的那份耐心是最为出色的。

他的目光横扫着一切，并极具穿透力。对于整体性的存在，鲁迅有超出常人的概括能力。鲁迅小说视野之开阔，在现代文学史上无一人能望其项背，这一点早成定论。但鲁迅的目光绝非仅仅只知横扫。我们必须注意到横扫间隙中或横扫之后的凝眸：即将目光高度聚焦，察究细部。此时此刻，鲁迅完全失去了一个思想家的焦灼、冲动与惶惶不安，而是显得耐心备至、沉着备至、冷静备至。他的目光细读着一个个小小的点或局部，看出了匆匆目光不能看到的情状以及意味。这种时刻，他的目光会锋利地将猎物死死咬住，绝不轻易松口，直到读尽那个细部。因有了这种目光，我们才读到了这样的文字：

四铭尽量的睁大了细眼睛瞪着看得她要哭，这才收回眼光，伸筷自去夹那早先看中了的一个菜心去。可是菜心已经不见了，他左右一瞥，就发现学程（他儿子）刚刚夹着塞进他张得很大的嘴里去，他于是只好无聊的吃了一筷黄菜叶。

（《肥皂》）

马路上就很清闲，有几只狗伸出了舌头喘气；胖大汉就在槐阴下看那很快地一起一落的狗肚皮。

（《示众》）

他刚要跨进大门，低头看看挂在腰间的满壶的簇新的箭和网里的三匹乌老鸦和一匹射碎了的小麻雀。

（《奔月》）

鲁迅在好几篇作品中都写到了人的汗。他将其中的一种汗称之为"油汗"。这"油汗"二字来之不易，是一个耐心观察的结果。这些描写来自目光的凝视，而有一些描写则来自心灵的精细想象：

……一枝箭忽地向他飞来。

羿并不勒住马，任它跑着，一面却也拈弓搭箭，只一发，只听得铮的一声，箭尖正触着箭尖，在空中发出几点火花，两枝箭便向上挤成一个"人"字，又翻身落在地上了。

（《奔月》）

小说企图显示整体，然而，仿佛存在又仿佛无形的整体是难以被言说的。我们在说《故乡》或《非攻》时，能说得出它的整体吗？当你试图要进行描述时，只能一点一点地说出，而此时，你会有一种深切的感受：一部优秀的小说的那一点一滴，都是十分讲究的。那一点一滴都显得非同一般、绝妙无比时，那个所谓的整体才会活生生地得以显示，也才会显得非同寻常。这里的一点一滴又并非是仓库里的简单堆积，它们之间的关系、互相照应等，也是有无穷讲究的。在它们的背后有一个共同的基本原则、基本美学设定和一个基本目的。它们被有机地统一起来，犹如一树藏于绿叶间的果子——它们各自皆令人赏心悦目，但它们又同属于同一棵树——一树的果子，或长了一树果子的树，我们既可以有细部的欣赏，也可以有整体的欣赏。但这整体的欣赏，不管怎么样，都离不开细部的欣赏。

就人的记忆而言，他所能记住的只能是细部。当我们在说孔乙己时，我们的头脑一片空白，我们若要使孔乙己这个形象鲜活起来，我们必须借助于那些细节："窃书不能算偷……窃书！……读书人的事，能算偷么？"孔乙己伸开五指将装有茴香豆的碟子罩住，对那些要讨豆吃的孩子说："不多不多！多乎哉？不多也。"……人的性格、精神，就是出自这一个一个的细节，那些美妙的思想与境界，也是出自这一个一个的细节。

鲁迅小说的妙处之一，就在于我们阅读了他的那些作品之后，都能说出一两个、三四个细节来。这些细节将形象雕刻在我们的记忆里。

在小说创作中，大与小之关系，永远是一个作家所面对的课题。大包含了小，又出自于小；大大于小，又小于小……若将这里的文章做好，并非易事。

屁塞

何为屁塞？

《离婚》注释作解：人死后常用小型的玉、石等塞在死者的口、耳、鼻、肛门等处，据说可以保持尸体长久不烂，塞在肛门的叫"屁塞"。

《离婚》中，地方权威人士七大人手中总拿"一条烂石"，并不时地在自己的鼻旁擦拭几下。那劳什子就是"死人大殓的时候塞在屁股眼里的"屁塞。只可惜七大人手中所拿的屁塞刚出土不久，乃是"新坑"。这屁塞是七大人的一个道具、一个符号，它是与七大人的形象联系在一起的，没有这一屁塞，七大人也就不是七大人，其情形犹如某位政界名人手中的烟斗或是衔在嘴角的一支粗硕的雪茄。不同的只是，后者之符号、之装饰，是对那个形象的美化——因有那支烟斗和雪茄，从而使他们变得风度翩翩、光彩照人，并显出一番独特的个人魅力，而屁塞在手，则是对那个形象的丑化。

丑化——这是鲁迅小说的笔法之一。

除子君等少数几个形象鲁迅用了审美的意识（子君之美也还是病态之美：带着笑涡的苍白圆脸、苍白的瘦的臂膊，配有条纹的衫子、玄色的裙），一般情况之下，鲁迅少有审美之心态。与爱写山清水秀、纯情少女与朴质生活的沈从文、废名相比，鲁迅笔下少有纯净的人物和充满诗情画意的场景。这也许不是丑化，生活原本如此。秃子、癞子、肥胖如汤圆的男子或是瘦高如圆规的女人……鲁迅笔下有不少丑人。在鲁迅的笔下，是绝对走不出翠翠（《边城》）、萧萧（《萧萧》）、细竹（《桥》）这样的形象来的，他的笔下甚至都出不了这些漂亮而水灵的人名。这里也没有太多漂亮或壮丽的事情，大多为一些庸碌、无趣，甚至显得有点恶俗的事情。虽有闰土（"深蓝的天空中挂着一轮金黄的圆月，下面是海边的沙地，都种着一望无际的碧绿的西瓜，其间有一个十一二岁的少年，项带银圈，手捏一柄钢叉，向一匹猹尽力的刺去，那猹却将身一扭，反从他的胯下逃走了。"），但到底难保这份"月下持叉"的图画，岁月流转，那英俊少年闰土的"紫色的圆脸，已经变作灰黄，而且加上了很深的皱纹"，并且由活泼转变为木讷与迟钝。

除《社戏》几篇，鲁迅的大部分小说是不以追求意境为目的的。中国古代的"意境"之说，只存在于沈从文、废名以及郁达夫的一些作品，而未被鲁迅广泛接纳。不是鲁迅没有领会"意境"之神髓，只是因为他觉得这一美学思想与他胸中的念头、他的切身感受冲突太甚，若顺了意境，他就无法揭露这个他认为应该被揭露的社会之阴暗、人性之卑下、存在之丑恶。若沉湎于意境，他会感到有点虚弱，心中难得痛快。他似乎更倾向于文学的认识价值——为了这份认识价值，他宁愿冷淡甚至放弃美学价值。当然放弃美学价值，不等于放弃艺术。我们这里所说的"美学价值"是从狭义上说的，大约等同于"美感"，而与"艺术"并不同义。

从文学史来看，两者兼而有之，相当困难，因为它们似乎是对立的。沈从文、蒲宁在创造了意境时，确实丢失了鲁迅、陀思妥耶夫斯基的锐利、深切、苍郁与沉重，而鲁迅、陀思妥耶夫斯基在获得这一切时，又确实使我们再也无法享受意境所给予我们的陶醉。后来的现代派为什么将笔墨全都倾注于不雅之物以至于使人"恶心"，也正在于它是以追求认识价值为唯一目的。美似乎与深度相悖、相克，是无法统一的，尽管事实并不尽然，但，人们感觉上认可了这一点。当下的中国作家虽然并未从理性上看出这一点，但他们已本能地觉察出这其中的奥妙，因此，在"深刻"二字为主要取向的当下，他们不得不将所有可能产生诗情画意的境界一律加以清除，而将目光停留在丑陋的物象之上。鲁迅与他们的区别是，鲁迅是有度的，而他们是无度的。鲁迅的笔下是丑，而他们的笔下是脏。丑不等于脏，这一点不用多说。

鲁迅也许还是从现实中看出了一些诗情画意，这从他的一些散文以及小说中的一些描写上可以看出，但，像他这样一个思想家，这样一个要与他所在的社会决裂、与他所在的文化环境对峙的"战士"，他会不得不舍弃这些，而将人们的目光引向存在着的丑陋，为了加深人们的印象，他甚至要对丑陋程度不够的物象加以丑化。这大概就是鲁迅的小说中为什么有那么多秃头和癞头疮的潜在原因。

乌鸦肉的炸酱面

羿,传说中古代的善射英雄;嫦娥,美女,盗用丈夫不死之药而奔月,成为广袖舒飘、裙带如云的月精。但鲁迅却不顾人们心中的习惯印象,一下将他俩放入了世俗化生活图景中:天色已晚,"暮霭笼罩了大宅",打猎的羿才疲惫而归,今日运气依然不佳,还是只打了只乌鸦,嫦娥全无美人的举止与心态,嘴中咕哝不已:"又是乌鸦的炸酱面,又是乌鸦的炸酱面!"炸酱,北方的一种平民化的调料;炸酱面,北方的一种平民化的食品。这类食品一旦放到餐桌上,立即注定我们再也无法与贵族生活相遇,也再难高雅。而且糟糕的是,还是乌鸦肉的炸酱面——不是草莓冰激凌,不是奶油蛋糕,不是普鲁斯特笔下精美的"小马特莱娜"点心,而是乌鸦肉的炸酱面!当看到"乌鸦肉的炸酱面"这样的字眼以及这几个字的声音仿佛响起,再以及我们仿佛看到了这样的食品并闻到了乌鸦肉的炸酱面的气味(尽管我们谁也没有吃过乌鸦肉的炸酱面)时,羿和嫦娥就永远也不可能再是英雄与美人了。

我们发现了一个不可思议的现象:英雄、美人竟与食品有关。夏多布里昂笔下的美人阿达拉以及文学作品中的其他全部的美人（自然包括林黛玉），是不可能让她们吃炸酱面的，尤其不能吃乌鸦炸酱面或类似乌鸦炸酱面之类的食品。这些人必须饮用琼浆玉液，若无处觅得琼浆玉液，文学作品就得巧妙回避，不谈吃喝。红楼四大家族中的美人们，倒是经常要吃的，但吃的都非寻常百姓家的食品，红楼食谱，早已是学者与烹调专家们研究的对象。我们无法设想林黛玉去吃乌鸦肉的炸酱面，尽管这一点是毫无道理的——实际生活中的林黛玉兴许就喜欢吃呢，但你就是不能从生活出发。其实，人们不仅如此看待文学作品中的人物，即便是生活中的人，你一旦将谁视为英雄与美人时，也会在潜意识里忽略他们的吃喝拉撒之类的生活行为。记得小时读书，父亲的学校来了一位漂亮的女教师，围一条白围巾，并且会吹笛子，皮肤是城里人的皮肤，头发很黑，眼睛细长，嘴角总有一丝微笑，爱羞涩，是我儿时心目中的美人，也是我们全体孩子——男孩子、女孩子心目中的美人。但有一天，当我们早晨正在课堂里早读时,一个女孩跑进教室,神秘而失望地小声告诉大家:姜老师也上厕所,我看见了!从此,我们就不觉她美了——至少大打折扣。人会在心目中纯化一个形象,就像他会在心目中丑化一个人物形象一样。前者是省略,后者是增加。前者是将形象与俗众分离,是一种提高式的分离,后者也是将形象与俗众分离,但却是一种打压式的分离。人们看文学作品中的英雄与美人,比看生活中的英雄与美人更愿意纯化。文学家深谙此道,因此一写到英雄与美人,往往都要避开那些俗人的日常行为和生物性行为。沈从文永远也不会写翠翠上厕所。其实,你可以设想:生活在乡野、生活在大河边的翠翠,很可能是要随地大小便的——该掌嘴,因为你玷污了、毁掉了一个优美的形象。我们如此恶作剧,只是提示一个事实:文学中的高雅、雅致、高贵,是以牺牲(必须牺牲)粗鄙一面为代价的。

理论道:源于生活,高于生活。

然而,鲁迅可以完全不忌讳这一切,因为鲁迅心中无美人,也无英雄。非但如此,鲁迅还要将那些已经在人们心目中定型的英雄与美人还原到庸常的生活情景中。

俗化——又是鲁迅的笔法之一。

收在《呐喊》与《彷徨》中的作品自不必说,那些人物,大多本就是世俗中人,本就没有什么好忌讳的。而《故事新编》中的全部故事,几乎涉及的都是传说中或古代的英雄、大哲、圣人与美人。流传几千年,这些人物高大如山，都是我们必须仰视的。而鲁迅大概是开天辟地第一遭，给他们撤掉了高高的台阶，使他们纷纷坠落到尘世中，坠落到芸芸众生中间。他们仿佛来自一个驴喊马叫的村庄，来自一个空气浑浊、散发着烟草味的荒野客栈，一个个灰头土脸，一个个都遮不住地露出一副迂腐与寒酸之相。这里没有崇敬，更无崇拜，只有嘲弄与嬉笑，他们与当代作家笔下的一个叫王老五的人或一个叫李有才的人别无两样，是俗人，而非哲人、圣人、美人。

禹的妻子（鲁迅戏称禹太太）竟大骂我们心中的禹："这杀千刀的！奔什么丧！走过自家的门口，看也不进来看一下，就奔你的丧！做官做官，做官有什么好处，仔细像你的老子，做到充军，还掉在池子里变大忘八！这没良心的杀千刀！……"（《理水》）

那位"三过家门而不入"的伟大的禹呢？

周文王伐纣，伯夷、叔齐兄弟愤愤然："老子死了不葬，倒来动兵，说得上'孝'吗？臣子想要杀主子，说得上'仁'吗？……"不愿再做周朝食客，"一径走出养老堂的大门"，直往首阳山而去，然而这里却无茯苓，亦无苍术可供兄弟二人食用，饥不择食，采松针研面而食，结果呕吐不止，其状惨不忍睹。后终于发现山中有"薇菜"可食，并渐渐摸索出若干薇菜的做法：薇汤、薇羹、薇酱、清炖薇、原汤焖薇芽、生晒嫩薇叶……烤薇菜时，伯夷以大哥自居，还比兄弟"多吃了两撮"。（《采薇》）

"不食周粟"的义士呢?

墨子告别家人,带上窝窝头,穿过宋国,一路风尘来到楚国的郢城,此时"旧衣破裳,布包着两只脚,真好像一个老牌的乞丐了"。找到了设计云梯、欲怂恿楚王攻打宋国的公输般,颇费心机地展开了他的话题。"北方有人侮辱了我",墨子很沉静地说,"想托你去杀掉他……"公输般不高兴了。墨子又接着说:"我送你十块钱!"这一句话,使主人真的忍不住发怒了,沉着脸,冷冷地回答道:"我是义不杀人的!"墨子说:"那你为什么要去无缘无故地攻打宋国呢?"公输般终于被说服了,还将墨子介绍给楚王。去见楚王前,公输般取了衣服让墨子换上,墨子还死要面子:"我其实也并非爱穿破衣服的……只因为实在没有工夫换……"还是换上了,但太短,显得像"高脚鹭鸶似的"。墨子最终如愿以偿,以他的"非攻"思想劝阻了楚攻打宋的念头,踏上了归国之途,然而经过宋国时,却被执矛的巡逻兵赶到雨地里,"淋得一身湿,从此鼻子塞了十多天"。(《非攻》)

这便是创造了墨家学说而被后人顶礼膜拜的墨子。

而那位漆园的庄周、梦蝶的庄周又如何?

路过一坟场,欲在水溜中喝水,被鬼魂所缠,幸亏记得一套呼风唤雨的口诀,便念念有词:天地玄黄,宇宙洪荒。日月盈昃,辰宿列张。赵钱孙李,周吴郑王。冯秦褚卫,姜沈韩杨。太上老君急急如律令!敕!敕!敕!司命大神飘然而至,鬼魂不得不四处逃散,但司命见了庄周也老大不高兴："庄周，你找我，又要闹什么玩意儿了？喝够了水，不安分起来了吗？"庄周与司命谈起生死：生就是死，死就是生……又是庄周梦蝶、是庄周做梦成蝶还是蝶做梦成庄周那一套。司命不耐烦，决心想戏弄一番庄周，马鞭朝草蓬中一点，一颗骷髅变成一个汉子跑了出来，而司命搁下庄周一人，自己隐去了。那汉子赤条条一丝不挂，见庄周竟一口咬定庄周偷了他的包裹和伞，无论庄周怎么辩解，汉子就是不依，庄周说："慢慢的，慢慢的，我的衣服旧了，很脆，拉不得。你且听我说几句：你先不要专想衣服罢，衣服是可有可无的，也许是有衣服对，也许是没有衣服对。鸟有羽，兽有毛，然而王瓜茄子赤条条。……"云云，不知胡诌一些什么。汉子根本不承认自己已死了数百年——这绝不可能，故当庄周说让司命还他一个死时，他竟说："好，你还我一个死罢。要不然，我就要你还我的衣服、伞子和包裹，里面是五十二个圆钱，斤半白糖，二斤南枣……"庄子说："你不反悔？""小舅子才反悔！"——注意这一句，这大概是一句北方话，其世俗气息、生活气息浓郁到无以复加。（《起死》）

令我们仰止的精神之山、之父，只这一句话——虽还不是出自他口，但因他是与说这种语言的人（鬼）对话，也就一下被打落到平庸的日常情景中而顿时成了一大俗人，并且还是一个颇为可悲的俗人。

中国文学关心世俗、好写世俗当然不是从鲁迅开始的——小说本出自市井，胎里就带有世俗之痕迹、之欲望，但将神圣加以俗化，不知在鲁迅先生之前是否还有别人，即使有，大概也不会像鲁迅写得如此到位，又如此非同一般的。

鲁迅无论是写《故乡》《祝福》《阿Q正传》《肥皂》《兄弟》之类，还是写《非攻》《采薇》《奔月》《理水》《起死》之类，都以俗作为一种氛围、一种格调。俗人、俗事，即便是不俗之人，也尽其所能将他转变为俗人——越是不俗之人，鲁迅就越有要将他转变为俗人的欲望。俗人、俗事，离不开俗物。因此，鲁迅常将炸酱面、辣椒酱、大葱、蒸干菜这些平民百姓的食品写入作品。这些食品之作用，绝不可以小觑，乌鸦肉的炸酱面一旦被提及，我们就再也无法进入"红楼"的高雅与托尔斯泰笔下的高贵了。一碗炸酱面从何而来的改变雅俗的力量？食色，性也，食是人的生活的一个基本面，这个基本面反映着人的生存状态。这就是好莱坞的电影在呈现贵族生活时为什么总是要将许多镜头留给豪华大厅中的早餐或葡萄美酒夜光杯之晚宴的原因。

鲁迅的行为，用今日之说法，就是解构神圣——用调侃的方式解构。中国二十世纪八九十年代文学的某些品质，在鲁迅那里就已经存在着了，只不过当时的批评家未能找到恰当的批评言辞罢了。需指出的是，鲁迅之作与今日之痞文在实质上是很不相同的。首先，鲁迅在将一切俗化时，骨子里却有着一股清冷与傲慢。

他是一种居高临下的俯视，俗在他而言，并非一种品质，而是一种兴趣，更确切的说法是，俗是他的一种对象——被嘲弄的对象。通过嘲弄，他达到了一种优越感流过心头乃至流遍全部肉身的愉悦。俗不是他融入其中——更不是他乐于融入其中的状态，而是他所看到的、激起了他嘲弄之欲望的状态。在看这些作品时，我们总能隐隐觉得，鲁迅抽着烟，安坐一旁，目光中满是智慧与悲凉。

中国当下文学的俗化（痞化），则是作者本身的俗化（痞化）作用的结果。而在构思之巧妙、语言之精绝、趣味之老到等艺术方面，当下文学与鲁迅之间就更见距离之遥遥了。

鲁迅为什么将一切俗化？可从鲁迅对现实、对传统文化的态度等方面找到解释，但还应该加上一条：鲁迅出身于一方富庶人家，但他从小所在，却是在汪洋大海般的俗生活图景之中。此种情景，周家大院外无处不在，甚至也随着家佣们带进大院，鲁迅熟悉这一切，甚至在情调上也有所熏染。

鸟头先生

《理水》中有一个滑稽可笑的人物，鲁迅未给他名字，只叫他"鸟头先生"。知情人，一眼便能看出，这是鲁迅在影射顾颉刚。"鸟头"二字来自"顧"一字。《说文解字》："雇"，鸟名；"頁"本义为头。

就单在《理水》一篇中，鲁迅就影射了潘光旦（"一个拿拄杖的学者"）、林语堂、杜衡、陈西滢等，《奔月》影射了高长虹，《起死》又再度影射了林语堂。《采薇》中有："他也喜欢弄文学，村中都是文盲，不懂得文学概论，气闷已久，便叫家丁打轿，找那两个老头子，谈谈文学去了；尤其是诗歌，因为他也是诗人，已经做好一本诗集子。"又有："做诗倒也罢了，可是还要发感慨，不肯安分守己，'为艺术而艺术'。"这样的话总让人生疑：又是在影射谁呢？至于说鲁迅在杂文中影射或干脆指名道姓地骂了多少人，大概得有几打了。当年，顾颉刚受不了，要向法律讨一个说法。其时，鲁迅在广州，顾致函鲁迅："拟于九月中回粤后提起诉讼，听候法律解决。"望鲁迅"暂勿离粤，以俟开审"。鲁迅却迅速答复：请就近在浙起诉，不必打老远跑到广东来，我随时奔赴杭州。鲁迅之手法，曾遭许多人抨击，但他最终也未放弃这一手法。甚至在小说中，也经常使用这一手法。说鲁迅的小说是又一种杂文，多少也有点道理。然而，我们却很少想到：鲁迅的影射手法，却也助长了他小说的魅力。

"春秋笔法"，这是中国特有的笔法。借文字，曲折迂回地表达对时政的看法，或是影射他人，甚至是置人于死地，这方面，我们通过千百年的实践积累了丰厚的经验，甚至摸索出和创建了许多技巧（有些技巧与中国的文字有关，它们还是那些以其他文字写作的人学不来的）。这一历史既久，影射就成了一种代代相传的惯用武器。在人看来，这一武器面对中国特有的社会体制，面对特有的道德观念和特有的民族性，是行之有效并且是很有杀伤力的武器。"旁敲侧击""含沙射影""指桑骂槐"……一部成语词典，竟有一串成语是用来概括这种战术的，久而久之，这一战术成了普通百姓日常行为的一部分。若为某种说话不便的原因所制约，两个中国人会在一种看上去毫无障碍的情况之下，依然畅达对话,一切的一切都不会明确指出,只是云山雾罩,用的是代称、黑话之类的修辞方式。不在语境中的人听了,直觉得一头雾水,但对话的双方却心领神会。只可惜中国人说话的技巧,没有用到外交事务上,却用在了日常生活以及政治斗争上。

影射之法,自有它的历史原因,也就说,当初是因社会情势逼出来的。但,后来,它演变成了中国人的一种攻击方式、话语方式乃至成为一种心理欲求,影射竟成了一种生存艺术。

影射的最高境界自然是:似是非是。具体说,被影射者明知道这就是在攻击他,但却不能对号入座。若要达到这样的效果,就要讲隐蔽——越隐蔽就越地道;就要讲巧妙——越巧妙就越老到。这曲笔的运用,可以在前人的文字中找到无穷尽的例子。

影射之法,若从伦理角度而言,当然不可给予褒义,更不可给予激赏,但要看到它在艺术方面却于无形之中创造了一番不俗的业绩:它的隐晦(不得不具有的隐晦),恰恰暗合了艺术之含蓄特性。又因作者既要保持被影射者之形状又要力图拂去其特征、为自己悄悄预备下退路,自然就会有许多独到而绝妙的创造,作品中就会生出许多东西并隐含了许多东西。鲁迅将顾颉刚的"顾"一字拆解开来,演化为"鸟头先生",既别出心裁,又使人觉得"鸟头先生"这一称呼颇有趣味,若不是鲁迅要影射一下顾颉刚,兴许也就很难有这种创造。而有时因硬要在故事中影射一下什么,便会使读者产生一种突兀和怪异：这文章里怎么忽然出来这样一个念头？便觉蹊跷，而一觉蹊跷，就被文字拴住了心思。

影射又契合了人窥探与观斗的欲望。我们倘若去回忆我们对鲁迅作品的阅读体会，你得承认：他作品中的影射始终是牵着你注意、使你发生好奇心的一种吸引力。

时过境迁，我们不必再去责备鲁迅当年的手段了——他使用这一手段，有时也是出于需要与无奈。更要紧的是，他将影射纳入了艺术之道——也许是无意的，但在客观效果上，它与艺术之道同工合流，竟在某些方面成全了他的小说。

从某种意义上讲，凡小说都是影射——整体性的影射。

故此，"影射"一词，也可以被当作一个褒义词看。

我们先前——比你阔的多啦！

"我们先前——比你阔的多啦！"不用说明,我们都知道这句"名言"出自何处。

我们记住了许多出自鲁迅小说的言辞:"妈妈的……""儿子打老子""那赵家的狗,何以看我两眼呢？我怕得有理""救救孩子""多乎哉？不多也"……还有一些话,被人稍稍做了改动:"都说冬天的狼吃人,哪晓得春天的狼也吃人。"……

这些言辞可以在不同场合、从多种角度被我们引用,那一刻我们会觉得这些言辞在表达自己的意念方面皆准确无误,并意味无穷,而听者也无不会心。在引用这些言辞时,我们有时可能会想到它们是出自鲁迅的小说,有时干脆就记不起来,将它们当成了是自己的语言。

回首一部中国小说史,将小说写到这个份上的大概只有两人,一是曹雪芹,再一就是鲁迅。《红楼梦》的生活离我们已经十分遥远,但我们仍然记着焦大的那句话:这里,除了门口那两尊石狮子,没有一个干净的。被我们记住的还有其他许多。而其他小说家,即便是被我们推崇的,其小说也都没有如此效应。沈从文的小说自然写得很好,在夏志清、朱光潜眼里,唯有他才是真正的小说家。然而,我们即使记住了他笔下那些优美的句子,也是无法将它们取出用于我们的对话的——你在对话中说出一句"翠翠在风日里长养着,触目为青山绿水",总会让人觉得奇怪——那是另一种语言,是无法进入我们对话的语言,这种语言只能在特别的语境中才能被引用。

世界上有不少作家,他们作品中的一些言辞,都在后来被人传诵与引用。但这些言辞十有八九都是格言性质的。诗不用说,小说的情况也大致如此。而这些出自《红楼梦》与鲁迅小说中的言辞,却都不是格言,而就是一些看上去极为普通的日常语言。

此种语言何以有如此能量?对此,我们从未有过追问。鲁迅小说提供的事实未能得到理论上的阐明从而使其转化为经验,这是件很可惜的事情。

这些言辞,其中的一部分,也许是鲁迅无意识采用的,但有一部分肯定是鲁迅很理性地看出了它的意义。

他在这些极其日常化的语言背后一定看到了什么——它们的背后沉淀着一个民族的根性、一个阶级的态度甚至是一种超越民族与阶级的属于人类的精神与心态。"儿子打老子"，不再是某一具体行为。鲁迅看出了"儿子打老子"背后的一种心理，而这种心理是可以被引申的。最终，他看出了这句话背后的精神胜利法的心理机制，而这种机制并非为一人所有，而是为一群人乃至整体意义上的人所有。同样，"我们先前——比你阔的多啦"的背后，也藏着巨大的可被挖掘的潜力。鲁迅发现了一个重大的秘密，人或一个民族就藏匿在一些其貌不扬的日常语言的背后——不是每一句话，而只是其中的一小部分。这一小部分混杂于其中，犹如金子混杂在沙子中间。要发现它们是一些金子，这就牵涉到一个作家的眼力了。

鲁迅是有眼力的。

这些言辞作为符号，它代表着一种普遍性的意义或者说代表着一种基本性的状态。它们具有很强的涵盖能力与囊括能力。这些言辞看似形象，但在功能方面却具有高度的抽象性。因为这些言辞是饶有意味的，因此，我们就像感受一句包含了普遍性意义的成语一样感受了这些言辞。当我们再面对某一种现象或某一种状态而又深知若要将它们表述出来则是件很麻烦的事情时，我们立即就想到了"我们先前——比你阔的多啦"之类的言辞，只要一经说出，我们就再也无须多说，因为这个句子就代表着那个你欲言但难言的意思。

小说能在生长它的土地上达到这样的效果，自然是不易的。仅此一点，鲁迅就是难以越过的高峰。

咯支咯支

鲁迅自然是严肃的。那副清癯的面孔,给我们的唯一感觉就是庄严、冷峻、穿透一切的尖刻。然而,他的小说却始终活跃在严肃与不严肃之间。我读《肥皂》——严格来说,不是读,而是听,听我父亲读,那时我十岁——

四铭从外面回来了,向太太说起他在街上看到了一个十八九岁的姑娘,是个孝女,只要讨得一点什么,便都献给祖母吃。围着的人很多,但竟无一个肯施舍的,不但不给一点同情,倒反打趣。有两个光棍,竟肆无忌惮地说:"阿发,你不要看得这货色脏。你只要去买两块肥皂来,咯支咯支遍身洗一洗,好得很哩!"四铭太太听罢,"哼"了一声,久之,才又懒懒地问:"你给了钱么?""我么?——没有。一两个钱,是不好意思拿出去的。她不是平常的讨饭,总得……。""嗡。"四铭太太不等四铭将话说完,便慢慢地站了起来,走到厨下去了。后来,在四铭与四铭太太吵架时,四铭太太又总提这"咯支咯支":"我们女人怎么样?我们女人,比你们男人好得多。你们男人不是骂十八九岁的女学生,就是称赞十八九岁的女讨饭:都不是什么好心思。'咯支咯支',简直是不要脸!"

"咯支咯支"这个象声词,在《肥皂》中多次出现。它第一次出现时,我就禁不住笑了。我的笑声鼓舞了父亲,再读到"咯支咯支"时,他就在音量与声调上特别强调它,让我一次又一次地去笑。几十年来,这个象声词一直以特别的意思储存在我的记忆里。这绝对是一个米兰·昆德拉所言的不朽的笑声。在这个笑声中,我领略到了鲁迅骨子里的幽默品质,同时,我也在这笑声中感受到了一种小市民的无趣的生活氛围,并为鲁迅那种捕捉具有大含量的细节的能力深感敬佩。

在现代文学史上,具有幽默品质的作家并不多,而像鲁迅这一路的幽默,大概找不出第二人。这种幽默也没有传至当代——当代有学鲁迅也想幽默一把的,但往往走样,不是失之油滑,就是失之阴冷。

鲁迅的幽默有点不"友善"。他的幽默甚至就没有给你带来笑声的动机。他不想通过幽默来搞笑。他没有将幽默与笑联系起来——尽管它在实际上会产生不朽的笑声。他的幽默不是出于快乐心情，而是出于心中的极大不满。他的幽默有点冷，是那种属于挖苦的幽默。鲁迅的心胸既是宽广的（忧民族之忧、愁民族之愁，很少计较个人得失，当然算得宽广），又是不豁达的（他一生横眉冷对、郁闷不乐、难得容人，当然算不得豁达）。他的幽默自然不可能是那种轻松的、温馨的幽默，也不是那种一笑泯恩仇的幽默，是他横竖过不去了，从而产生了那样一种要狠狠刺你一下的欲望。即使平和一些的幽默，也是一副看穿了这个世界之后的那种具有心智、精神优越的幽默。他在《孔乙己》《阿Q正传》中以及收在《故事新编》里头的那些小说中，都是这样一副姿态。那时的鲁迅，是"高人一等"的。他将这个世界都看明白了，并看出了这个世界的许多的可笑之处，虽然有着对弱小的同情，但他是高高在上的，是大人物对小人物的同情。

鲁迅的幽默是学不来的，因为那种幽默出自一颗痛苦而尖刻的灵魂。

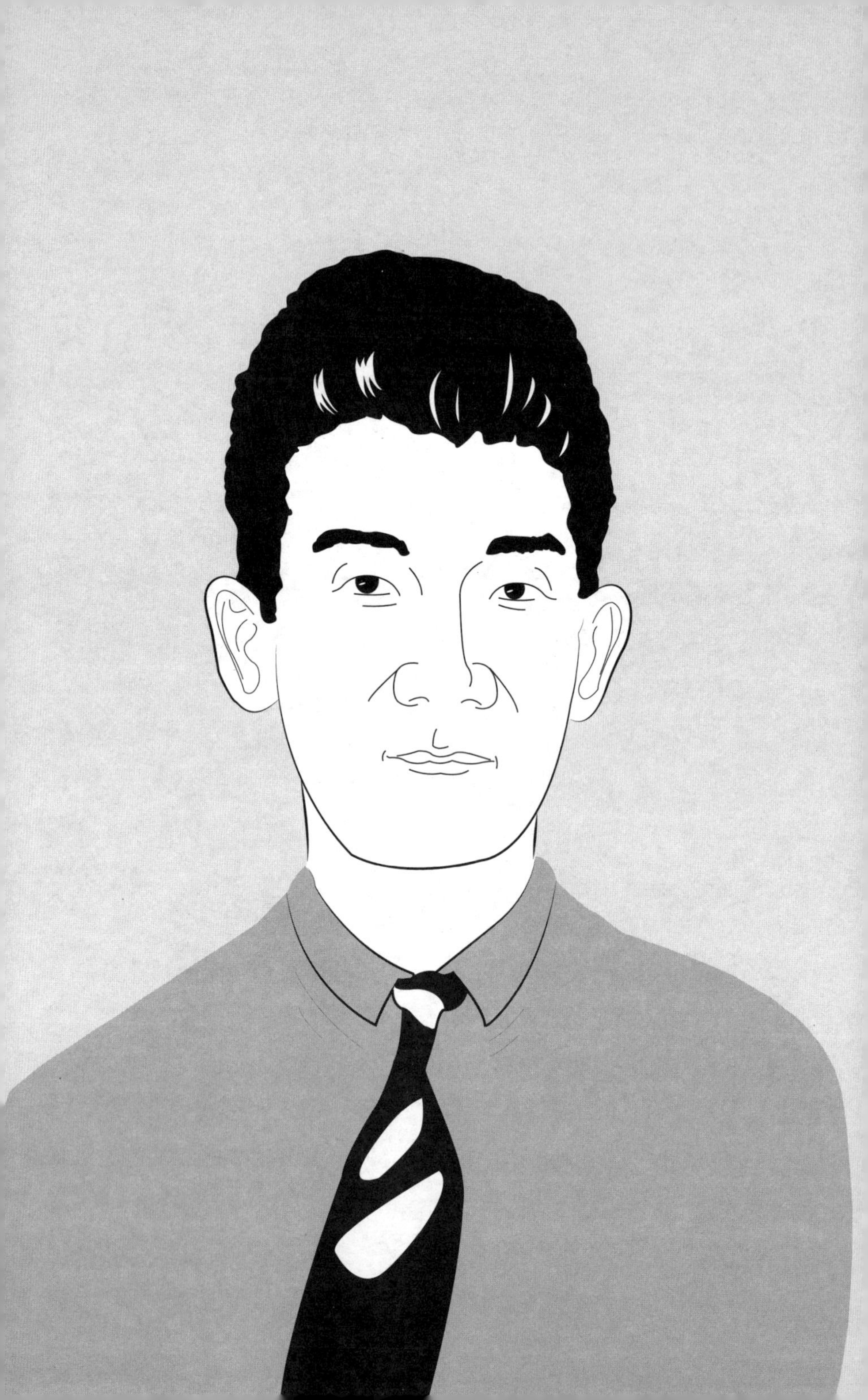

第二讲

达夫词典

读郁达夫

我们都还记得，一九七六年后的最初几年人们对浪漫主义的厌恶。人们怀念与青睐的是现实主义。这是一件看上去非常奇怪的事情。但只要回顾一下历史，也就不足为怪了。进入二十世纪五十年代以后，我们虽然也不时强调现实主义，但实际上只是说说而已——甚至连说也如履薄冰。不就有许多人说着说着就被打入十八层地狱吗？中国文坛基本上是浪漫主义一统天下。而此等浪漫主义既不是传统的消极浪漫主义（消极浪漫主义还有很高的美学价值），也不是积极浪漫主义，而是一种痴人说梦式的、荒诞不经的中国意识形态下特有的变态浪漫主义。不自量力地与自然对抗、昂扬空洞的政治热情、虚无缥缈的社会理想、捕风捉影虚张声势的阶级冲突……文学犹如中了魔法一般，昏昏然说一些云山雾罩、不着边际的呓语。天翻地覆之后，中国文学为现实主义扬幡招魂，出于一种报复心理，暂时不加分析地将全部浪漫主义冷淡了，自然也在情理之中。但这种局面似不应长久。浪漫主义与现实主义乃是两大基本文学思潮和创作方法。文学史是由浪漫主义和现实主义共同书写的。中国文学史离不开屈原、李白一直到现代郭沫若等人的创作。同样，德国离不开歌德、席勒，法国离不开雨果、大仲马、乔治·桑，英国离不开拜伦和雪莱。一部文学史，甚至离不开消极的浪漫主义者夏多布里昂、施莱格尔兄弟等。由浪漫主义和现实主义共同写就的文学史才可能是完整、完善的。中国当下文学未免过于现实了。好好的、灵动的文字，却因柴米油盐酱醋的累赘而无法潇洒和飘逸。庸庸碌碌的日常生活几乎耗尽了文学的全部心思和力气。连篇累牍的文字，总站在灰色的大地上，不能有片刻的仰望、片刻的抒情，只是喋喋不休地叙事——我说的只是一个概率，但这个概率未免也太高了一点。如此格局算得上是一个理想格局吗？此种情景之下重提郁达夫，也许别有一番意义。

一种存在，一种意思，一种概念，其实最终都可以归结到一个最简洁的词上。反过来说，我们也可以从一个词看出一种存在，一种意思，一种概念。任何一个词都不是虚设的，它一定是某种存在状态的称谓。后来的语言哲学为什么痴迷于对一个又一个词的细读和深究，原因也就在此。对词与存在的隐秘关系，米兰·昆德拉看得也很清楚，于是，他的创作就变成了对一个又一个词的悉心揣摩。他发现，一部小说其实不用太多，只需将一个或几个单词琢磨透了，一切便都有了。轻、媚俗、不朽、慢……这些词使他写了一部又一部小说。

说郁达夫，其实也就是说几个词。这几个词，既可以说是我们探究他和他作品之后揭示出的谜底，也可以说，它们是他的心词，他就是从这几个词出发的。

干净

无论是对自己还是对世界，郁达夫都希望是干净的——干干净净。他的诗文之所以是这样一种风气和品质，其实都和这个词有关。他一生仇恨的就是肮脏。凡干净的人、物象和念头，他都喜欢。他对日本的看法是分裂的，他仇恨日本人的野心和残忍，但同时又对日本人的生活风尚由衷欣赏。这欣赏的一个很重要的原因就是日本人的干净。

日本人的清洁，举世公认。而人若要清洁，必得有汤，也就是沐浴。唯有汤才能使人变得清洁，也才能使人从心里感受到清洁。汤将这岛国洗濯得清清爽爽。读《源氏物语》，写到那些王公贵族或大家闺秀，总不免要写到汤。源氏公子每逢要做花前月下的浪漫之事，必先沐汤。而那些女子每逢见到这样一个干净的源氏，心中都不免一团欢喜。而源氏对那些女子最感兴趣的似乎也是浴后的她们所具有的出水芙蓉般的新鲜与娇嫩。汤不但给了日本人清洁，还给了他们一番好心情。一代一代下来，竟使日本人有点嗜汤如命了，汤成了他们存在的一个不能空缺的条件。一九九五年神户大地震，火海一片，好端端一座城池，几乎震毁，许多人家就此一震，转瞬间便一无所有。记者赶到现场，问那些站在废墟上的日本人："请问，你们现在最需要的是什么？"几乎所有的人都异口同声："汤。"道路不通，一切都无法运进，于是，政府很快弄了几只特大的船，日夜兼程，从海上开到神户。船上突击安装了沐浴设备——其他一切暂且都不去管，先让那些一日不能无汤的日本人解决洗澡问题。当那些绝望的日本人出汤之后，那副意气风发的样子简直告诉我：汤挽救了一个毁灭的神户。

读郁达夫写日本的散文，记得有那么一段文字：乘船归国，在离开日本最后一个码头时，惜别之情顿生，扶栏眺望，只见明亮而温暖的春阳之下，几个大概沐浴过后的妓女正在打扫门前，她们一个个绝无一丝秽气，皆湿润、嫩白。那情景使他几乎落泪。我以为，感动他的不是日本，也不是那些妓女，其实就是那番干净。

而郁达夫的不满，也常常是因为那个社会的肮脏和那个社会使他不能做到干净、清洁。他会因此而大发脾气，甚至生出许多愤怒来。炎热的夏日，他没有换洗衣服，大概也没有很好的条件能让他痛痛快快地清洗自己，便狠狠地骂道："三伏的暑热，你们不要来缠扰我这消瘦的行路病者！你们且上富家的深闺里去，钻到那些丰肥红白的腿间乳下去，把她们的香液蒸发些出来罢！我只有这一件半旧的夏布长衫，若被汗水污了，明天就没得更换的呀！"他嫉妒香汗，而香汗是有条件清洁的人才会有的。他最厌恶的就是臭汗（鲁迅对那些不能清洗自己的脏人所流出的汗，用了一个词：油汗）。

郁达夫容忍丑，但不容忍脏。丑和脏不是同一个概念。丑不等于脏。丑是一个美学范畴，雨果笔下的敲钟人，罗丹刀下的老妓女，他们是丑而不是脏。一个很丑的人，恰恰可能是一个很干净的人。

郁达夫讲究干净几近洁癖。于是，我们有了《迟桂花》，像月色一般干净的迟桂花。

文学还要不要这番干净？干净了是否就一定不深刻了？当下的答案几乎是肯定的。一个未经论证的文学公式已流传天下：深刻必出自丑——不，必出自脏；脏即深刻。若想作品被指认为是深刻的，就必须与脏同行、沉瀣一气。这是某些人认为的现代主义的文学原理。川端康成、沈从文、蒲宁，依然被我们认可，那是因为他们是被文学史明确认可过了的，盖棺定论了。如果他们不是生在他们那个时代，而是生在今天并在今天写他们当年写的文字，写《伊豆舞女》，写《边城》，写《安东诺夫卡苹果》，我们又可能怎样去评价他们呢？当年将美视作文学命根子的川端还会获得诺贝尔文学奖吗？傻子都能知道答案。

架子

　　鲁迅同情底层的人物、弱小的人物、没有身份的人物，但鲁迅的架子是绝对不会倒下的。郁达夫也是如此，他的架子就从未倒下过，无论看上去他是多么的平民化，但他是有架子的。他的语气永远是高人一等的。他四处漂泊，居无定处。即便有了定处，依旧觉得自己是个"零余者"。但他是孤傲的。在他眼里，四周的芸芸众生皆俗不可耐，而自己却"狷介得如同白鹤一样"。在流浪的日子里，他总在一种自我怜悯的体味中。于是"郁达夫式的眼泪"便成了一个话题。他似有流不尽的眼泪。无论《沉沦》还是《银灰色的死》，泪水总是丰盈地流淌在字里行间。有时觉得哭很是无趣，便骂："狗才！俗物！你们都敢来欺侮我么？复仇复仇，我总要复你们的仇。"他愤愤地说道："论才论貌，在中国的二万万男子中间，我也不一定说是最下流的人，何以我会变成这样的孤苦的呢！我前世犯了什么罪来？我生在什么星的底下？我难道真没有享受快乐的资格的么？我不能信的，我不能信的。"他之所以认为世界对他不公，正是因为他始终觉得他出自读书阶级，他不可与常人享受社会所给予的同等待遇，自然更无法忍受低于常人的待遇。游无锡惠山，登临山顶之后的一段臭骂，最见他高人一等、俯视世界的形象："四大皆空，头上身边，只剩了一片蓝苍的天色和清淡的山岚。在此地我可以高啸，我可以俯视无锡城里的几十万为金钱名誉而在苦斗的苍生，我可以任我放开大口来骂一阵无论哪一个凡为我所疾恶者，骂之不足，还可以吐他的面，吐面不足，还可以以小便来浇上他的身头。"他凭什么随便骂人？真是傲慢得不得了。我们分明看出：他虽说同情平民，但骨子里却是顽固的精英意识。

郁达夫文字的背后，总有一个形象：一个很有架子的文人。

这个架子，在现代文学那里，是一个共同的形象。他们无论是谁，即便是互相之间直骂到入土，但对世界的俯视却是高度一致的。鲁迅也罢，郁达夫也罢，他们总是在把握和摆弄着人物，却不愿与人物平起平坐，也绝不取消与人物之间的距离。他们总是用一种藏也藏不住的优越心理,在解剖着人物(看看《阿Q正传》便知)。但文学写到了今天,这个架子却哗啦啦倒了下去,活生生应了"斯文扫地"一句。这类作品的作者将自己降到与人物同等的水平上,叙述者与被叙述者之间的落差造成的叙述语言与人物语言有贵贱之分和人物总处在被审视地位的情况转眼间消失了。有些作品,作者干脆取消了叙述者的地位,而将自己合并到被叙述者身上,二者完全重叠。所以,才有这样的与现代文学品质很不一样的文字。我这里无意去论高低上下,只是说穿一个事实而已。

生命

读郁达夫的《迷羊》，读到后来竟然让我大吃一惊：这个郁达夫，怎么竟如此浅薄地了结了他的主题呢？那篇小说写一个病秧子知识分子与一个女优的恋爱故事。在这篇故事里，他"勾引"那个女优逃跑了，四处流浪，生活过得很无聊亦很空虚。有时又十分疯狂，但疯狂之后，却是不尽的疲倦与乏味。后来，那女优突然地离开了。她确实是爱他的，却又为什么离他而去呢？照我们习惯的思路，会轻而易举地得出结论：如此悲惨的故事，乃为社会黑暗之缘故——他们的爱无法变为光天化日之下的自由享用，而只能永在阴霾之下。在这样的一个疲惫的、没有出路的爱之路上，最终必然以悲剧结局。无论是从哪个角度来看，这个故事都是有一个深度的—— 一个社会性主题意义上的深度，抑或是一个人性主题意义上的深度。但万万没想到作品的终结竟是那么疲软。那女优留下一封信来，信里有这个悲剧故事的全部答案。她说，她不忍心看着他的身体日甚一日地败坏下去（他总与她频繁地缠绵），为了他的身体，她只能走，她必须走。把一个轰轰烈烈的悲剧故事最终落实到身体不好上，深了还是浅了？就郁达夫的思想深度而言，他不能浅了。我再去仔细琢磨他以及他的其他作品，就渐渐有了新的想法。他有许多小说与散文都是写身体衰弱的，如《银灰色的死》《沉沦》《茫茫夜》《南迁》《胃病》。他似乎总在疾病的忧虑之中，带了永恒的痛苦与人生的伤感。他的许多感觉，都是因为那有病的身体。病人气多，病人多虑，病人多疑，病人情感脆弱，爱感伤，爱自怜。"纤弱的病体"，是郁达夫作品的一个整体性的象征。他将对生活的体验过渡到对生命的体验，千呼万唤人的生命，反复吟咏健康生命之光彩，有意义吗？当然有。浅吗？也不见得。

意义是要给的，深度也是要有的，可何种东西真有意义，何种意义真有深度，真是常常仁者见仁，智者见智。但，完全的浅薄、完全的荒谬，也被人看出意义来并且还是有深度的意义，也是不大会有的事情。

生活，或是生命，都是深度所在。

质地

当代文学与现代文学相比，赢就赢在题材广泛、主题领域无边无际、意象开放不羁、形式变幻无常，当代文学仰望现代文学的时代早已过去——这是我好几年前就有的判断。但当代文学也有输给现代文学的地方，那就是在语言的质地上。对于"五四"白话文运动，我们忽略了许多细节，因此得出了许多不确切的结论。当时反文言倡白话的人，都是在古文、文言的浸润中长大的。这些人的语言之所以是那样的质地，皆是因为他们有深厚的旧学根底，得了文言的底蕴和神气。他们是吃饱了，然后说吃饱了撑的对身体不利——说文言害人，而后来者还空着肚子，却也跟着喊吃饱了撑的对身体不利。现代文学史上的文白之争，后以旧派人物的完败而告终，其原因很多。其中，有些具体原因不大引人注意。抛开大的话题（诸如"旧派逆潮流而动，新派顺潮流而行"之类的话题）不谈，就双方的战斗能力而言，旧派就很不及新派。新派最让旧派心虚的是新派人物无一不是旧学根底极雄厚坚实的（如胡适，如刘半农，如郁达夫等）。他们对中国古代那一套的了解以及运用起来的得心应手、娴熟与老到，丝毫不比旧派逊色，甚至有过之而无不及。你旧朝遗老不是要与我玩文言吗？我奉陪就是了——玩起来可能比你还要洒脱、练达、风流倜傥。刘半农的一些用文言翻译的外国文章，很是漂亮（如《欧洲花园》等）。我们现在所说的郁达夫写得一手旧体诗，并且是入流的。"江山也要文人捧，堤柳而今尚姓苏。""夜雨空斋读楚辞，与君同调不同思。""独立桥头闲似鹤，有人邀我吃莲蓬。"等都是好诗句，可与古人媲美，偷偷放入全唐诗，大概是很难被人发现的。由于新派人物有这样的本领，所以就难怪他们不怎么瞧得起旧派人物挥来的老拳了。刘半农与他人演了一出双簧，虚拟了一个叫王敬轩的遗老，然后加以调侃时，就不无刻薄地说："先生……似乎在旧学上，功夫还缺乏一点；倘能用十年功，到《新青年》出到第二十四卷的时候，再写信来与记者谈谈，记者一定'刮目相看'！否则记者等就要把'不学无术，顽固胡闹'八个字送给先生……"这群遗老，撞在这帮"新青年"手上，不被奚落得像小丑一般，还能有什么出路？那文言又是不善干仗的。若改用白话作战吧，又失了卫道的重任，真是两难。最后只好硬着头皮，拖了文言之老枪来与白话之锐器相拼，以图杀出一条血路来，然而甚不得力，甚不中用。

就那场文白一战，从此，中国文学就走了另一条道路。

现代汉语其实是很有毛病的，它来自口语，在品质上总有点粗糙和荒野,且不凝练。

　　看了郁达夫的作品就清楚了,其实他们的语言并不是什么真正的白话,而是文白杂糅的一种新语言。字里行间,古风飘逸。若是后来人能确切解读"五四"的文白之争,中国当代文学可能会有一些更好看的字面。但这个误读,是无法纠正的,因为,语言一旦朝着一个方向,是任何一种力量都无法改变的。

风景

读读鲁迅，读读沈从文、萧红、废名，再读读郁达夫，便能知道，我们今天这个时代已是一个失去风景的时代。现代小说被"深刻"之狗撵得四处乱窜，却与风景渐行渐远。而对于当年的郁达夫他们而言，小说、散文不写风景简直就是不可思议的。

郁达夫又是一个具有浪漫主义倾向的作家，风景描写更成了他作品的重要方面，因为浪漫主义的一个最鲜明的特征就是对自然的崇拜。

与鲁迅相比，郁达夫写风景，是在浪漫主义的情绪中进行的。

浪漫主义者喜欢矢车菊、迷迭香、月桂树和湿润空气中的龙涎香，也喜欢旷野、废墟、枯山与老水。但无论是前者还是后者，浪漫主义者在注视这些风景时，都完成了一个浸润的过程——美的浸润。所有这一切，都是在经过浪漫主义者的审美、并被确实认定它们已经具有美感之后，而被写入作品的。美是浪漫主义者选择风景的重要的甚至是唯一的依据。

浪漫主义的风景描写还有一大特征：自然是具有神

性的。浪漫主义作家对自然往往都有一种仰视的、虔诚的姿态，对天穹的聆听，是一个恒定的形象。这是郁达夫《沉沦》中的一段风景——

> 看看苍空，觉得悠久无穷的大自然，微微的在那里点头。一动也不动的向天看了一会，他觉得天空中，有一群小天神，背上插着了翅膀，肩上挂着了弓箭，在那里跳舞。

浪漫主义的风景描写与现实主义的风景描写，其根本区别究竟在哪里？

在有关对浪漫主义写景的分析方面，我至今还未看到有人比丹麦人勃兰兑斯的分析更为透彻与确切。他的分析是非常形象化和个人化的。他将自己的学说建立在直觉与经验之上，然后再寻求理性的帮助，从而收到了非常好的效果。对浪漫主义写景的研究，他同样采用了这样的方式。通过自己对浪漫主义文学的感应和自己与浪漫主义者相处的切身感受，他突然抓握了解读浪漫主义写景的一个关键性单词：精灵。

浪漫主义并不在意自然万物的有形之体，而在意自然万物的无形之灵。"精灵"的发现，使他非常有效地解释了浪漫主义为什么注重对自然万物的印象、为什么偏爱夜晚之景色：月光、夜莺的啼唱、风掠过黑色的枝头、远处草坡上一匹若隐若现的白马……浪漫主义者在写景方面所显示出的所有这一切嗜好，皆是因为他们迷恋于精灵——只有在梦幻、迷醉、朦胧状态时才会出现的精灵。

郁达夫的风景也常常在夜晚——在精灵出没的夜晚：

> 月光下的翁家山，又不相同了。从树枝里筛下来的千条万条的银线，像是电影里的白天的外景。不知躲在什么地方的许多秋虫的鸣唱，骤听之下，满以为在下急雨。白天的热度，日落之后，忽然收敛了，于是草木很多的这深山顶上，就也起了一层白茫茫的透明雾障。

说郁达夫，不说风景是说不彻底的。风景在他这里，既是用来调节节奏、营造氛围、孕育美感的，也是用以象征和隐喻的，还具有宗教的意思：一山一水，一草一木，都是有生命的，它们是造物主静呈人类的奥义书，那里头有哲学和天道。

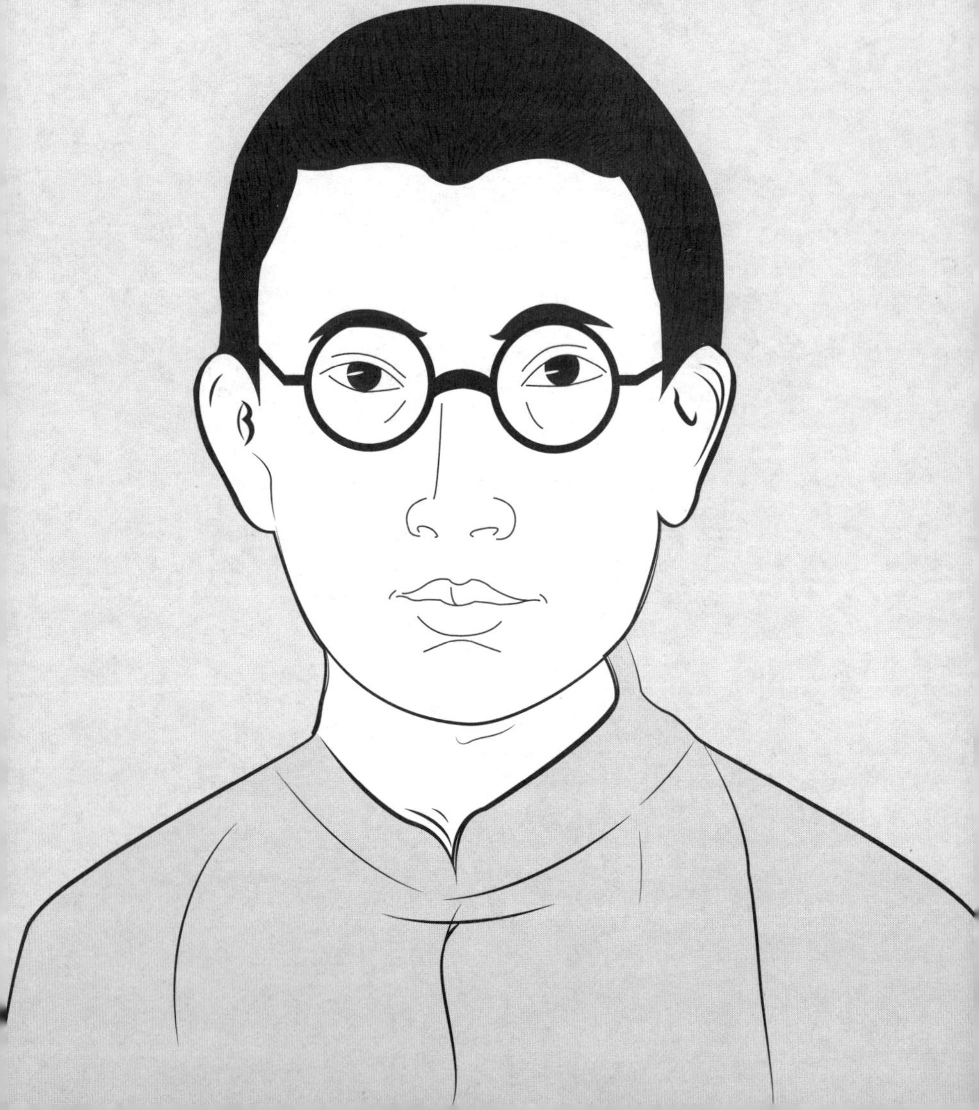

第三讲

圈子里的美文
读废名的《桥》

一

　　作家自然算是文化人，但一般作家在写作品时，并没有很在意他是一个文化人，而在作品中时不时地显示自己作为一个文化人应有的品质与情调。他们无论是持客观的姿态还是持主观的姿态，都很少使人想起他们是文化人，是一些不同于其他阶层的人。人们最多想到他们是作家，是一些知识分子。作家虽说是文化人，但，在我们的感觉里，在我们约定俗成的理解上，他们还是不太一样的。当我们说到作家时，我们所呈现的形象是五花八门的：冲动的，平和的，抒情的，叙事的，神经质的，能说会道的，风流倜傥的。而当我们说到知识分子时，我们就更难固定住一个形象了。因为知识分子实在包括了太多的人，太多格调的人。而当我们说到文化人时，似乎这个形象就比较稳定：儒雅的、斯文的、颇有气质的、情感细腻而又很特别的，有着许多雅趣，还有几分清高的人。他们较和善地与一般人相处，但又与一般人有很多差异。依这样的形象，我们就会觉得有些作家虽也算是文化人，可又不大像文化人，如那些被称为"痞子作家"的作家。你不能不承认他们是作家，但你很难将他们与"文化人"重叠起来。

废名写《桥》，写的不是一般情趣，而是一个文化人才有的情趣。这种小说在现代文学史上并不多见，在当代文学史上则几乎没有。这是我们在阅读《桥》时先要看清楚的一点。

废名不将自己看成是一个作家，只将自己看成是一个文化人。作家要写非作家本人所有的一些大众化的情调。他要做一次身份的消解，消解得不给人剩下一个作家的印象，而只使人觉得那作品是一段生活，不是由谁写出的，分明就是看到或经过的生活。这些情调，人们都能够较容易地接受或理解。废名偏不想到是一个作家在写作，不想到拿他的作品去给一般人阅读，而把他的文字看成了是一个文化人的心性、美学趣味的流露，是写给他自己看的，最多是写给一些也可算得上是"文化人"的人看的。

文化人的情趣与别人不同之处就在于，别人很不以为然的东西，在他这里，却进入意识，并对此产生了一种很雅致很有意境的审美。与他们相比，芸芸众生，都是一些感觉粗糙的粗人，大千世界在他们的眼中与心里被掠过了许多。小林看见姐姐在井旁洗菜，"连忙跑近去，取水在他是怎样欢喜的事！替姐姐拉绳子。深深的，圆圆的水面，映出姊弟两个，连姐姐的头发也看得清楚。姐姐暂时真在看，而他把吊桶使劲一撞——影子随着水摇个不住了"。在有情趣的文化人看来，这世界上的所有一切，皆是可值得注目与用情的。天下雨了，就是那样一种我们司空见惯的甚至是让人讨厌的雨。但废名却写道："这也是从古以今的一个诗材料，清明时节。""下雨我们就在这里看雨境，看雨往麦田上落。"这既是文化人的闲情逸致，也是文化人才会有的境界。这个境界是完满的，充满了审美的。

有一些情趣也许常人看来显得有些做作，但它确实是一个文化人的情趣。文化人的许多情趣，可能确实不够朴实，有点"酸腐"，但，它们又确实是雅致的。不知是小林还是废名，称自己的生地叫"第一的哭处"："这五个字也是借他自己的，我曾经觅得的他的信札，有一封信，早年他写给他的姐姐，这样称呼生地。人生下地是哭的。"我们一般人是不会这样来称呼我们的生地的。我们的作家也不会这样去说。但废名——始终的文化人，却就这样生硬地说。当我们想到作品一开始他就给我们的"文化人"的印象，我们原谅了废名的"矫揉造作"，甚至觉得这也是一种情调，一种不一般的、是我们想要达到还不能达到的情调。

《桥》中有一个琴子与细竹在野外望春的情景。当琴子见细竹穿了红衣服，便笑道："红争暖树归。"细竹便冲琴子道："掉书袋，讨厌。"掉书袋子的当然不是琴子，而是废名。他在《桥》一书中是很掉书袋子的。《桥》中用古人诗词曲赋不下几十处。至于说古人诗文中的种种意境又被他再现了多少次，就更多得无法统计。但废名掉书袋子，并不令人讨厌。就像那个琴子掉书袋子并不真正叫细竹讨厌一样。因为废名在《桥》中所任的角色是个文化人，文化人爱掉书袋子——没有一个文化人不爱掉书袋子的。一旦不掉书袋子，他也就让人看不出是个文化人了。掉书袋子既是文化人的一个徽记，更是文化人的一种情趣。他们爱在人多的或人少的或无人的诸种环境与氛围中吟诵先人们的那些句子。因为那些句子能够帮助他们将自己感觉到的微妙的情绪以及不可言说的意境得以形成一个明确的能够清晰地进行享受的意识，并还可能使那眼前的或心中本来一般的景象得以升华，而成为上好的审美对象。另外，我们还得看掉书袋子的功夫。这书袋子并非是什么人都能掉得了——都能掉得不让人讨厌的。掉就必须掉得恰到好处，掉得自然，与整体格调毫无冲突，并且一脉流转。《桥》的基本意境是"一去二三里，烟村四五家，亭台六七座，八九十枝花"。废名将这一意境由始至终地贯彻下来了。这中间的多次掉书袋子，其效果是从多方扩大了这个意境，而却未脱滑出去。琴子与细竹走在草地上时，废名就顿生出一个"美人芳草"的短句。这些书袋子莫一不掉在时候上,掉在分寸上,掉得让人喜欢。这《桥》若不是一次又一次地掉书袋子,《桥》也就不是《桥》了。

二

周作人在给《桥》所作的序中，有这样一段话："我觉得废名君的著作在现代中国小说界有他独特的价值者，其第一的原因是其文章之美。"

周作人是废名的知己。他大概最能把握废名小说的价值，也最能看出废名的现代文学史上的特别意义。

"文章之美"是一总体印象，还可细分——

废名对自然并不是崇拜，而是依恋，采取一个审美姿态。这是现代文学史上少有的一个迷恋风景的作家。从某种意义上讲，《桥》不太像小说。通常意义上的小说，那里头的人物性格的发展与转变，故事的发生、拓进乃至高潮、衰落，大多是在一个又一个社会性的场景中进行的。而《桥》则几乎没有社会性场景，而只有自然场景。小林、琴子、细竹出现时，差不多都在一处又一处的风景之中。在风景之中人物进行着心灵显示、情感流动以及语言交流。而这一切得以进行又都是因为受了风景的感染乃至受了风景对人生的启悟。《桥》上下篇，共四十三个标题，而这四十三个标题差不多都是一处（个）风景：井、落日、芭茅、洲、松树脚下、花、棕榈、河滩、杨柳、黄昏、枫树、梨花白、塔、桃林……而这些风景在人物面前出现时，无一不具美感。这些美感，是我们在阅读唐诗宋词以及曲赋小品时所不时领略到的。废名不放过一草一木，因为在他看来，这一切，都是含了美的精神的。人可从中得其美的享受与感化，从而使自己能从世俗里得以拔脱。一头牛碰了石榴树，石榴的花叶撒下一阵来，落到了牛背上。废名说："好看极了。""一匹白马，好天气，仰天打滚，草色青青。"常人并不留意，但废名分明却看出了一幅画。《桥》还有大段的风景描写。这些描写都可成为风景描写方面的优美段子，成为经典。因为自然是如此美好，因此，废名对自然总是含着感情——这种感情甚至不免有点女性化了。对着芭茅，他写道："城墙耸立，我举头而看，伸手而摸，芭茅擦着我的衣袖，又好像说我忘记了它，招引我，——是的，我哪里会忘记它呢……"

废名的人类世界，是没有龌龊丑恶，更无现代主义的阴毒与残忍的。在这里，人用不着去叹息人际关系的复杂与难以把握，无由发出"做人难"的叹息。《桥》将人际关系看成是世界上最值得人去留恋的一种关系。正是这种关系，构成了生命存在的理由与价值。如果我们将萨特的"他人即地狱"的句子改写一下，《桥》对人所写的定义则是"他人即天堂"。一个人对于另一个人，绝不是一种障碍、一种威胁，而是一份温馨、一份诱惑你活于人世的力量。每一个人，都可能以纯化的心灵导你走上天路神阶。那小林与琴子、细竹之间说不清道不白的恋情,纯真得就如在天国。在这里,男女之间的恋情,成了诗与童话,没有妒忌,没有伤害,没有任何卑俗的念头,有的只不过是一些淡然无名的忧伤,而这忧伤又是很有美感的。《桥》中有支颇具意味的箫,大概最能象征这样的忧伤。

读《桥》若觉察不出意境,就不算读通了《桥》。《桥》乃是中国美学的一大范畴——意境的成功产物。当一个作家意识到世界有意境存在时,一切物象皆不是刻板的、物质的了。刻板的、物质的实境皆被一颗富有美感的心灵重新创造了。"一片风景是一个心灵的世界。"实际上,一切都是心灵的世界。说起意境,不太容易给它的意义做一个边缘清晰的界定。因为,它真正是中国美学的一个独特的范畴,而中国美学总带着一些神秘、玄学以及禅意的色彩。扩而言之,整个中国文化都有这样的色彩。中国文化是很不符合西方的所谓科学精神的。科学精神实际上是一种数学精神。它要求一切都是可说、可界定的,是一听就清楚的。而中国文化,尤其是中国美学,讲究的是一种微妙精神。它是不宜被言说,甚至是不能被言说的。道家的"道",究竟是什么?大概谁也不能像说尼采的"权力意志"和康德的"二律背反"是什么那样容易说得清楚。中国人喜欢一种美感上的乃至思想意识上的朦胧。若一定要论"意境"到底是什么,硬说也未尝不可。它大概有遥远、空灵、静、纯净、雾化等特性。

古人倒有若干对"意境"的论说，但这些论说很情绪化、形象化，比"意境"一说本身还要来得神秘，根本不可用科学术语和概念来加以说明。但，不宜言不可言并不妨碍我们对意境的心领神会。我们完全能够领略"明月松间照，清泉石上流""烟村南北黄鹂语，麦垄高低紫燕飞""商气洗声瘦，晚阴驱景芳""池塘生春草，园柳变鸣禽"……这样一些诗句所含的意境。废名的《桥》是对古典意境的妙用，又呈现出许多受了现代美学精神教化之后而生成的新意境。小林看见琴子与细竹披着头发立在棕榈树前，便对细竹说："你们的窗子内也应该长草，因为你们的头发拖得快要近地。"又说："我几时引你们到高山上去挂发，教你们的头发成了人间的瀑布。"天下雨了，两个女孩禁不住雨丝的诱惑，举了伞到了天空下。小林说："我告诉你们，我常常喜欢想象雨，想象雨中女人美——雨是一种袈裟。"无论是小林对琴子、细竹，还是琴子、细竹对小林，这些小人儿之所以能互相吸引，皆因他们总是达到一种意境——美而诱人的意境。即使是和尚的道袍在被山风掀起"好比一阵云"时，也都有个意境存在着。一句"女孩子应该长在花园里"，也让人觉到了意境。我曾把《桥》分成"惜荫""雨梳""望山""品花""看雨""听铃"等若干个单元，而这一个又一个单元都可被立成散文的意境。

读《桥》，则是在意境里浮动。

三

说《桥》，不可忽略了废名的语言，因为废名的语言太可以作为一个话题来说了。他在现代文学史上，算得上是最有语言个性的一个作家。废名的语言有这样那样的特色，但最有特色、最属他个人所有又最使人对他语言产生印象的却是一个字：涩。卞之琳比较徐志摩与废名（原名冯文炳）的语言时，有一段话：徐、冯"同是南中水乡产物，诗如其人，文如其人，徐善操普通话（旧称'官话'和'国语'），甚至试用些北京土白，虽然也还常带吴（越）方言土音，口齿伶俐、流畅、活棁，笔下也就不出白话'文'。冯操普通话也明显带湖北口音，说话讷讷，不甚畅达，笔下也就带涩味而耐人寻味"。卞的这段话说得很内行。他把废名的语言特色归结为他的方言，也有一定的道理。但，认真分析起来看，废名语言之涩，还不仅仅是因其操方言叙事之缘故。重要的原因大概还是因为他对一种格调、一种趣味的追求，而最最重要的一个原因是因为他对禅宗的言语方式的认同。这里，我们暂且不去说明这一层关系，留到下面的文章再作理会，只先说他语言之涩的涩处以及这涩所产生的奇妙的语言效果。

习惯了正规或正常的语言叙述，再读废名的作品，就会觉得他的语言磕磕巴巴，一路障碍。由于思绪常常被莫名其妙的语言打断，阅读就变成了一个忽行忽驻、忽畅忽堵的过程，使人很不习惯，甚至使人感到很不耐烦。造成这种状况，第一的原因是他的语言不合语法常规。若依了现代汉语专家们的那些规则，废名的文字是需要做很多修改的。"'呀！'抬起头来稀罕一声了。"这句话是说小林看到一株缠满金银花的树而感到惊讶。"抬起头来稀罕一声了"，此句似乎不通，而应改成："抬起头来稀罕了一声。""琴儿一手也牵祖母，那手是小林给她的花"一句似乎也不够通顺，若改成"琴儿一手牵着祖母，另一只手拿着小林给她的花……"就觉得顺当了，可以被接受了。"不时又偷着眼睛看地下的草，草是那么吞着阳光绿，疑心它在那里慢慢的闪跳，或者数也数不清的唧咕。"这段话很成问题，正常的说法应是："不时地又拿眼睛偷看地上的草。草吞着阳光而长得很绿。阳光照着它晃动的叶子，使人疑心它在那里闪跳。叶子的互相摩擦，又使人疑心它在那里数也数不清地唧咕着。"……分析下来看，我们发现，废名的语言使人感到涩而不畅，是因为他没有将话说全。他像现在的朦胧诗人，省略了许多关系、许多转折，而这些做法，是违背语法常规的。人们要求正常的书面叙述（这里是指小说）不能有这些省略。习惯了工整的、合乎规范的语言，自然不能习惯废名这种丢三落四缺胳膊少腿的语言。废名的语言之所以如此，当然不能归结为他的语文水平低下。对他的语文水平，我们毋庸置疑。因为我们并不能从他的学术性文章中也看出这样的"缺陷"。他之所以如此修辞，实在是因为他就要这样做。他在叙述时，常被一些感觉打扰着，使他顾不得去讲究语言的清晰以及什么语法。他甚至认为，语言的清晰、合法，都将有损于他欲要捉住的感觉。事实上，当我们不再对他的语言斤斤计较，也不再一定求个明白，而只是随意地看下去时，我们也便习惯了。并且不得不承认这种修辞所造成的一种特殊味道，觉得"草是那么吞着阳光绿""真正的要了她樱桃小口"这些句子实在是一些很有意味的句子。

涩的印象还因为废名语言的节奏感。他似乎不善于把握语言的节奏，常有突兀的句子，把正在进行着的节奏打断。"说着这东西就动了绿意，而且仿佛让这一阵之雨下完，雨滴绿，不一定是那一块儿，——普天之下一定都在那里下雨才行！"这"雨滴绿"三字很冒失，节奏与前面的句子两样，加之"不一定是那一块儿"与破折号后面的"普天之下一定都在那里下雨才行"不很连贯，使人感到这一段文字很不流畅。废名还喜爱在叙述过程中忽然断了叙述，用引号插上一句人物忽有的或他本人的心理潜语后，接着再叙述，仿佛一条溪水忽然地遇到了一个堤坝，使流淌受到了阻隔。虽然如此，当我们渐渐习惯了这种不时打断节奏的叙述之后，觉得节奏的突然改变再又重续从前也能产生一种不错的阅读感觉,觉得叙述中忽然插上人物或他本人的心理潜语,是顺其自然、合乎实际情况的——人在讲述什么事时,忽然在讲述过程中顿生一个与讲述的内容不相干的念头,不也很真实吗?

久读废名的作品,我们居然觉得,涩竟构成了他作品的一大魅力。

四

朱光潜先生说《桥》有一段直达作品根底的话："(《桥》里的)主要人物都没有鲜明的个性，他们都是参禅悟道的废名先生。"此言能助我们彻底打开废名艺术世界的"黑匣子"——真正使废名的作品得以较确切的解读，就必须看明白废名与禅血脉相通的关系。

废名讲："中国文章，以六朝人文章为最不可及。""中国文章里简直没有厌世派的文章，这是很可惜的事。""我尝想，中国后来如果不受了一点佛教影响，文艺里的空气恐怕更陈腐，文章里恐怕更要损失好些好看的字面。"废名的这些观念，是经过深思熟虑，被他的灵魂认可的。废名对禅的入神，到了后来，已不是作为一个研究者而对其加以研究了，而是全心全意地投入了那个境界。面对存在，他照禅的那些观念去体悟领略，从表到里整个浸泡于其中，在那里领教别具一格的到达事物本质的思维方式以及对存在的种种见解，从而获得了一种特别的审美法则和审美情趣。他没有一点私心与杂念地在这个世界沉浮，以为他得了人生的真谛，以为他的人生可达一个圆满的境界，自得其乐。

据周作人说，后来的废名都有点神神道道，他"喜静坐深思，不知何时乃忽得特殊经验，趺坐少顷，便两手自动，做种种姿态，有如体操，不能自已，仿佛自成一套，演毕乃复能活动"。周说："鄙人少信，颇疑是一种自己催眠，而废名则不以为然。其中学同窗有僧者，甚加赞叹，以为道行之果，自己坐禅修道若干年，尚未能至，而废名偶尔得之，可谓幸矣。"

知道有这样一个废名，我们再来看《桥》，我们发现了一切，一切曾使我们感到疑惑的东西也都可得到解释。事实上，我们以上分析到的那些方面，也都是一些禅的投影。就说语言之涩，当我们去重读那些关于禅宗的故事以及禅语小品，我们马上就能懂得废名在语言上的心机。禅宗里的机锋相对以及谜语般的叙述、黑话暗语样的对答都可作为《桥》语言作风的源流。

读《桥》，没有浮躁感，没有灼热与冲动，而只觉得存在于一种恬静安宁的氛围里。这里没有什么了不得的大事件发生，更无如火如荼的宏大场面。人与人和睦相处，而那些温暖的人情又不是刻意为之，只是平淡而自然的流露。人们生活在生活里，日出而作，日落而息，呼鸡唤狗，放牛牧羊。即使是情感上有所失落，抑或是有什么灾难降临，人们也都没有跌落于疯狂的绝大的伤悲，而是以无声的眼泪或目光或以无语的姿态，让人觉察出一种空虚。世界在废名眼中形成的这一大的印象，乃是因为他用了一颗平常心。这平常心是禅很在意的：人有一颗平常心，才能活得自如。有了平常心，就不会那么感情浓得化不开地待人接物，就不会把事情的实质夸张了看，就不会把天灾人祸看得多么了不得。

禅将静奉为最上等的品质。静是禅的一个核心，因为，只有一个静的姿态，才是走入存在、窥其内容的姿态，也只有这个姿态，才能获得万古不变的"真"。因此，坐禅就成了一个必需的功夫。废名在《桥》中最喜爱做的一件事，就是让他的小林独在一处凝视大千世界。每写到这种场景，废名就很入神，用了很好的文字去写："冬天，万寿宫连草也没有了，风是特别起的，小林放了学一个人进来看铃。他立在殿前的石台上，用了他那黑黑的眼睛望着它响。"小林就在这种静观中得以去除人性的杂质与轻浮。其实，不是小林喜欢静观，而是废名，是废名把静观看得如此重要，又把静观看得如此可以经得起审美。

人静观世界，而这世界也以静穆的形象供人去观察。废名有几处用了一个"哑"字："奇怪它倒哑着绿。""也都在那里哑着不动。"而无言，正是禅宗的最高境界。哑才含了无穷的底蕴。一部《桥》，有着许多静物画，虽然那些并非是静物，但在废名眼中却成了永恒的静物，沙洲上的鹭鸶是静的，连栖于岩石上的鹞鹰也是静的——"静物很多"。在这里，废名把"静物"这个词存心理解错了。因为"静物"一词本是指一只花瓶、一个苹果而言的。但废名却看出流动的河水、飘动的浮云，在草坡上移动的羊群，是和一只阳光下的玻璃器皿具有同等性质的：静。整个世界，就是一个静物。在静与静的对望与交流之中，我们领略到了一种芜杂心灵受其净化走向圣境的宗教般的感觉。

静观才能发现存在的层次以及奥妙的区别，也才能让世界变得无穷地丰富起来。浮躁不宁的心与神不守舍的眼，不能领会也不能看到一个意义无处不在、美感无处不存的世界，而只有一个大略的皮毛的印象。偌大一个世界，意象寥寥，精神平平，竟没有足以叫人感到富有的东西。正因为如此，禅才卖力地讲静观，将静观的姿态看成优雅的、超凡脱俗的、仙人化的姿态。废名很喜欢这个姿态。于是废名发现被露水打湿的拐杖，也不是无话可说的。"琴子拿起了拐杖。'你看，几大的工夫就露湿了。''奶奶的拐杖见太阳多，怕只今天才见露水。''你这话叫人伤心。'"两个女孩儿竟为一支拐杖，起了莫名的情绪与感觉，让人觉得这里也深藏着一种神秘的意味。废名的世界不再是囫囵一个了。他发现："草上的雨也实在同水上的雨不同，或者没有声音，因为鼓动不起来。"他实在不是像周作人说的"转入神秘不可解的一路去了"，而是他觉察到了我们没有心思也没有耐心觉察的世界所默默呈示出的微弱却是很有重量的意义。我们只不过是一些没有悟性的俗人罢了。

《桥》对禅出神入化的理解，最显明地表现在物我相融与物我两忘上。在禅宗，在废名这里，存在的一切是无差别的，大如日月江河，小如草芥尘末都是一样的造化。它们无一不能给人以启示以审美。而人不再是万物之灵，与那些飞禽走兽、草木花卉以及被认为是物质的东西是同等的，并且不是各自孤在一处不相交流的，更不是势不两立的，而恰恰相反，是浑然一体、相互渗透的。物就是我，我就是物，物中有我，我中有物，这世界不是能划分与界别的。姑娘们看花，那不是花红，"只在姑娘眼里红"。这里取消了主客观的分界。"花红山是在那里夕阳西下了。"这自然不是一个病句，而是在废名看来，从前的因果关系、时空关系，都是人为的关系。我们的世界本没有这些关系。说"夕阳在花红山那里西下"也行，说"花红山是在那里夕阳西下"也行。这是说不清楚的事，也不该去说清楚。琴子照镜子，想起辛酸事，"不由己的又滚了两颗泪儿了。这时是镜子寂寞，因为姑娘忽然忘了自己，记起妈妈来了。"琴子另有所思，忘了镜子中的自己，这就等于说忘了镜子，于是镜子竟也觉得寂寞了。细竹"破口一声笑，笑完了本应该就了事，一个人的声音算得什么？在小林则有弥于大空之概，远远的池岸一棵柳树都与这一笑有关系"。人是草本，草本却也是人。这里的一切都有灵性，都是人化了的。因此，才有了"燕子是飞来说绿的"句子，才有了蝉声与叶子声无法分辨的情状，才有了"白辫子黑辫子在夜里都是黑辫子"那样的玄学思辨。物我相融，最后达抵物我两忘，这就到了最高境界。

《桥》的世界，是一个入禅人的世界。废名不仅是在外表上接受禅的思想，更是用心与灵魂，领悟了禅意。因此，废名的世界，是一个具有特殊价值的世界。

五

周作人曾说:"废名君的文章近一二年是很被人称为晦涩。据友人在河北某女校询问学生的结果,废名君的文章是第一名的难懂……"

这是个事实。然而,我们不能以难与易、清楚与晦涩去判定废名作品价值的大小与有无。《桥》是长篇美文,但这美文并不是为大众而写的。它是部分人甚至是很少一部分人才能欣赏的美文——是圈子里的美文。事实上,世界上有许多被称为名著的作品,都不是大众的读物。我们甚至怀疑那些被人到处去说的一些作家,是否就是大众的?卡夫卡的《城堡》《变形记》《地洞》究竟有多少人能读懂和喜欢?它们首先就要阅读者预先准备好一套现代哲学的存在观念以及现代艺术的观念,而这些准备又谈何容易?它们至今,也不过是专家们、教授与学者们所研究、揣摩的文本。文学的价值大小,不能简单地以读者的众多与稀少为依据。这就如同商品,有些商品是供一般百姓消费的,而有些商品是供特殊阶层的人消费的。而且,我们还应看到,这个社会的方向总是要让一般老百姓也逐步过渡到高级消费。因为倘若达到了这种消费水平，它就可向世人证明着这个社会已在很高的物质水平上了。

废名的小说有人看得明白，并喜欢，甚至非常喜欢，这就足够了。

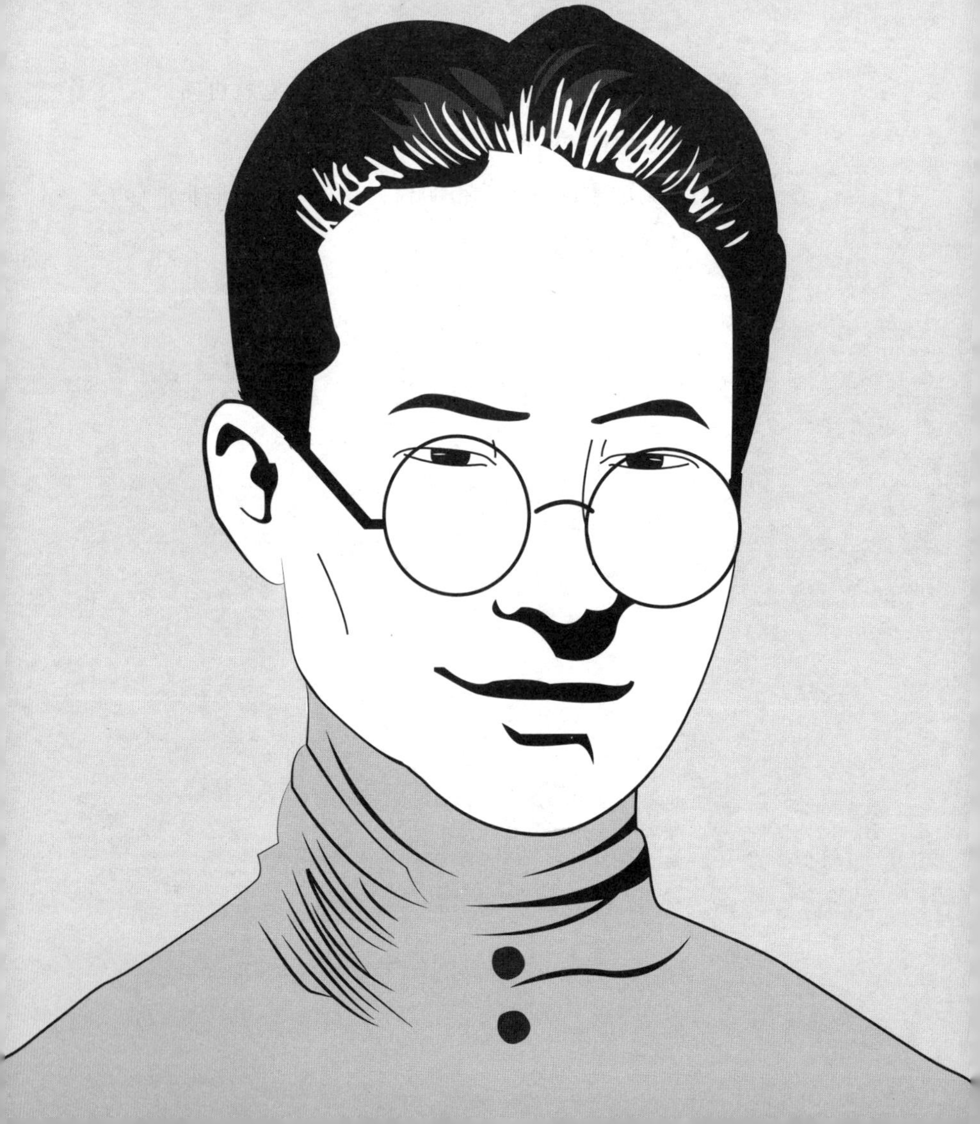

第四讲 回到『婴儿状态』

读沈从文

一

沈从文似乎很可笑。当年胡也频与丁玲吵闹得一塌糊涂，他竟横竖看不出有了个"第三者"（冯雪峰）"插足"，还自以为是，传授秘诀似的向胡也频讲什么夫妻生活的小科学。初恋时，他向恋人频频献上赶制的旧诗，即便是小城被土匪围困空中飞着流弹，他也不能放下这种事情，而那个恋人的弟弟在他昏头昏脑的恋爱季节，巧妙地弄去他不少钱，他竟然迟迟不能发觉。他第一次上讲台，竟然十分钟发蒙，说不出一句话来。勉强讲了一阵又终于无话可说，在黑板上写了一行字：我第一次上课，见你们人多，怕了。在向他的学生张兆和求爱时，他竟然对他的教员身份毫无顾忌，正处懵懂的张兆和把他的信交给了校长胡适，他也未能放弃他的追求……面对这些故事，我觉得沈从文是个呆子，是个孩子。

初读他的小说时，最使我着迷的，就是它的那份呆劲和孩子的单纯。近来读沈从文的文论，觉得他的一句话，为我们说出一句可概括他之小说艺术的最恰当的术语来："我到北京城将近六十年，生命已濒于衰老迟暮，情绪却始终若停顿在一种婴儿状态中。"这"婴儿状态"四字逼真而传神，真是不错。

婴儿状态是人的原生状态。它尚未被污浊的世俗所浸染。与那烂熟的成年状态相比，它更多一些朴质无华的天性，更多一些可爱的稚拙和迷人的纯情。当一个婴儿用了他清澈的目光看这个世界时，他必定要省略掉复杂、丑陋、仇恨、恶毒、心术、计谋、倾轧、尔虞我诈……而在目光里剩下的，只是一个蓝晶晶的世界，这个世界十分的清明，充满温馨。与如今的"现代主义"的文学作品（这路作品的全部心思是用在揭示与夸大世界的卑鄙与无耻、阴暗与凶残、肮脏与下作上的）相比较，沈从文小说的婴儿状态便像一颗水晶在动人地闪烁着。沈从文写道，这是一个"安静和平"的世界。在这个世界里，人人都有一副好脾气、好心肠，很少横眉怒对、剑拔弩张，绝无"一个个像乌眼鸡，恨不得你啄了我，我啄了你"的紧张与恐怖。"有人心中不安，抓了一把钱掷到船板上"，而"管渡船的必为一一拾起，依然塞到那人手心里去，俨然吵嘴时的认真神气：'我有了口粮，三斗米，七百钱，够了。谁要这个！'"老船夫请人喝酒，能把酒葫芦喝丢了。这边地即便是做妓女的，都"永远那么深厚""守信自约"。早在《边城》发表时，就有人怀疑过它的真实性。可是，我们想过没有，一个婴儿的真实与一个成年人的真实能一致吗？成年人看到的是恶，婴儿看到的是善，但都是看到的，都是真实的。孩子的善良，会使他去帮助一个卖掉他的人贩子数钱，这还有假吗？这婴儿的目光，注定了他要少看到许多，又要多看到许多（有一些，是婴儿状态下的心灵所希望、所幻化出的，婴儿的特性之一便是充满稚气的如诗如梦的幻想）。

婴儿的目光看到的实际上是一个人类的婴儿阶段——这个阶段实际上已经沦丧了。沈从文喜欢这个阶段，这种心情竟然到了在谈论城里的公鸡与乡村（沈从文的"乡村"实际是人类的婴儿阶段）的公鸡时，都偏执地认为城里的公鸡不及乡下的公鸡。

抓住了"婴儿状态"这一点，我们就能很自然地理解沈从文为什么喜欢写那些孩子气的、尚未成熟的（他似乎不太喜欢成熟）小女人。萧萧（《萧萧》）、三三（《三三》）、翠翠（《边城》）……写起这些形象来，沈从文一往情深，并且得心应手（沈从文的小说人物参差不齐，一些小说中的人物很无神气）。这些小女人，为完成沈从文的社会理想与艺术情趣，起了极大的作用。当我们说沈从文是一个具有特色的小说家时，是断然离不开这些小女人给我们造成的那种非同寻常的印象的——我们一提到沈从文的小说,马上想起的就是萧萧、三三、翠翠。这些情窦欲开未开的小女人,皆有纯真、乖巧、心绪朦胧、让人怜爱之特性。最使人印象深刻的自然还是那股孩子气——女孩儿家的孩子气。《边城》等将这些孩子气写来又写去。

这些女孩儿似乎永远也不会成为成熟的妇人。她们将那份可爱的孩子气显示于与亲人之间,显示于与外人之间,或显示于与自然之间。她们令人难以忘怀之处,就在于她们是女人,却又是未长成的女人——孩子——女孩子。女性是可爱的,尚未成熟的带着婴儿气息的女性更是可爱的。因为,她们通体流露着人心所向往所喜欢的温柔、天真与纯情。她们之不成熟,她们之婴儿气息,还抑制了我们的邪恶欲念。世界仿佛因有了她们,也变得宁静了许多,圣洁了许多。

沈从文的婴儿状态,使他自然而然地选择了女孩儿。她们在沈从文小说中的存在,将"婴儿状态"这样一个题目显示于我们,令我们去做。

二

话题要转到柔情上来,那些女孩儿,都是些柔情的女孩儿。但沈从文未将这份柔情仅仅用在女孩儿的身上。柔情含在他的整个处世态度之中,含在作品的一切关系之中。因此,我把在上一部分中该说的柔情分离出来,放到这一部分里一并来说。

沈从文曾写过一篇《我的写作与水的关系》的文章。文中说道:"我学会用小小脑子去思索一切,全亏得是水。我对于宇宙认识得深一点,也亏得是水。"他所写的故事,也多数是水边的故事。他最满意的文章是常用船上、水上作为背景的文章。他说:"我文字风格,假若还有些值得注意处,那只是因为我记得水上人的言语太多了。"沈从文爱水,而水的一大特点就是它具有柔性(遇圆则圆,遇方则方,顺其自然。故老子用水来比喻最高的品质:上善若水)。这水上的人与事,便也都有了水一般的柔情。一部《边城》,把这柔情足足体现出来的,自然是翠翠:

翠翠在风日里长养着,把皮肤变得黑黑的,触目为青山绿水，一对眸子清明如水晶。自然既长养她且教育她，为人天真活泼，处处俨然如一只小兽物。人又那么乖，如山头黄麂一样，从不想到残忍事情，从不发愁，从不动气。平时在渡船上遇陌生人对她有所注意时，便把光光的眼睛瞅着那陌生人，作成随时都可举步逃入深山的神气，但明白了面前的人无机心后，就又从从容容的在水边玩耍了。

翠翠对老船夫的昵近，与水与船与一草一木的亲切，一举一动，都显出一番柔情来。一段对狗的小小批评，都能使我们将一种柔情极舒服地领略：

翠翠带点儿嗔恼的跺脚嚷着："狗，狗，你狂什么？还有事情做，你就跑呀！"于是这黄狗赶快跑回船上来，且依然满船闻嗅不已。翠翠说："这算什么轻狂举动！跟谁学得的！还不好好蹲到那边去！"

在沈从文这里，柔情是一种最高贵也最高雅的情感。他用最细腻的心灵体味着它，又用最出神的笔墨将它写出，让我们一起去感应，去享受。这种情感导致了三三、翠翠以及翠翠的母亲这样一些女性形象。这些形象，都不能让人产生强烈的如痴如醉的爱，而只能产生怜爱。

对这种情感的认定，自然会使沈从文放弃"热情的自炫"，而对一切采取"安详的注意"。翠翠她们的柔情似水，来自沈从文观察之时的平静如水。他用了一种不焦躁、不张狂、不亢奋的目光去看那个世界——世界不再那么糟糕那么坏了。"黄昏照样的温柔、美丽和平静"，"身边草丛中虫声繁密如落雨。间或不知道从什么地方，忽然会有一只草莺'落落落落嘘！'啭着它的喉咙，不久之间，这小鸟儿又好像明白这是半夜，不应当那么吵闹，便仍然闭着那小小眼儿安睡了"……自然界如此幽静迷人，人世间也非充斥着恶声恶气，人们互助着，各自尽着一份人的情义。

表现在语言上，沈从文去掉了喧嚣的辞藻，去掉了色彩强烈的句子，只求"言语的亲切"。那些看来不用心修饰而却又是很考究的句子，以自然为最高修辞原则，以恬静之美为最高美学风范，构成了沈从文的叙事风格。这语言的神韵倾倒了八十年代一批年轻小说家。

这份柔情是浪漫主义的。人们一般不会将《边城》一类的作品当浪漫主义的作品来读。因为在一般人的心目中，浪漫主义是热烈浓艳、情感奔放的，殊不知还有一种淡雅的浪漫主义。前种浪漫主义倾注于浓烈的情感（爱得要死，恨得要命），而后一种浪漫主义则喜欢淡然写出一份柔情。不管是哪一种，一个共同的特点就是理想化，都要对现实进行过滤或裁剪，或根据心的幻想去营造一个世界。这边城或者没有，或者有过，但已消失在遥远的昨天了。

第四讲 回到「婴儿状态」

三

说了"婴儿状态"与"柔情"的话题,一个疑问也便出现了:这沈从文目睹了"人头如山,血流成河"的屠杀场面以及诸多丑恶的人与事,他一生坎坷,常在贫困流浪之窘境中,且又不时被小人戏弄与中伤,是是非非,在人际之间行走如履薄冰……这世界呈现于他的分明是暴虐,是凶残,是种种令人所不齿的勾当,而他却何以总是处在婴儿状态之中,又何以将世界看得如此柔情动人?他的沉重呢?他的大悲与慨叹呢?因为沈从文不能被准确地理解,早在当年就遭到人的质疑。

沈从文也没得遗忘症,怎么能忘掉这一切?我们何以不能换一种思路去追究一下?他并非遗忘,而只是不说而已("文革"之后,当一些人不免夸大地向人诉说他的遭遇时,他就很少去向人诉说这场苦难)。他在《丈夫》中曾概括过一个水保:"但人一上了年纪,世界成天变,变去变来这人有了钱,成过家,喝点酒,生儿育女,生活安舒,这人慢慢的转成一个和平正直的人了。"这段话实际上说一个人在这个世界上好好经历过了,便会起一种精神上的转折。沈从文将这世界看多了，便也变得心胸豁达，去尽了火气。他不再会大惊小怪了，能用冷静的目光看待一切了。他已完成了一个从婴儿状态过渡到成人状态，又过渡到婴儿状态（当然不是原先的婴儿状态）的过程。这种不成熟，实际上是一种超出成熟的成熟。"仁者爱山，智者乐水。"那如水的品质，是智者的品质。谁要以为沈从文是个呆子，那他可才是个呆子。他的一生，曾被人理解为软弱，其实并非是软弱，而是一片参透世界、达观而又淡泊的心境。所以，沈从文才说："但是我为自己，除了我的软弱之外，我并不夸口。"大智若愚，他的呆，已是进入了一种高境界的呆。

对于他对柔情的偏爱，我们何不做这样的解释：世界既日益缺少这些，文学何不给人们创造这些？与其将文学当成杠杆、火炬、炸药去轰毁一个世界，倒不如将文学当成驿站、港湾、锚地去构筑一个世界。

再说了，沈从文的所谓遗忘，也仅仅是表面的。他深深感受到的东西，竟如刻骨铭心一般并且顽强地渗透在他的《边城》等作品之中。他对那些不能真正体味他作品的"城里人"说:"你们能欣赏我故事的清新,照例那背后蕴藏的热情却忽略了;你们能欣赏我文字的朴实,照例那作品背后隐伏的悲痛也忽略了。"他的作品背后有着极现实又极恒定的东西。这些东西,是一些人生的基本形式和人类的基本生存状态。比如说隔膜,沈从文小说的表面生活是平和的、温情脉脉的(《边城》始终处在一派淳朴之气中)。然而这淳朴之气下面,却是深深的隔膜(几乎是"存在主义"的隔膜)。顺顺与二老的隔膜,二老与大老的隔膜,二老与翠翠的隔膜,二老与老船夫的隔膜,老船夫与顺顺的隔膜,老船夫与翠翠的隔膜,翠翠与整个世界的隔膜(甚至对她自己都有隔膜)……注定了一切都将在悲剧中了结(一种比啼哭与嚎叫深刻得多的悲剧)。沈从文以为朱光潜先生对他所做的断语最在本质上:深心里,是个孤独者。这种孤独感散发在《边城》的字里行间。《边城》——这"边"字,就有了一丝孤独。作品一开头:"塔下住了一户单独的人家。这人家只一个老人,一个女孩子,一只黄狗。"这孤独便又深了点。那独立山头的白塔,那类似于"野渡无人舟自横"的渡口景象,那一幅幅黄昏与夜晚的凄清幽远的景色……无一不把孤独托现出来。作品最后,是一个无底的企盼(张德蒂的雕塑《边城》以翠翠的盼望做画面,极传《边城》之神),回顾了这一切,谁还能说沈从文轻呢?

四

但，沈从文对我们目力所及的世界确实做了淡化处理。他省略掉或虚写了一般意义上的灾难与痛苦，每写到这些地方都是轻描淡写地交代一下，一滑而过，从不滞留于这些地方，更不铺陈其事，做煽情的把戏。对此，我更愿从艺术上来做分析。

我以为艺术——至少有一路艺术，必须对生活进行降格处理。当生活中的人处在悲苦中时，艺术中的人却只应该处于忧伤中。在生活中，这个人可号啕，而在艺术中，这个人却只应该啜泣。一些港台影视使人感到浅薄与肉麻，其原因正在于它们不谙艺术之道，对生活非但没做降格处理，也不是同格复印，却做了升格处理。生活中那个人都未达到大放悲声之地步，艺术倒让他泪雨滂沱哭得不成体统。这就毁了艺术。中国当代文学性格浮躁之根本原因，也正在于此。它恣意渲染苦难，并夸大其词，甚至虚幻出各种强烈的情感。这种放纵情感而不做节制的做法，使它永不能摆脱掉轻佻与做作的样子。

不免又要提莱辛的《拉奥孔》。此书解读了古希腊的"冲淡"美学观。莱辛总结道，造型艺术只能选用某一顷刻，而这一顷刻最好是燃烧或熄灭前的顷刻。因为"在一种激情的过程中，最不能显出这种好处的莫过于它的顶点。到了顶点就到了止境，眼睛就不能朝更远的地方去看，想象就捆住了翅膀……"莱辛是针对造型艺术说的。其实语言艺术何尝不需如此？我曾对沈从文的门徒汪曾祺的小说做过概括：怒不写到怒不可遏，悲不写到悲不欲生，乐不写到乐不可支。我以为汪曾祺的意义，正在于他晓得了艺术。从前，我们总以为，艺术要比生活更强烈，殊不知，真正的艺术恰恰是比生活更浅淡。

《边城》是降格之艺术的一个经典。

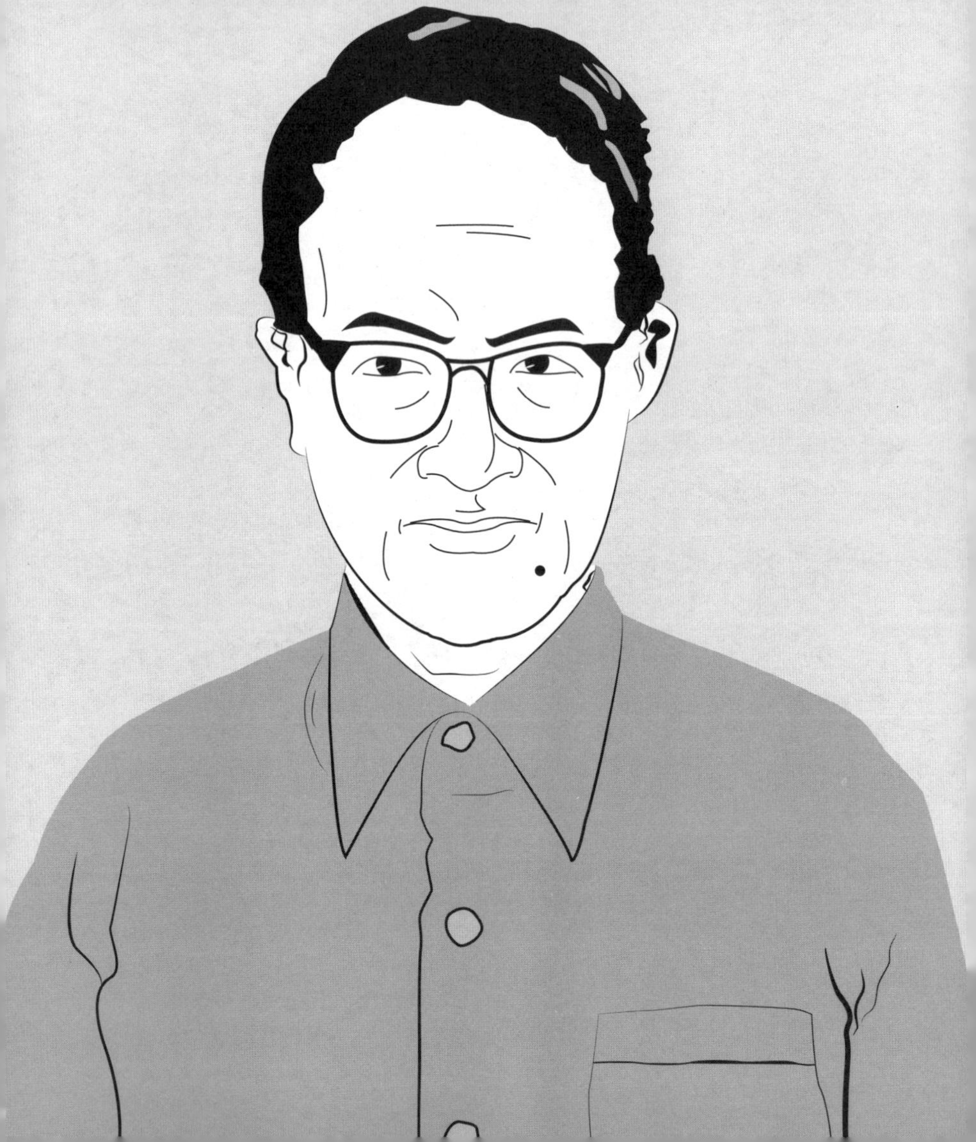

第五讲

面对微妙
读钱锺书的《围城》

一

　　由于种种原因，钱锺书的《围城》在过去各种各样的关于中国现代文学史的著作中，几乎没有被给予位置，甚至被忽略不计（同样影响了当代许多作家的沈从文先生居然也只是被轻描淡写地提及），而一些现在看来无论在思想上还是在艺术上都无太大说头的作家，却被抬到了吓人的位置上。如果就从这一点而言，"重写文学史"又何尝不可呢?《围城》固然不像那位夏志清教授推崇的那样"空前绝后"（这位先生的文学史写作更成问题），但，不能不说它确实是中国现代文学史上的一个奇迹。它的不可忽略之处，首先在于它与那个时代的不计其数的文学作品鲜明地区别开来，而成为一个极其特殊的现象——从思想到叙事，皆是一种空前的风格，我们很难从那个时代找出其他作品与之相类比。

　　在《围城》走俏的那段时间里，出来了许多关于《围城》的文章，但大多数是谈《围城》的那个所谓"鸟笼子"或"城堡"主题的。人们对这样一个主题如此在意（似乎《围城》的性命一大半是因为这个主题所做的担保），仔细分析下来，并不奇怪。中国当代作家与中国当代读者都写惯了读惯了那些形而下的主题，突然面对这样一个如此形而上的主题，自然会产生新鲜感，并为它的深刻性而惊叹。况且，这部作品早在几十年前就问世了——几十年前，就能把握和品味这样一个充满现代哲学意味的主题，便又让人在惊叹之上加了一层惊叹（一些新时期的作家还对这一主题做了生硬而拙劣的套用）。而我看，《围城》之生命与这一主题当然有关，但这种关系并非像众多评论者所强调的那样不得了的重要。且不说这一主题是舶来品，就说《围城》的真正魅力，我看也不在这一主题上。若不是读书家们一再提醒，一般读者甚至都读不出这一主题来。《围城》最吸引人的一点——如果有什么说什么，不去故作高深的话——就是它写出了一些人物来。我们的阅读始终是被那些人物牵引着的。其实，钱锺书本人的写作初衷也是很清楚的："在这本书里，我想写现代中国某一部分社会、某一类人物。写这类人，我没忘记他们是人类，只是人类，具有无毛两足动物的基本根

性。"(《围城》序)

这些年,中国的现代派小说家们横竖不大瞧得起"小说是写人的"这一传统定义了。他们更热衷于现代主题、叙事和感觉方面的探索。他们的小说再也不能像从前的小说那样在你阅读之后,一些人物永存记忆而拂之不去了(记住的只是一些零碎的奇异的感觉和一些玄学性的主题)。把"小说是写人的"作为全称判断和金科玉律,恐怕不太合适。但,完全不承认"小说是写人的",恐怕也不合适。依我看,写人大概还是小说这样一种文学样式的一个很重要的选择。创新并不意味着抛弃从前的一切。有些东西,是抛弃不掉的,就像人不能因为要创新而把饮食也废除掉一样(不能说饮食是一种陈旧的习惯)。"创新之狗"已撵得中国的作家停顿不下,失却了应有的冷静。这样下去,恐怕要被累坏的。

人还是很有魅力的,并且人类社会也最能体现这个世界的难解难读。不能全体反戈一击,都将人打出它的领域。毋庸置疑,《围城》的生命,主要是依赖方鸿渐一伙人而得以存在的。钱锺书苦心设置并认真地对付着书中的任何一个人(真是一丝不苟)。方鸿渐、赵辛楣、苏文纨、孙柔嘉几个主要人物如网中欲出水却又未出水的鱼一般鲜活,自不必说,即使一些过场的、瞬间就去的人物,也一个个刻画得很地道(如鲍小姐、曹元朗、褚慎明等)。就刻画这些人物而言,钱锺书的功夫已修炼得很到家了。

钱锺书对人这种"无毛两足动物",是不乐观的。他宁愿相信荀子而不相信孟子。《围城》将"人性恶"这一基本事实,通过那么多人物的刻画,指点给我们。凡从他笔下经过的人物,无一幸免,一个个皆被无情地揭露了。但,他未像今天的小说家们一写起人性恶来就将其写得那么残忍,那么恶毒,那么令人绝望。他的那种既尖刻又冷酷的刻画,似乎更接近事实,也更容易让人接受。写什么,一旦写绝了,失却弹性,总是一件不太理想的事情。写人更不能写绝了。一写绝了,也就没有琢磨的味道了。《围城》中人,至今还使人觉得依然游动于身旁,并且为外国人所理解,原因不外乎有二:一,写了人性;二,写的是人类的共同人性。我们有些小说家也写人,但却总抵达不到人性的层面,仅将人写成是一个社会时尚的行动实体(比如柳青笔下的梁生宝)。结果,人物仅有考证历史的意义(我曾称这些人物为"人物化石")。即使写了,又往往不能抵达人类共同人性的层面,结果成为只有中国人能理解的人。这种人性,如果称作民族性格可能更为准确。《围城》妙就妙在这两个层面都占,并且又把民族特有的性格与人类的共同人性和谐地揉在了一块儿。中国读《围城》,觉得《围城》是中国的。世界读《围城》,又觉得《围城》是世界的。

二

《围城》是一部反映高级知识分子的长篇小说。

近几年，常听朋友们说：中国当代小说家，写了那么多关于农民和市民的长篇小说，并且有很成功的（主要是新时期的小说），为什么却没有一部很像样的写高级知识分子的长篇小说？（本人就不止一次地被人问过：你为什么不写一部反映大学教授生活的作品？）也有回答，但这些回答似是而非。照我的朴素之见：形成如此事实，乃是当代小说家们自知笔力薄弱所致。农民和市民总容易把握一些，而知识分子——特别是高级知识分子太难以把握了。道理很简单，知识分子因为文化的作用，有了很大的隐蔽性。他们比一般乡下人和一般市民复杂多了。他们总是极婉转极有欺骗性地流露着人性，你洞察力稍微虚弱一些，就不能觉察到他们的那些细微的心态和动作。另外，用来叙述这个世界的话语，也是很难把握的。一个小说家的文化修养如未到达一定限度，是很难找到一套用以叙述这个世界的话语的。而那种乡土的以及胡同的话语，如你有一定的生活经验，相对而言，就容易掌握多了。《围城》

似乎也只有出自一个学贯中西的学人之手。

　　米兰·昆德拉总写那些文化人。对此，他有一个很清醒的认识：因为这些人更具有人类的复杂性。世界的复杂性，得由这些具有复杂性的人物呈现。中国当代小说的弱点，却正在于几乎把全部的篇幅交给了农民和市民（主要是农民）。有人以"中国本是农业国"来为这一现象进行辩解，一部分是出于事实，一部分却是出于掩饰自己不胜写文化人生活的虚弱。《围城》这种如此深透并驾驭自如地写文化人生活的长篇小说，几乎是绝无仅有。方鸿渐比陈奂生难研究，又比陈奂生有研究头，这大概是推翻不了的事实。

三

连续不断地扑空,构成了一部《围城》。所谓扑空,就是一种努力归于无用,一个希望突然破灭,一件十拿九稳的事情在你洋洋得意之时,倏忽间成为逝去的幻景。打开《围城》,我们可以看到一个又一个的扑空圈套。就方鸿渐而言,他的全部故事就是一个又一个扑空的呈示:海轮上,他与鲍小姐相逢,并有暧昧关系,然而那鲍小姐登岸后,居然不再回头瞧他一眼;大上海,他全心全意爱恋唐晓芙,结果却是遭唐晓芙一顿奚落和指责,只留下心头长久隐痛;他与孙柔嘉的结合,只是陷入一种绝望和失落;他原以为要做教授,结果只勉强做了个副教授;他准备好了一大套言辞,决心在高松年续聘他时,好好报复一下高松年,然而那高松年却像忘了他似的并不将他续聘……其他一些人物,也不过是扑空游戏中的一个个角色而已:赵辛楣紧追苏文纨,半道上,苏文纨突然闪到一旁跟了曹元朗;李梅亭来了三闾大学,春风得意,但很快得知,他的文学主任之位子已被人抢先一步占了……那个所谓的"鸟笼子"和"城堡"主题,实际上也就是一个关于扑空的主题。

"理想不仅是个引诱,并且是个讽刺。在未做以前,它是美丽的对象;在做成以后,它变为惨酷的对照。"(《围城》)说到底,扑空是人类的一种存在形式,《围城》则是对这一存在形式的缩写。人屡经挫折,却又为什么能够继续保持生存的欲望?那是因为造物主在设计"扑空"这一存在形式时,又同时在人的身上设计了憧憬的机制。人有远眺的本能。当一个目标成为泡影时,人又会眺望下一个目标。憧憬与扑空构成一对永恒的矛盾,在他们之间产生了一种张力,这种张力推动着生命。憧憬——扑空——再憧憬——再扑空……这便是人的生命线索。如果让人放弃憧憬,除非有一次过于"惨酷"的扑空,使人完全失去心理平衡。方鸿渐的最后一次扑空似乎已达到了摧毁他的力量,以至于他在扑空之后,万念俱灰,陷入死一般的沉睡之中,对未来不再做任何憧憬了。

扑空似乎又是长篇小说推进叙事的一个经常性的动力。从某种意义上讲,长篇小说的结构就是扑空圈套的联结。长篇小说不停地叙述着一个比一个大的扑空,我们的阅读过程抽象出来就是:期待——消解——再期待——再消解……而这种结构又如我们上面所说,是存在使然。长篇小说对存在的隐喻能力,自然要强于短篇小说。

四

读《围城》，你会引申出一个概念：小说是一种智慧。

熟读《围城》之后，你会记住很多议论生活、议论政治、议论时尚、议论风俗人情等的话语和段子。这些话语和段子，自然地镶嵌于叙述与对话之中，从而创造了一个夹叙夹议的经典的小说文本。有一种小说理论，是反对小说有议论的。这种理论认为，小说的责任就是描述——小说的全部文字的性质，都只能是描述性的，而不能是判断性的。眼下，一些批评家借用叙事学理论所阐发的观点似乎又有这样一条：夹叙夹议是一种全知全能的叙述，而全知全能的叙述，是权威主义所导致的。这种理论认为，这样一种叙述，多多少少地表明了叙述者对存在之认识的肤浅——存在是不确定的，一切皆不可测，而这种叙述居然用了万能的上帝的口吻！这种理论似乎暗含这样的意思：权威话语的放弃，是小说的历史进步。对这种理论，我一直觉得它不太可靠，甚至觉得它多少有点故作深刻。什么叫小说？我极而言之说一句：小说就是一种没有一定规定的自由的文学样式。对上面那样一种小说理论，只需抬出一个小说家来，就能将其击溃：米兰·昆德拉。他的全部小说，都是夹叙夹议的（其中还掺进许多几乎是学术论文那样的大段子），都是用了权威的口吻（他大谈特谈"轻""媚俗"之类的话题），他的形象就是一个俯瞰一切、洞察一切的上帝形象。其实，人读小说，都是求得一种精神享受，鬼才去考究你的叙述为哪一种叙述、叙述者又是以何种姿态进入文本的。鬼才会觉得那种权威话语对他不尊重而非要所谓的"对话"。再说，人总是要去说明和理解这个世界的，这是任何人也不可阻挡的欲念。在这种情况之下，有着米兰·昆德拉创作的这些智慧型小说，难道不是件很叫人愉快的事情吗？他的那些形象化的抽象议论，常如醍醐灌顶，叫人惊愕，叫人觉醒，叫人产生思想上的莫大快感，那些批评家们不也连连称颂吗？

我认为，小说之中，就该有《生命中不能承受之轻》《围城》一路的小说。

如果说米兰·昆德拉的小说所呈现的是一种纯粹的西方智慧，那么，钱锺书的小说所呈现的则是一种东西方相杂糅的智慧。那些话语和段落（关于哲学、关于政治家、关于不言与多言、关于文凭的意义、关于女人如何贴近男人等），闪现着作者学贯中西之后的一种潇洒和居高临下的姿态。与那些近乎书呆子、只有一些来自书本上的智慧的学者相比，钱锺书又有着令人惊叹的生活经验。他的那些智慧染上了浓重的生活色彩

（关于女人的欲望，关于女人喜欢死人，关于旅行的意义等）。

不少人对钱锺书在《围城》中掉书袋子颇有微词，对此，我倒不大以为然。问题应当这样提出：掉了什么样的书袋子？又是如何掉书袋子的？如果书袋子中装的是一些智慧，而这些智慧又是那样恰到好处地自然而然地出现于故事中间，耀起一片片光辉，又为何不能呢？学人小说，是必然要掉书袋子的。掉书袋子反而是学人小说的一个特色。我倒很喜欢他的咬文嚼字，觉得这本身就是一种智慧。他把一个一个字、一个一个句子、一个一个典故拿来分析，使我们从中看出许多有趣的问题来。阅读《围城》，常使我想到米兰·昆德拉。他的小说中，就有许多词解。一个个词解，便是一个个智慧。

钱锺书叫人不大受用的一点，大概是他让人觉得他感觉到自己太智慧了。那种高人一等的心理优越感，让人觉得有点过分。他对人和世界的指指点点，也使人觉得太尖刻——尖刻得近乎刻薄了。不过，对《围城》全在什么人看，不同的人会有不同的感觉。

五

《围城》最让我欣赏的还是它的微妙精神。我高看《围城》,很大程度上就是因为这一点。写小说的能把让人觉察到了却不能找到适当言辞表达的微妙情绪、微妙情感、微妙关系……一切微妙之处写出来,这是很需要功夫的。小说家的感应能力和深刻性达不到一定份上,是绝对写不出这一切的。而一旦写出了,就意味着这位小说家已经进入很高的小说境界了。《红楼梦》之所以百读不厌越读越觉精湛,其奥秘有一半在于它的微妙。我几次重复过我曾下过的一个结论:一个艺术家的本领不在于他对生活的强信号的接收,而在于他能接收到生活的微弱信号。中国当代小说家的薄弱之处,就正在于他们感觉的粗糙,而缺乏细微的感觉。他们忙于对大事件、大波动的描述,而注意不到那些似乎平常的生活状态和生存状态,注意不到那些似乎没有声响没有运动的事物和人情。而事实上,往往正是这些细微之处藏着大主题、大精神和深刻的人性以及人的最基本的生存方式。

钱锺书写微妙的意识很执着。《围城》选择的不是什么重大题材，也无浓重的历史感。它选择的是最生活化的人与事。在写这些人与事时，钱锺书写微妙的意识一刻不肯松弛，紧紧盯住那些最容易在一般小说家眼中滑脱掉的微妙之处。他要的就是这些——"这些"之中有魂儿。苏文纨不叫"方先生"而改叫"鸿渐"这一变化，他捕捉住了。褚慎明泼了牛奶，深为在女士面前的粗手笨脚而懊恼自己时，方鸿渐开始呕吐，于是褚心上高兴起来，因为他泼的牛奶给方的呕吐在同席者的记忆里冲掉了。江轮上，孙柔嘉一派无知和天真，因为她知道无知与天真对一个男人来说是有很大魅力的。过桥时，孙柔嘉对方鸿渐表现出了一种女人的体贴，但这种体贴极有分寸，也极自然，以至于仿佛这又不是一种女人的体贴，而仅仅是一种无性别色彩的人的心意。方鸿渐说他梦中梦见小孩，孙柔嘉说她也梦见了。方鸿渐对他与孙柔嘉之间的关系尚无意识时，孙柔嘉就说有人在议论她和他。方鸿渐得知韩学愈也有假博士文凭时，觉得自己的欺骗减轻罪名……所有这一切，都被钱锺书捕捉住了。而这些地方，确实是最有神的地方。

《围城》有数百个比喻句（"像"字句占大多数）。这些比喻句精彩绝伦。苏文纨将自己的爱情看得太名贵，不肯随便施与，钱锺书写道："现在呢，宛如做了好衣服，舍不得穿，锁在箱里，过一两年忽然发现这衣服的样子和花色都不时髦了，有些自怅自悔。"张先生附庸风雅，喜欢在中国话里夹无谓的英文，钱锺书说这"还比不得嘴里嵌的金牙，因为金牙不仅妆点，尚可使用，只好比牙缝里嵌的肉屑，表示饭菜吃得好，此外全无用处"。形容天黑的程度，钱锺书说像在"墨水瓶里赶路"。……夸大地说一句：《围城》的一半生命系于这几百个比喻句上，若将这几百个比喻句一撤精光，《围城》便会在顷刻间黯然失色。对于《围城》的这一种修辞，不少人已注意到，也对其做过分析，指出了它的特色以及它所产生的讽刺性等效果。而我以为，钱锺书对这一修辞手段的选择，是他在叙述过程中，竭力要写出那些微妙感觉时的一种自然选择。这些比喻句最根本性的功能也在于使我们忽然一下子把那些微妙的感觉找到了。当我们面对微妙时，我们深感人类创造的语言的无能。我们常常不能直接用言辞去进行最充分、最贴切、最淋漓尽致的表述，为此，我们常在焦躁不宁之中。一种语言的痛苦会袭往我们，比喻便在此时产生了。但不是所有比喻都可以疗治这种痛苦的，只有那些高明的比喻才有这样的能力。钱锺书的比喻，都是些令人叫绝的比喻。读《围城》时觉得痛快，就正在于它让那些恍惚如梦的微妙感觉肯定和明确起来了，并让我们从欲说无辞的压抑中一跃而出，为终于能够恰如其分地去表述那些微妙的感觉而感到轻松。

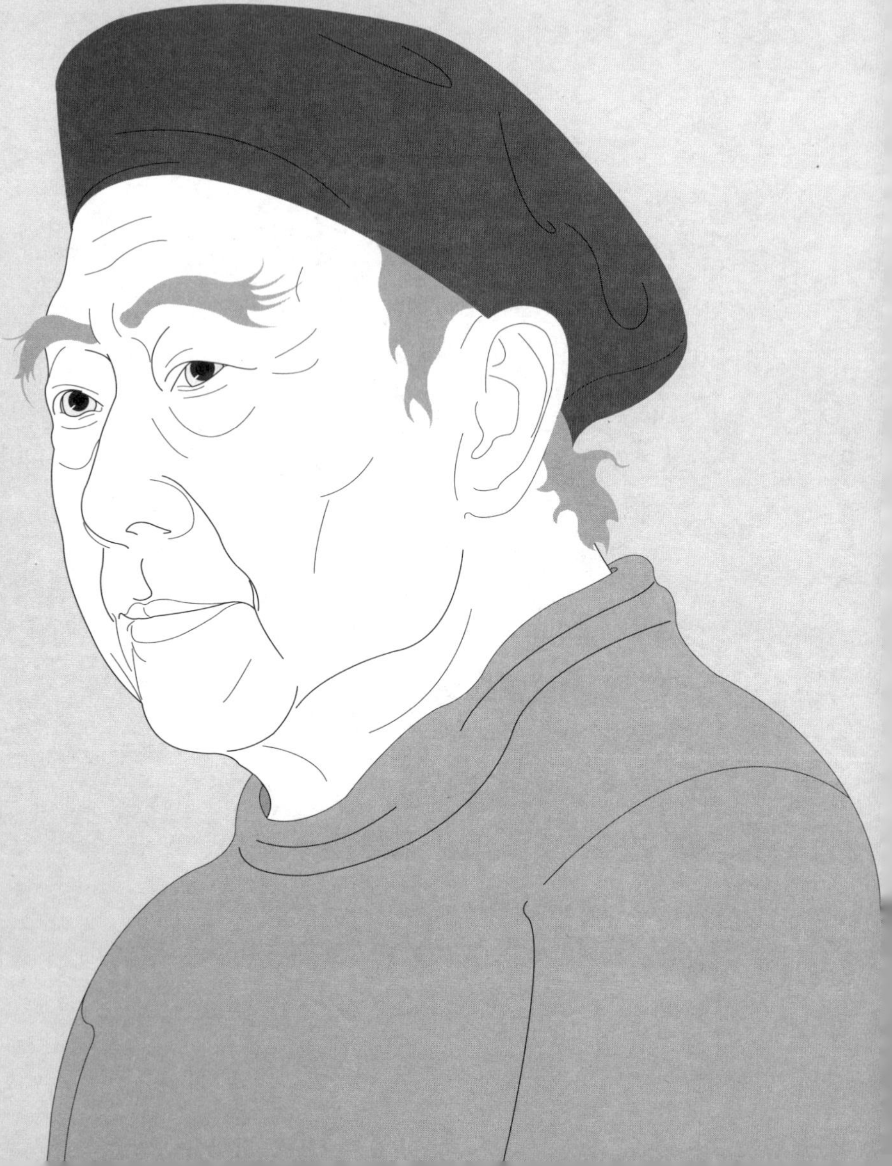

第六讲

水洗的文字

读汪曾祺

汪曾祺是沈从文先生的学生，在西南联大读过书，1949年以前就写过《复仇》《鸡鸭名家》等很别致的小说。1949年以后主要精力投放在戏剧创作上，是京剧《芦荡火种》的执笔人。这个剧后来成为样板戏之一的《沙家浜》。

　　他重新写小说，是在二十世纪七十年代末。作品发表后，有见识的读者和评论者，都有一种惊奇，觉得总在作深沉、痛苦状的文坛忽地有了一股清新而柔和的风气。但却因他的作品一般都远离现实生活，又无重大、敏感的主题，并未立即产生大的轰动，倒显得有点过于平静。他是越到后来越引起注意的。当那些名噪一时的作家和红极一时的作品失去初时的魅力与轰动效应而渐归沉寂时，他与他的作品反而凸现出来。在此后的许多年里，他一直是中国当代文学一个常谈常新的话题。

汪式"地域主义"

汪曾祺基本上属于一个地域性作家。他把绝大部分篇幅交给了二十世纪三四十年代江苏高邮地区一方土地。

从空间大小来讲，世界上的作家大致可分为两类，一类是非地域性作家，一类是地域性作家。前者认定，所谓的地方特色、风俗人情，于文学而言实在是无关紧要的。他们甚至有意淡化和排斥这些元素。这种认定，其理论基础是：文学所要表现的，应是人类共有的生活以及普遍的人性。这类作家把更多的力量放在了没有特定空间的想象上，所编织的故事，带有更多的假设性。在西方，这一类作家似乎占多数。而另一类作家，则将生活的空间严格地限制在一个他认为他所熟悉的固定的点上，方圆十八里，一辈子也不肯跨越一步。在其作品中，显示出了浓重的地方情调和特别的小文化环境。在中国，这一类作家似乎居多。沈从文是这类作家的一个经典。他表现的生活范围或者说那些最能代表他创作成就的作品，基本上都生长于湘西。国外也有这类作家，著名者如美国的福克纳。据他自己讲，他一生就只写了邮票大小一块地方。这些作家的理论基础是：艺术必须选择特殊的空间，展示特殊的生活画面，通过对特定文化的显示以及在特定环境下完成人物形象的塑造，来实现艺术的认识和审美之目的。

批评者对这两者褒贬似乎不一。但印象中，挨批评更多一些的似乎是那些地域性作家。就中国而言，地域性的过分强调、地域性作家所占比例过大，多少妨碍了中国文学的提升，降低了中国文学的规格。在中国，地域性变成了一位作家成功的一条途径。谁想获得成功，谁就必须讲究地域性。占据一方生活小岛，以对付文坛的激烈竞争，竟成为许多中国作家的一个意识、一种策略。于是当代文学形成了这样一个格局：东西南北，各据一方，以独特的地域风土人情为奇货为本钱来从事文学的买卖。于是，偌大一片中国版图，被瓜分殆尽。于是出来所谓的湘军、晋军之类的说法。于是，文学要表现的人的生活，最终变成了地方生活，中国文化变成了若干区域文化。地域性的过分强调，最终变成了地域主义，直至地方保护主义。中国当代文学少了世界文学的宏大气派。对泥土气息的过于认同，使中国文学从风格上讲，就显得有点过于小气，甚至俗气。地域主义的极端化，使文学失去了抽象的动机，失去了广阔的社会生活，失去了重大的、具有哲学意义的主题，并因它的过于狭隘与特别而失去了与世界文学对话的可能。从这个意义上说：地域主义必须是一种有节制的创作观念。

但，却谁也无法批评长期占据一方土地而经营他的文字世界的汪曾祺。一，他虽然将自己的作品的内容限制在一区域内，但他并不向他人提倡地域主义，尽管他是率先体现地域性的，但后来有那么多人蜂拥而上，则与他无关；二，他很得当、很有分寸地体现了地域性，未去一味摆弄地域性；三，他是带着一种现代的、永恒的美学思想和哲学态度重新走向地域的，地域只不过是他为他的普遍性的艺术观找到的一个特殊的表现场所而已。

《受戒》如此，《大淖记事》《故里三陈》等等莫不如此。地域性非但没有成为障碍，反而成为施展人性、显示他美学趣味的佳境。

汪式"风俗画"

当许多年轻作家拜倒在现代观念的脚下、想方设法寻找现代人的感觉、竭力在作品中制造现代氛围时，汪曾祺的作品却倒行逆施，追忆着过去，追忆着传统，追忆着原初，给人们酿出的是一股温馨的古风。

古风之生成，与风俗画有关。他对风俗画的追求是刻意的。

追溯到现代文学史，在小说中对风俗画的描绘始于鲁迅先生（如《祝福》《社戏》《孔乙己》等），沈从文的《边城》则是风俗画的一个高峰。这条线索，在二十世纪五六十年代中断了。因为，这种美学情趣，在当时是不合时宜的。到了二十世纪八十年代初，又由汪曾祺将这条线索联结了起来。

这里不去引用《受戒》的文字，因为，在我看来，整篇《受戒》都是风俗画。我们从他的《异秉》引用一段：

这地方一般人家是不大吃牛肉的。吃，也极少红烧、清炖，只是到熏烧摊子去买。这种牛肉是五香加盐煮好，外面染了通红的红曲，一大块一大块的堆在那里。买多少，现切，放在送过来的盘子里，抓一把清蒜，浇一勺辣椒糊。蒲包肉似乎是这个县里特有的。用一个三寸来长直径寸半的蒲包，里面衬上豆腐皮，塞满了加了粉子的碎肉，封了口，拦腰用一道麻绳系紧，成一个葫芦形。煮熟以后，倒出来，也是一个带有蒲包印迹的葫芦。切成片，很香。猪头肉则分门别类的卖，拱嘴、耳朵、脸子，——脸子有个专用名词，叫"大肥"。要什么，切什么。到了上灯以后，王二的生意就到了高潮。只见他拿了刀不停地切，一面还忙着收钱，包油炸的、盐炒的豌豆、瓜子，很少有歇一歇的时候。一直忙到九点多钟，在他的两盏高罩的煤油灯里煤油已经点去了一多半，装熏烧的盘子和装豌豆的匣子都已经见了底的时候，他媳妇给他送饭来了，他才用热水擦一把脸，吃晚饭。吃完晚饭，总还有一些零零星星的生意，他不忙收摊子，就端了一杯热茶，坐到保全堂店堂里的椅子上，听人聊天，一面拿眼睛瞟着他的摊子，见有人走来，就起身切一盘，包两包。

从《大淖记事》里再引一段：

他们也有年，也有节。逢年过节，除了换一件干净衣裳，吃得好一些，就是聚在一起赌钱。赌具，也是钱。打钱，滚钱。打钱：各人拿出一二十铜元，叠成很高的一摞。参与者远远地用一个钱向这摞铜钱砸去，砸倒多少取多少。滚钱又叫"滚五七寸"。在一片空场上，各人放一摞钱；一块整砖支起一个斜坡，用一个铜元由砖面落下，向钱注密处滚去，钱停住后，用事前备好的两根草棍量一量，如距钱注五寸，滚钱者即可吃掉这一注；距离七寸，反赔出与此注相同之数。这种古老的博法使挑夫们得到极大的快乐。旁观的闲人也不时大声喝彩，为他们助兴。

婚丧礼仪、居所陈设、饮食服饰等等民俗现象，在汪曾祺的作品中随处可见。当然，又绝不是为写风俗而写风俗。文学毕竟不是民俗学。在他的作品中，这些土风习俗、陈年遗风，或是用于人物出场前的铺垫，或是用于故事的发展，或是用于整个作品情调的渲染，都有一定的用场。

如此喜好，也许与他的老师沈从文有关。沈的作品，风俗画几乎是必不可少的元素。

这小城里虽那么安静和平，但地方即为川东商业交易接头处，因此城外小小河街，情形却不同了一点。也有商人落脚的客店，坐镇不动的理发馆。此外饭店、杂货铺、油行、盐栈、花衣庄，莫不各有一种地位，装点了这条河街。还有卖船上用的檀木活车、竹缆与罐锅铺子，介绍水手职业吃码头饭的人家。小饭店门前长案上，常有煎得焦黄的鲤鱼豆腐，身上装饰了红辣椒丝，卧在浅口钵头里，钵旁大竹筒里插着大把红筷子，不拘谁个愿意花点钱，这人就可以傍了门前长案坐下来，抽出一双筷子到手上，那边一个眉毛扯得极细脸上擦了白粉的妇人就走过来问："大哥，副爷，要甜酒？要烧酒？"男子火焰高一点的，谐趣的，对内掌柜有点意思的，必装成生气似的说："吃甜酒？又不是小孩，还问人吃甜酒！"那么，酽冽的烧酒，从大瓮里用竹筒舀出，倒进土碗里，即刻来到身边案桌上了。(《边城》)

这些淳朴的风俗画构成了沈与汪的文学世界。

在他二人的作品中，我们经常可以读到这样的句子："这个地方"，或"这个地方上的人"，或"这个小城"。《受戒》开头，只说了两句就说到了"这个地方"。说了"这个地方"之后，必然是一段有关"这个地方"上的风土人情的描述。

文学史上，倾倒于风俗画的大作家不乏其人。因为风俗是与社会发展，与民族性格和精神密切相连的。从风俗的变化，可以发现社会发展和民族心理变化的轨迹。一部《红楼梦》，便是一部"中国风俗大全"。老舍曾在对吴组缃先生的长篇小说《山洪》做出较高评价之后，指出它的不足之处就在于对有关民间风俗描写不够。吴先生以为老舍先生所言极是。

汪曾祺要让人们看到他的"清明上河图"，看到种种特殊品格的文化。

然而，对于部分作家而言，热衷于写风俗画，却并非是因为出于对文学传统的敬仰。他们热衷于写风俗画，则另有企图。他们只不过是想通过写风俗画酿造出一种生活化的氛围或所谓的地方情调，以图打入文坛罢了。

长久以来，中国文学持有一个并不可靠或者说并不高级的衡量尺度，这就是用生活气息是否浓郁来衡量作品高下的尺度。当一篇作品被送到编辑手上时，如果他在阅读之后能产生一种"生活气息浓郁"的强烈印象，这篇作品就有可能获得青睐。而当它发表出来之后，倘若又得批评界一番"生活气息浓郁"的称赞，这篇作品也就会以"优秀作品"或"佳作"而美享殊荣。因为有这样一个大家公认不疑的标准，因此，"生活气息浓郁"便成了许多欲事文学并欲主文坛的人必须要加以考虑的重要问题。或许是因为他们缺少深厚的生活体验，或许是因为虽有深厚的生活经验却无过硬的表现生活的本领，他们却是总不能达到这样一个标准。这时，他们就会去琢磨寻找一些可以造出"生活气息浓郁"这一效果的种种很外在的手段。他们或是从阅读的经验里摸索到，或是直接依赖于悟性的感应，发现：写风俗画，写某一行业、行当，是制造这一效果的最简便也最行之有效的手段。他们通过对某种作坊、行业或行当的特殊性的了解，然后以专门家的架势，对这些作坊、行业或行当侃侃而谈，其中不必要地堆积了大量的以至烦琐累赘的专业知识，但在效果上，它确实给人造成了"生活气息浓郁"的印象。这一印象在缺乏分析精神的读者头脑中甚至还可能是深刻的。这几乎成了一个心照不宣的窍门。有些作者，为了达到这一效果，甚至杜撰了一些关于某一作坊或某一行业、行当的知识。他们敢于有恃无恐地杜撰，是因为他们摸准了这一点：对这些作坊、行业、行当全然无知然而又具惰性的读者，是不会采取科学研究的态度而对他们的叙述与描绘加以考证的。或许是因为他们担忧可能会有个别的阅读者闲则生非，闲得无聊去揭露他们的谎言与伪造，或许是因为他们真想诚实地制造更强烈的"生活气息浓郁"的效果，一些作者还特别强调了那些作坊、行业或行当所具有的地方性——他们更倾向于写一些地方性的作坊、行业与行当。于是，我们在近一二十年的小说散文中，又再次看到了沈从文与汪曾祺式的口吻："这地方上……"这四个字犹如买得了闯入文坛的入场券。其情形好比是参与互相倾轧、你死我活的商战，无奈自己没有尖端的产品与人一争高下，便只好以土特产去惹人注目、博得欢心，以求得一席位置。它使读者探知陌生区域中的故事的好奇心以及向往乡土情调等心理得到满足。而最根本的是，它使"生活气息浓郁"成为不可考证的东西。而正是因为不可考证，于是在作者一次又一次地说着"这地方上"之后，读者无可奈何地相信了，甚至佩服了这个人——即那个作者的特别的生活经验。事实上，我们可以说：这些"这地方上"的作坊、行业以及关于作坊、行业的种种规矩与知识，十有八九是夸张的和编造的，是一些伪风俗。这些作者正是利用这些伪风俗而实现了分享文坛福利的目的。

汪曾祺却是老实的。他所具有的丰厚的人生经验使他早已没有那些年轻的写作者在生活经验方面的捉襟见肘的窘境。再加上他的丰富的传统文化知识，他已没有必要再去杜撰什么（谁杜撰，谁未杜撰，细心揣摩，还是能够看出来的）。但汪曾祺的成功，又确实是在很大程度上依靠了"这地方上"。只不过汪并不太多地用"这地方上"，而改用"我们那里"罢了。他的小说与散文，写了不少"我们那里"的作坊以及"我们那里"的风俗民情。他似乎也很难写出没有地方痕迹的作品来。在他，这却并非是短处。

童话式的道德观

1. 迷人的道德气氛

汪曾祺笔下的社会，是一个基本处于自然经济状态下的社会，生产方式和生活方式还比较原始。这个社会追求的是自给自足的经济理想，生产力水平低下，劳动分工简单，家庭是共同劳动的经济单位。大部分是以土地为其经济、生活、文化、家庭结构和政治制度的基础。他们的生活都围绕着村落。

近些年我们有一批作家，对这种古老的渔猎、放牧和村社生活发生了浓厚的兴趣。他们从令人目眩的现代社会走出，或溯时间长河而上，寻找昨天的部落和村落，或走进大山、原野去寻找一片至今还未经文明社会熏染的土地。

汪曾祺所写的是二十世纪三四十年代江苏高邮地区的小镇和村社生活。三四十年代，从整体而言，中国当然已开始向现代文明社会迈进。但就这个特殊地区来说，却还在较为原始的状态之下。它远离文明的大都市，发达的水路交通除了给它带来热闹，并未带来现代社会的新观念。它在变革，但仍保持着原始的特色。

"田畴麦垄，牛棚水车，人家的墙上贴着黑黄色的牛屎粑粑，——牛粪和水，拍成饼状，直径半尺，整齐地贴在墙上晾干，作燃料……"（《大淖记事》）汪曾祺很乐于描绘古老的村社图景。小街小巷、鲜货行、做小本经营的来自四面八方的小商贩、各行各业的小手工作坊、笨重的生产工具、简单粗糙的铸造……虽然也有"漆得花花绿绿的""机器突突地响，烟筒冒着黑烟"的小轮船（蒸汽机的发明当然是人类社会进入工业文明的标志），但用今天的目光来看，它的整个生活画面毕竟还是涂满了原始的色彩。

二十世纪八十年代，我们有大量的描写土地为中心的乡村山野生活、把古老的农业社会浪漫化了的作品——"农村是上帝创造的，城市是人创造的。"

主宰这里的生活的是一种与今天的道德观不可同日而语的原始道德观——一种童话式的道德观。

汪曾祺的作品洋溢着这样的道德观的迷人气氛。他的小说也自有一种力量。这种力量并未达到振聋发聩、令人心情激荡的程度，但却会使人在心灵深处持久地颤动。这种力量正是来自这样的道德。《大淖记事》是写一个小锡匠与一个贫家女子的爱情故事。这种爱情闪烁着未经世俗社会熏染的人的原始品质的光辉。当巧云还未来得及将自己全部奉献给小锡匠时，却被水上保安队的刘号长粗暴地占有了。巧云为小锡匠未获得首夜权而感到深深的惋惜与内疚。她有一种自发的道德破损感。面对自己所恋的人被玷污，小锡匠并未产生现代人那种厌恶、嫉妒、恼怒和种种不可名状的心理，却时常夜间偷入巧云的茅屋，去用感情的胶汁弥合一颗破碎的心灵。这与其说是对肉体的占有，不如说是一种勇敢的、纯洁的道德行为。而这种道德以及施行这种道德的方式都显然不是现代人的。作品越往后写，这种传统道德观所蕴含着的善的力量则越强大。小锡匠被刘号长派人打了，巧云让锡匠们把他抬到自己的家中。锡匠们凑了钱，买了人参，熬了参汤。"挑夫，锡匠，姑娘，媳妇，川流不息地来看望十一子。他们把平时在辛苦而单调的生活中不常表现的热情和好心都拿出来了。"后来，这些锡匠们组成了一支游行队伍，上街示威游行。他们"挑着二十来副锡匠担子，在全城的大街上慢慢地走。这是个沉默的队伍，但是非常严肃。他们表现出不可侵犯的威严和不可动摇的决心。这个带有中世纪行帮色彩的游行队伍十分动人。"这种力量强大得使地方当局都感到惧怕，不得不将刘号长驱逐出境。他的《岁寒三友》中的清贫画师靳彝甫，与朋友相处，竟只"义气"二字。当他的两位挚友破产、家徒四壁而感到绝望时，他竟毫不犹豫地将自己在任何困难时刻也不肯出手的祖传珍宝——三块田黄石——出卖了，慷慨地去营救正走向死亡之路的朋友。他的《皮凤三楦房子》中的皮凤三很有点明清话本中的人物的色彩。他仗义疏财，抱打不平。对于倚财仗势欺人的恶者，他常常"用一些很促狭的办法整得该人狼狈不堪，哭笑不得"。

所谓道德，是社会调整人们之间关系的行为规范的总和。人们依据一系列道德概念生活，与周围的人相处。中国传统道德的内容不外乎是：善、侠义、豪举、慷慨、为朋友不惜囊空如洗两肋插刀、诚实、专注、绝不背信弃义、怜贫、怜弱、扶危济困、一方有难八方相助等。中国人沿用这种道德观，经历了一个相当漫长的历史时期。与现代道德观相比，它可能是落后的。它远没有上升到理性的高度，也没有受到政治观念的影响，更无阶级意识。它是原始的，但又正因为它原始而格外显得纯真、不带虚伪、富有感动人的力量。道德是一个历史范畴的概念。我们不能用今天的眼光去简单否定昨天的道德观。评判它时，需有时间和空间观念。而且应当看到这样一个事实：即使在同一时间里，在不同空间（特殊环境中），旧的道德观仍然是人类优秀品质和良知的体现。在那里，它就是合理的，也是值得赞美的，尽管从人类发展的总趋势来讲，它终究会成为明日黄花。

感情像纽带一样联结了人们，维系着他们的生活。但感情方式是原始的。它坦诚、直露、强烈、单纯、富有野性，与婉转、曲转、缠绵和温文尔雅的现代感情方式形成明显对比。这是汪曾祺笔下的小锡匠在被尿碱灌醒后与姑娘的一段对话：

"他们打你，你只要说不再进我家的门，就不打你了，你就不会吃这样大的苦了。你为什么不说？"

"你要我说么?"

"不要。"

"我知道你不要。"

"你值么?"

"我值。"

"十一子,你真好!我喜欢你!你快点好。"

"你亲我一下,我就好得快。"

"好,亲你!"

同样,在《受戒》中也有这样的情景。当明子受戒之后,我们看到的并不是一个从此以佛规来约束自己的形象——他受戒回来后的第一件事却是与小英子悄悄划船进入了芦花荡。

小英子忽然把桨放下,走到船尾,趴在明子的耳朵旁边,小声地说:
"我给你当老婆,你要不要?"
明子眼睛鼓得大大的。
"你说话呀!"
明子说:"嗯。"
"什么叫'嗯'呀!要不要,要不要?"
明子大声地说:"要!"
"你喊什么!"
明子小小声说:"要——!"
"快点划!"

英子跳到中舱，两只桨飞快地划起来，划进了芦花荡。

与城市文明为标志的现代社会——发达的商品经济社会相比，乡土社会，特别是自然经济状态下的乡土社会，人的关系显得格外密切。由于物质的贫乏，家庭不可能是完全独立的经济单位。生存的愿望将他们联系在一起。东家缺东西，便去西家借，大至大型劳动工具（如水车、牛马），小到一升米、一根针。他们需要互相扶持、互相依赖，谁也离不开谁。生产力发展的水平决定了他们之间只能是一种密不可分的关系。我们有很多作品在写这种社会里的农民阶级那种自然纯朴的感情，使有感于都市化带来的感情淡化的广大读者与这种旧式的、历史将要结束它的感情发生共鸣。

2. "遥远"之美

汪表现原始生活还有一个很重要的因素，就是出于美学方面的考虑。

"年代久远常常使最寻常的物体也具有一种美。""美的事物往往有一点'遥远'，这是它的特点之一。"对于现实世界，一般的人们所注意的往往是它的实用价值，而不太容易对它采取审美态度。而随着时间的推移，已经成为过去的那个现实世界，人们再回首看它时，由于它与他们的生活已没有直接的利害关系，往往就不带经济中人的世俗眼光了，而站在了一个审美角度上：不是这件物体值多少钱，有什么实际作用，而是这件东西美不美。一口古钟，也许已不再是用来召集村民的一种信号，它给人们的是精神方面的感受。山顶，一座过去用来抵御侵敌的古堡，也许早已失去了它的物质性的作用，但它却能使后来的人在心里唤起庄严的审美情感。"济慈著名的《颂诗》中不朽的希腊古瓶，对于西奥利特的同时代人说来，不过是盛酒、油或这一类家常用的器皿而已。'从前'这两个字可以立即把我们带到诗和传奇的童话世界。"

古朴本身就是一种美。

汪曾祺作品所产生的美，正是这样一种美。

无为的艺术

1. 克制——作为一种文学性格和气质

从美学角度讲，汪曾祺的创作对中国当代文学性格和气质的改变起了很大的作用。

过去文学的浮躁性格，与毫无节制的情感宣泄多少有点关系。一方面，叙述者泛滥情感，并赤膊上阵，闯入作品，毫不约束地将这种严重缺乏内涵的空洞的情感抛掷于字里行间，"啊啊"不断；另一方面，作品中的人物更是躁动不安，情感涨满，常做极端行为。"刀眉竖立""双目圆瞪""声若洪钟""脚跺得大地震颤"……剑拔弩张的形容，早成为俗套，屡见不鲜。不光让感情不加掩饰地暴露，而且还人为地制造情感——无病呻吟。二十世纪七十年代末，文学对过去这种情感廉价出卖的做法深为反感，出现了一些风格较为冷峻的作品，但还是有不少作家一下无法克服过去的做法，依然在感情上有失分寸。当然，对二十世纪七十年代末揭伤口、舔血迹的那批"伤痕文学"，我们要做具体分析，不能仅以情感浓烈就加以否定。当时，压抑的人们的确要大呼三声，文学成为人们情感爆发的火山口，也是自然而然的事情。但，确实有些作品在情感方面过头了。让情感沉没于茫茫的泪水之中，总不能算是一种健全的情感。"啼哭在理想的艺术里不是毫无节制的哀号，把痛苦和欢乐满肚子叫出去也并非音乐。"

进入二十世纪八十年代，中国作家在情感的克制上，显出了极大的毅力。他们不想再随便冲动，让宝贵的情感一泻无余。更不想学那些演技拙劣的演员，幻化出心底深处根本没有产生过的感情贴到脸上，然后靠生理机能的嘴角抽搐，以显示极度的痛苦。他们从作品里撤出，冷峻地、不露声色地、客观地表现着生活。即使介入，也不像过去那样动辄就作"义愤填膺"状、"惨痛欲绝"状、"昂扬激越"状，而镇定自若，感情自然，行动平稳，痛苦和欢乐都是有节制的流露。嘴形大张的号啕，变成胸腔中的哭泣；爱情失落后的跌跌撞撞的奔跑，变成了日暮时缓缓脚步和哀哀目光。

其实，在生活中，人们也是不太欣赏情感放纵的。违背人性地压抑感情是不可取的，而毫无约束地放纵感情同样是不可取的。也正是在这一点上，显出了人的高贵和浅薄、深沉和浮躁、成熟和轻佻。完善的性格应是感情和理智的和谐统一。莱辛在《拉奥孔》一书中谈到索福克勒斯的悲剧时，一方面，他对罗马格斗场上的冷酷无情表示反感，说"罗马人在悲剧方面之所以停留在平庸水平以下"，是因为剧作者和观众"在血腥的格斗场里学会了歪曲一切自然本性"，认为人应当尊重自己的自然本性。另一方面，他又反对在"原则和职责"面前依然还放纵感情。中国文化传统本来就崇尚感情含蓄，所以，蔑视没有理智的、情感不加节制地宣泄的艺术品，也就自然而然了。

二十世纪八十年代文学的感情淡化可分为两支。一支是依旧表现浓重的感情，但把这种感情的外露转向心灵深部，并从尖端降落一格，由冷峻代替狂烈，以深沉代替暴躁，以恼怒代替激怒，以冷静的微笑代替疯狂的大笑，以默默的悲哀代替声嘶力竭的悲哀。如张贤亮、张承志、蒋子龙、李国文、梁晓声等人的作品。张贤亮笔下的许灵均，是社会的弃儿。他被发配马场，与牲口为伍，晚上，"像初生的耶稣一样睡在木头马槽里"，当马"用湿漉漉的鼻子嗅他的头，用软乎乎的嘴唇擦他的脸"，温暖的抚慰会使他的心颤抖起来，以至禁不住"抱着长长的、瘦骨嶙峋的马头痛哭失声，把眼泪抹在它棕色的鬃毛上"。然而，他并非无节制地放纵自己的悲哀之情，他只是在深沉的夜里独自一人将这种感情从胸膛底部流露出来，而并未在大庭广众之下，像孩子般咧开大嘴号啕，相反，总是以冷峻的神情出现在那些牧马人面前，毫无想获得他人怜悯的哀状。这类作品是鲁迅、托尔斯泰式的大调作品。与上类作品相比，另一类情感淡化的作品，是蒲宁、沈从文式的。这些作品追求更为淡泊的情感，情感的流露更为轻徐、舒缓、婉转。在这一方面，汪曾祺是开新的风气的。他写了不少这样的作品（如《大淖记事》《受戒》等）。这些作品希冀获得的美感是：秀美感和静美感。

朱光潜先生在《悲剧心理学》一书中分析道：似乎女性更容易显示柔美、秀美和文弱美。女性特有的微微俯身的体态、勾着的脖颈、自然摊开的双臂、清晰柔和的线条、如水荡漾的流盼、静静的凝眸、微微的娇喘以及温柔絮语，这一切都能产生动人的秀美感。《受戒》中的小英子一行印在田埂上的脚印都这样的美："五个小小的趾头，脚掌平平的，脚跟细细的，脚弓部分缺了一块。"《大淖记事》中的巧云十五岁，"长成了一朵花。……眉毛黑如鸦翅，长入鬓角。眼角有点吊，是一双凤眼。睫毛很长，因此显得眼睛经常眯睎着；忽然回头，睁得大大的，带点吃惊而专注的神情，好像听到远处有人叫她似的。"汪曾祺写了不少这样的感情恬淡的女性。她们性格柔顺、不做强烈的反抗，总是表现爱和欢乐，富于幻想，世界仿佛有了她们而变得纯净、透明。当她们不幸而又无力反抗时，这种秀美感在人心理上立即产生了一股怜爱之情。

这类作品是明净的。作者用"明净的世界观"，看出了"生活中的美和诗意"。它对读者来说，在"情操上有些洗涤作用，或者按亚里士多德的说法，起'净化'作用"。它呈现给读者的是一种似乎非世俗社会才有的静美。

这些美的获得，显然与淡化人物的感情有关。我们不可设想锋芒毕露、怒目圆瞪的角力和野蛮、暴烈的情感冲突能生出这类美感来。

莱辛在《拉奥孔》中以分析古代群雕《拉奥孔》，阐明了自己的一系列美学观点，其中特别强调了"冲淡"美学观。

雕塑《拉奥孔》是根据传说中的拉奥孔父子三人被海上游来的两条巨蟒缠死的故事作成。被巨蟒缠绕是痛苦的，但雕塑中的拉奥孔并未因痛苦而哀号。他所呈现的表情是"节制住的焦急和叹息"，"身体的苦痛和灵魂的伟大仿佛都经过衡量，以同等的强度均衡地表现在雕像的全部结构上"。莱辛问道：为什么雕塑里的拉奥孔没有哀号？对此，他做了详细分析。美是古希腊的最高法律。如果拉奥孔因痛苦而哀号，人们看到的只会是一个张开的类似黑洞的大口，而这是丑的，违背了希腊人的美学原则。所以要把"忿怒冲淡到严峻"，把"哀伤冲淡为愁惨"。在这里，莱辛又同时提出了必须将人物的感情控制在到达顶点前的一步的美学观点。他认为造型艺术只能选用某一顷刻，而这一顷刻最好是燃烧或熄灭前的顷刻。因为道理很简单："在一种激情的过程中，最不能显出这种好处的莫过于它的顶点。到了顶点就到了止境,眼睛就不能朝更远的地方去看,想象就被捆住了翅膀……"所以,"拉奥孔在叹息时,想象就听见他哀号;但是当哀号时,想象就不能往上升一步,也不能往下降一步;如果上升或下降,所看到的拉奥孔就会处在一种比较平凡的因而是比较乏味的状态了"。莱辛的所有这些观点,都是对于造型艺术而言的。其实他的美学观点也可以扩展到语言艺术领域——虽然语言艺术有时可以不实行这一美学观点也依然可以创造艺术价值。上乘的语言艺术品,大多是遵循了这一美学原则的。卡列宁始终没有因为安娜与沃伦斯基的私通而震怒到举起双拳怒吼,或者出现我们过去作品中经常出现的形象:像一头受伤的困兽在屋里走来走去。同样,安娜最后的痛苦也没有写成绝望的哀号,只是平静地走向铁轨。

二十世纪八十年代的中国文学与莱辛的美学观吻合了。它似乎在追求"高贵的单纯,静穆的伟大"这一古典艺术的理想。它努力保持平静的创作心态,以冷峻和淡泊的笔调去写生活,把感情埋在心灵深处,而以平静的外表呈示于读者和观众。《大淖记事》中的巧云被水上保安队的刘号长奸污了。作者并未按常规的写法,写一个少女失去贞洁后的羞耻心理,写她痛苦万分,简直要去自尽。这里没有泪流满面、披头散发、面容憔悴、跌跌撞撞地走向河边的形象,也没有捶胸顿足、撕扯衣服和狠揪头发,更没有绝望的哀号。作者说,他要表现巧云失去童贞之后的痛苦心情,但要以一种"优美的方式来表现"。现在写成这样：她起来后，飘飘忽忽地想起了一些事情，想起了小时候母亲给她点一点眉心红；想起小时候看见新娘子穿的粉红色的绣花鞋；想起她的手划破了，小锡匠吮她指头上的血。美被丑恶玷污了，痛苦隐藏在诗意里——美丽的痛苦。这个形象既获得了道德同情，同时也获得了审美同情。而在审美过程中，人们往往更注重审美意义上而非伦理道德意义上的同情。《岁寒三友》的结尾，三位朋友借酒浇愁，酒中取乐，也并未将愁和乐的感情写到顶点，没有我们通常作品中见到的酒醉后痛哭流涕，也没有酒醉后的歇斯底里的爆发，一切就像酒店外的雪花，落地无声。这些作品中，爱情和仇恨、痛苦和幸福的感情都未达到饱和和白热化的程度。我们可不可这样对它们加以总结呢？怒不写到怒不可遏，悲不写到悲不欲生，乐不写到乐不可支。

阅读《受戒》，我们会从头到尾体会到这种对感情的处理方式。

2. 柔情："安详的注意"

话题要转到柔情上来，那些女孩儿——如小英子、巧云，都是些柔情的女孩儿。和沈从文一样，汪未将这份柔情仅仅用在女孩儿的身上。柔情含在他的整个处世态度之中，含在作品的一切关系之中。

沈从文爱水，汪曾祺也爱水。他在谈他的创作时，同样也谈到了自己的创作与水的关系。《受戒》《大淖记事》都是写水的。

> 芦花才吐新穗。紫灰色的芦穗,发着银光,软软的,滑溜溜的,像一串丝线。有的地方结了蒲棒,通红的,像一枝一枝小蜡烛。青浮萍,紫浮萍。长脚蚊子,水蜘蛛。野菱角开着四瓣小白花。惊起一只青桩（一种水鸟）,擦着芦穗,扑鲁鲁鲁飞远了。(《受戒》)

而水的一大特点就是它具有柔性。这水上的人与事,便也都有了水一般的柔情。《受戒》《大淖记事》写的就是这份柔情。

沈从文也好,汪曾祺也好,在他们这里,柔情是一种最高贵也最高雅的情感。他们用最细腻的心灵体味着它,又用最出神的笔墨将它写出,让我们一起去感应,去享受。对这种情感的认定,自然会使他们放弃"热情的自炫",而对一切采取"安详的注意"。巧云、翠翠她们的柔情似水,来自他们观察之时的平静如水。

这种美学追求,与写昂扬和激情并不矛盾,它只是要求昂扬和激情要适度,要为读者获得想象的余地和保证美感实现,做适当的冲淡。一颗沉静的心灵比一颗暴烈的心灵总要伟大得多。宁静、深沉的作品总是比激起瞬间激情的作品有更高的价值。

3. 洞穿一切的沉静语言

人们对汪曾祺的叙事态度印象很深。"叙事态度"是一个比"语言风格"更深刻一层的概念。对"语言风格"的分析，到语言本身为止，它并无通过语言表象看到背后的作者的人生态度的任务。汪曾祺的叙事态度是在与绝大部分中国小说家相比之下被人注意的。大部分中国小说家，所显示的是一种全身心介入生活的态度。在充满主观和感情色彩的语言背后，是一些热情洋溢的、豪情奔放的、悲愤的、焦灼不宁的心灵。他们富丽堂皇地装饰着句子，让句子积压着沉重的情感。而汪曾祺所塑造的是一个老者的形象。这位老者饱经风霜，岁月已经将他性格中的焦躁、热情、仇恨等去除干净了。用他自己的话说，已去净了"火气"。现如今剩下的，是一片参透世界、达观而又淡泊的心境。他不再把悲哀、欢乐等感情看得多么严重，不再不加掩饰地将这些情感直接流注于笔端。他是一个旁观者，一切都看得很清楚，很透彻，了然在心，并且承认一切都是顺其自然，无须大惊小怪，也不必长吁短叹。他用古朴、平淡、自然的句子，不在意地叙述着人和故事，其中含着洞穿一切的冷峻和谐趣。

这是《大淖记事》中的一段文字：

淖，是一片大水。说是湖泊，似还不够，比一个池塘可要大得多，春夏水盛时，是颇为浩淼的。这是两条水道的河源。淖中央有一条狭长的沙洲。沙洲上长满茅草和芦荻。春初水暖，沙洲上冒出很多紫红色的芦芽和灰绿色的蒌蒿，很快就是一片翠绿了。夏天，茅草、芦荻都吐出雪白的丝穗，在微风中不住地点头。秋天，全都枯黄了，就被人割去，加到自己的屋顶上去了。冬天，下雪，这里总比别处先白。化雪的时候，也比别处化得慢。

汪曾祺心平气和地面对人生、面对自然，悠闲地驾驭着文字，简洁、明了地叙述着这个世界——这个世界上的一切。

我们来看另一位作家的一段文字。这里我们并无褒贬之意，而只是想通过这段另一极端的文字，与汪的叙事态度做一个比较，从而更清楚地看出汪的叙事态度的不同：

高亢悲怆的长调响起来了，它叩击着大地的胸膛，冲撞着低巡的流云。在强烈扭曲的、疾飞向上和低哑呻吟的拍节上，新的一句在追赶着前一句的回声。草原如同注入了血液，万物都有了新的内容。那歌儿激越起来了，它尽情尽意地向遥远的天际传去。

这段文字为张承志所有。他是以一个深沉的、充满激情的抒情诗人的形象出现的，与汪的淡然相反，是一个完全投入的姿态。

叙事态度背后,总有很深的文化以及人生的背影。这绝不是一个修辞学问题。它是文化品质长期渗透和人生经验的积淀。日常生活中,人们的语言风格千差万别,也都不是一个简单的语言习惯问题。对叙事态度的研究所得出的结论,一定会超出以往研究"语言风格"时所获得的浅显见解。

叙事学中,有一个重要的概念,叫语气(或叫口气)。分析语气是研究言语人之身份、品质与趣味的一个重要途径。语气的微妙区别却可能隐藏着叙述者的不同身份、不同经历、不同气质、不同情趣和不同的教养这样一些重要事实。其实一个作家在他的作品第一句,就可能透露了这一切差异:

(1)我的妻子
(2)我的妻
(3)我那口子
(4)俺老婆

"我的妻"仅比"我的妻子"少了一个"子"字,但给人的感觉就大不一样了。"我的妻",这种口气是一个文化人的口气,并且是一个性格平和、感情纯正并略带了一些酸腐的文化人的口气。

汪曾祺的叙事态度之所以如此,一是因为他的生活经历。汪1920年生,写《受戒》《大淖记事》等作品时，已是六十岁左右的人了。这漫长的人生历程，使他对社会、对生活，都有了很深刻的感受。他的人生道路又极不平坦。如此人生，使他获得了一种难能可贵的平淡品质。他已将人生识破，忧愁和苦难，在他来说，都已不再可能使他产生大弧度的感情波动。被誉为二十世纪最后一位名士的汪曾祺，已进入了一种境界，一种徐渭式的境界。徐渭有两句话，叫：

乐难顿段，得乐时零碎乐些；
苦无尽头，到苦处休言苦极。

汪曾祺既不会毫无风度地叫苦连天，也不会像张承志那样因为幸福而泪水盈眶、伏倒于草地而亲吻不已。

说到汪曾祺的叙事，不能不看到第二个原因，即他的旧学根底与古文的熏陶。汪的语言，凝练老成。他不少散文，其实是用半白话半文言写成的。古汉语有这种气质。与此相比，现代汉语有浮华轻飘的一面。他从古汉语那里得到的是一种语言的沉静。他得了古汉语的一些精神。

语言最小的意义，大概可见一个人的气质，而最大的意义则可见一个民族的气质。古代汉语曾在我们这个民族的气质形成中起到过看不见但却极深刻的作用。但"五四"时期必要的却又极端化了的反文言，加上后来对文白之争的误读与偏读，使我们与古代汉语决断，一味亲近白话，从而使我们丢失了许多宝贵的东西。这是历史的遗憾。然而因多年的误读与偏读,已积重难返,这种历史的遗憾可能要成为永远无法弥补的遗憾了。

我曾劝过学写作的同学,去打一打古文底子,甚至具体地让他们看一些文章。其中,我提到一个人——林琴南(林纾)。此人不懂英语,但翻译过一百多种外文书,是用文言翻译的,极有味道。看个十本二十本,笔下再出文字,那文字的质量就很不一样。语言也有质地,像人的衣服。常习古文,语言质地就会好一些。

汪曾祺证明了这一点。他虽然不再用文言写作,但古汉语的神气却在字里行间。

说到汪曾祺的叙事态度,更重要的原因,当然是在他的人格组成中有着道家精神。这一点,也早被许多研究者指出。汪本人也是默认的。这是极重要的一点。道家讲淡泊,讲宁静,讲无为。这种人生态度溶化在血液之中,自然而然地要反映在他的叙事态度上。

有汪曾祺这样一个作家,这是中国当代文学的运气。他的价值似乎超过了他文本本身所具有的价值。他的出现,是对中国当代文学趋向的调整,是对中国当代文学格局的改变。

但从他本人作品的文本价值而言,我们说:汪曾祺是名家而非大家。

无论从他作品的数量上还是从他作品的分量上考察,这个结论都是符合事实的。

确实,他不是走的一个文学大家的路子。

这从题材的选择、主题的深刻性以及艺术的创造性诸方面，都能看出这一点。

这些作品的背后少有宏大的哲学背景，少有那些大家所具有的形而上的题旨。

从现代形态的文学来看，文学已经走过了那个模仿现实的历史。它正与哲学融合，走向形而上——即对更本质的现实进行抽象，已成潮流。

如果说，中国当代文学的质量还不够理想的话，其中一个很重要的原因便是：中国当代文学缺乏哲学根底。

对此，汪曾祺本人似乎很不以为然。他几次有过这样的意思：只要将生活很切实地写出，诸如哲学一类的思想自然也就包含其中了。

我们反过来问一下：没有足够的理论（哲学）力量，现实能够被你把握吗？

没有理论的观察，其实是不存在的。

观察的质量取决于主体的理论准备。空洞的观察永远还是空洞。理论是观察的驱动力。它给了观察以主题和目标、一种穿透事物而抵达最后的本领。

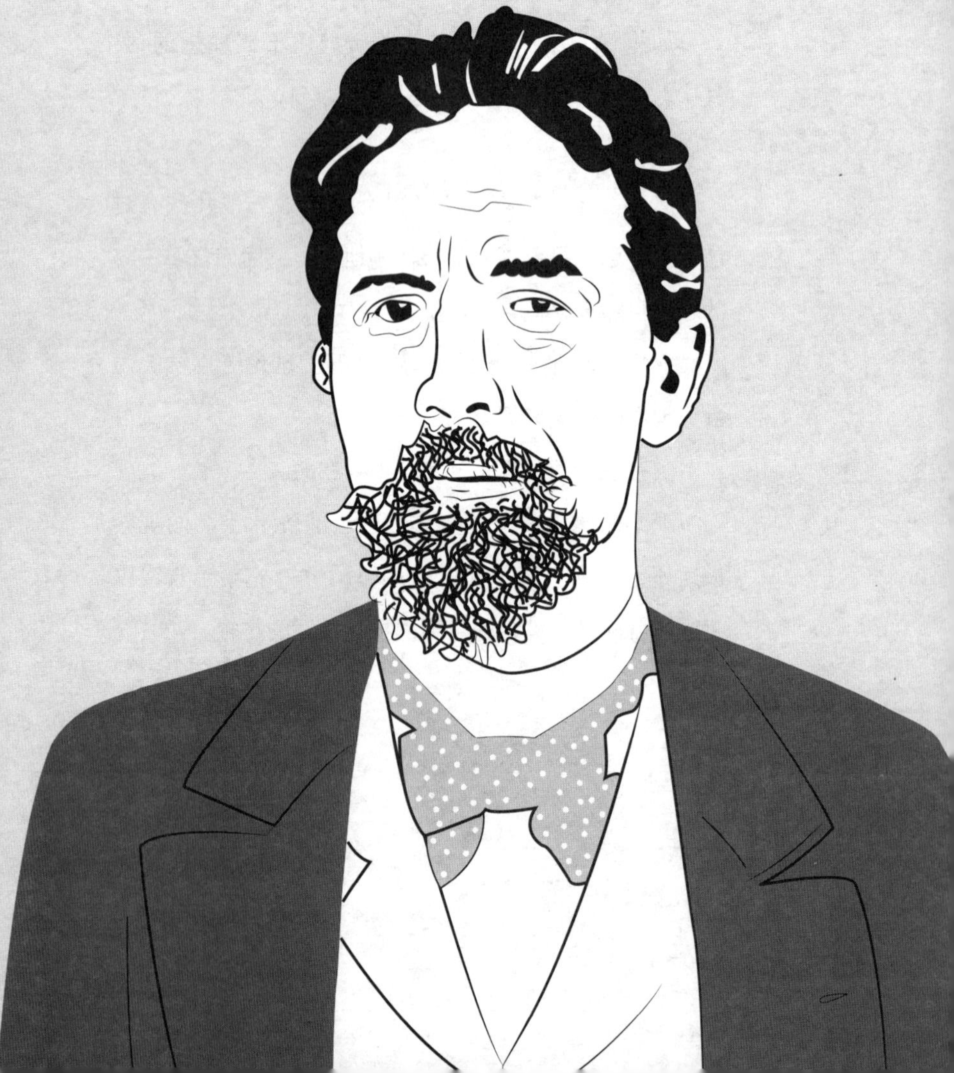

第七讲

樱桃园的凋零

读契诃夫

一

　　一九〇四年七月十五日深夜，德国疗养地巴登韦勒。

　　与死亡之神已打了数次交道的契诃夫，躺在柔软舒适的病榻上，听着窗外潮湿的空气流过树林时发出的细弱声响。"德意志的寂静"浓厚地包围着这位异乡客。他终于听到了生命乐章的最后一个音符，正从黑暗的远方飘忽而来。他将脸侧过来，以极其平静而严肃的语调对他的德国医生说：我要死了。

　　医生让人打开了一瓶香槟酒。

　　契诃夫接过杯子，望着妻子——莫斯科艺术剧院最出色的演员克尼碧尔，微笑道："我好久没有喝香槟酒了……"说罢，将杯中酒慢慢饮尽，然后侧身躺了下去……

　　天还未放亮，一只精灵似的黑蛾从窗外飞进屋里，然后在契诃夫遗体的周围，没有一丝声息地飞动着……

　　几天后，他的遗体运回俄国。

　　遗体运回时的情状，就像是一篇绝妙的"契诃夫式"的小说：到火车站去迎接他灵柩的亲朋好友，在一个军乐队的演奏声中，却竟然找不到他的灵柩——那个庄严肃穆的军乐队，原来是用来迎接同车到达的一个将军的灵柩的。一阵忙乱之后，人们才好不容易找到了契诃夫的灵柩——他的灵柩居然混放在一节赫然写着"牡蛎"的车厢里。事后，高尔基愤怒地写道："车厢上肮脏的绿色字迹，就像那些得意洋洋的凡夫俗子在精疲力竭的敌人面前放声狂笑。"

这最终一幕，再度印证了契诃夫的那些讽刺性作品所具有的极度真实性。

二

我们必须记住契诃夫是个医生。正是因为这个世界上有一个叫契诃夫的医生,才会有这样一个叫契诃夫的作家。

许多作家都曾与医学有过关系。中国的鲁迅就是一例。"医学与文学"应当是一个有趣的题目,然而很少有人意识到这是一个题目——这也是可以作为一个题目的。契诃夫的文学肯定与医学有某些隐秘的关系。这倒不是因为他的不少作品写了与医生、医院、病人有关的故事,而是他在从事文学创作时,显示了他从医时养就的品质、习气以及如何看待、对付这个世界的方式。

契诃夫还是一个很有声誉的医生。那座设在巴勃金诺、挂有"契诃夫医师"招牌的诊所,曾在"至少十五俄里"的范围内,家喻户晓。他一生都似乎很热爱他的这份职业,他愿意聆听病人的连绵不断的呻吟,他闻惯了苦涩的药香,他对自己开出的别出心裁的药方,其洋洋得意的程度并不在他写出一篇不同凡响的小说之下。而一个病人痛苦的解除给他所带来的快意,也绝不在一篇作品发表后而广受赞誉所带来的快意之下。对于医学，他一生钟爱。

出于一个医生的职业眼光，契诃夫面对社会时，极容易将其看成是一个"病者"。他一生的文学创作，可以说，几乎都是揭露性与批判性的。他的手指似乎时刻扣在扳机上。今天的学者们在分析契诃夫作品时，都显出一番驾轻就熟的神气，毫不迟疑地将契诃夫作品的这些精神归结为他所处在的那个俄国社会是一个病入膏肓、不可救药的社会。他们从不做假设：如果这个当医生的契诃夫生活在当下随便哪一个社会，还会不会是那样一个锐利的、刻薄的、无情的作家契诃夫？而我的回答是十分肯定的：契诃夫即使在当下，也还是那样一个契诃夫。

医生的职业，无形之中帮他完成了对"作家"这一概念最本质之含义的理解：作家，从根本上来说，就是批判性的。一部世界文学史，我们看得再明白不过了：那些被我们所推崇、所敬仰，被我们冠以"伟大"字眼的作家，都不是社会的颂者。他们所承当的角色是尴尬的、孤独的、充满了挑战意味的。他们送走了一个又一个他们所不喜欢的时代，迎来了一个又一个他们所希望的时代，而这一个又一个的"希望的时代"，其实并不是他们的时代，因为新的一代作家很快替代了他们而成为主流。事情意味深长：新一代作家，又宿命般地接受了先人的命运，又成了尴尬的、孤独的、充满了挑战意味的角色。他们依然又将社会看成了一个病者。社会在文学中总是一个病者。

我们可以将契诃夫的态度看成是对一个政治制度的态度，但，仅仅看到这一点，显然离契诃夫的境界还很遥远。他这样的人，其实无论生活在哪一种政治制度之下，也会是这样的一番态度的。他的病者，是社会，而并不是制度，或者说不仅仅是制度。就人类社会而言，它无论在何种形态的制度之下，都不可能是一个十足的健康者。人类社会的文明进程，并没有从根本上改变它是一个病者的形象。契诃夫笔下的社会，是十九世纪的俄国社会。然而，一百多年过去之后，我们今天再来面对任何一个社会时，我们都将必须老老实实地承认：契诃夫笔下的若干社会病态依然存在。而那个社会造成的种种畸形人物——如"变色龙"、如惶惶不安的小公务员、如将自己装在套中的别里科夫，依然就在我们身旁走动——我们又在哪一刻能不再听到他们的鼻息声？

执政者都喜欢与之共在的作家是那个社会的颂者，而当一些作家不愿成为颂者时，就又很容易地将他们简单地看作是制度的不合作者。一种紧张关系便在不知不觉中产生了，而这种紧张关系的解除，要么寄托于执政者的开明、对作家之职能的深度理解，要么就是放弃作家的立场、牺牲文学的本性。生活于中国的又一位医生鲁迅，今天已被反复解释为他是他那个社会的投枪与匕首。但我们想过没有：如果这位医生没有英年早逝，情况又将如何？他面对的社会——那个病者，就会在他眼中于一天早晨霍然一跃而有了绝对无恙的强健体魄了吗？鲁迅的早逝，对一个民族来讲，无疑是一大哀事，但对于他个人而言，却未必不是一件幸事。

契诃夫是非要将社会看成病者不可的，因为他是个医生。医生眼里只有病者。从某种意义上讲，医学与文学的职能是一致的。鲁迅当年弃医从文，但在实质性的一点上，二者却有着相同的本意：疗治。

契诃夫还看出了这个社会具有反讽意味的一点：病者将非病者看成为病者。他在他的《第六病室》中向我们揭示了这一点。那个有良心的医生拉庚，看出了被关在第六病室中的"疯子"恰恰是一个具有理想的人，而与他开始了一种越来越亲密的关系。结局却是：他也被当成疯子送进了第六病室。当一个社会已分不清谁是真正的病者时，那么，这个社会也就确实病得不轻了。

我们在阅读契诃夫的作品时，总要不时地想到一个单词：耐心。

像契诃夫这样有耐心的作家，我以为是不多的。

他在面对世界时，总要比我们多获得若干信息。我们与他相比，一个个都显得粗枝大叶。我们对世界的观察，总是显得有点不耐烦，只满足于一个大概的印象，世界在我们的视野中一滑而过，我们总是说不出太多的关于这个世界的细节。契诃夫的耐心是无限度的，因此契诃夫的世界，是一个被得到充分阅读的世界。而这份耐心的生成，同样与他的医生职业有关。

作为医生，他必须拥有两大品质：胆大、心细。若胆大，不心细，则会出大差错，而人命关天的事是不可出一点差错的。心细，胆不大，则又不会在医术上有大手笔。作为医生的契诃夫，似乎一生都在为这两大品质而修炼自己。

耐心，成了他职业的习惯。

他的这一习惯，很自然地流注到了文学对存在的观察与描写上。他的马车行走在草原上，远远地见到了一架风车。那风车越来越大，他看到了两个翼片。他居然注意到了，一个翼片旧了，打了补丁，而另一个是前不久用新木料做成的，在太阳底下亮闪闪的。他注视着一个女人，发现这个女人脸上的皮肤竟然不够用，睁眼的时候必须把嘴闭上，而张嘴的时候必须将眼睛闭上。他一旁打量着一个"留着胡子的"中学生，发现他为了炫耀自己，很可笑地跛着一只脚走路。……契诃夫的作品给后世的作家留下一个宝贵的观察方式：凝视。

凝视之后，再凝思，这就有了契诃夫，就有了世界文学史上的华彩一章。

中医讲"望、闻、问、切","望"为首,凝视就是"望"。

文学界的高手,高就高在他比一般人有耐心。文学中的那些好看的字面,好看也就好看在由那份耐心而获得的细微描写上。在鲁迅写阿Q与王胡比赛捉虱子时,我们见到了这份耐心:"他很想寻一两个大的,然而竟没有,好容易才捉到一个中的,恨恨的塞在厚嘴唇里,狠命一咬,劈的一声,又不及王胡响。"在加缪去写一只苍蝇时,我们又见到了这份耐心:"长途汽车的窗户关着,一只瘦小的苍蝇在里面飞来飞去,已经有一会工夫了。……每当有一阵风挟着沙子打得窗子沙沙响时,那只苍蝇就打一个哆嗦。"

契诃夫绝对是一个高手。

"冷酷无情",这是我们在阅读契诃夫作品时会经常有的感觉。伟大的医生,必定是伟大的人道主义者,必定有着一番博大的悲悯情怀。然而,这种职业又造就了一种不动声色、不感情用事的"冷漠"态度。后来的人谈到契诃夫的叙事态度,十有八九都会提到契诃夫的冷峻。殊不知,这份冷峻绝对是一种医生式的冷峻——这种文学态度,与从医养就的心性有关。他让高尔基少用一些感情色彩浓厚的形容词,而对与他关系有点暧昧的一位女作家,他说得更为具体:"当你描写不幸的、倒霉的人们,并想打动读者,你应当表现得冷静一些;这样才能勾画出不幸的背景,从而更好地突出这种不幸。而你却在主人公们流泪的时候，跟着他们一起叹息。是的，应该冷静些。"

契诃夫也曾对他的医生职业有过疑惑。他对一位羡慕他一身二任的作家说："相反，医学妨碍了我醉心于自由艺术……"

然而，从现在看，这种妨碍却是成全了作家契诃夫。冷静、节制、犀利、入木三分的透视……所有这一切，反而比冲动、散漫、无边无际的自由，更容易成为造就一个伟大作家的条件。

最终，契诃夫说，医学是他的"发妻"，而文学则是他的"情妇"。

三

选择契诃夫来作为话题，似乎有点不合时宜。因为今日之文学界，全心全意要昵近的是现代形态的文学——那些从事现代形态文学写作的大师们。从作家到读者，谈论得最多的是卡夫卡、博尔赫斯、米兰·昆德拉、胡安·鲁尔福等，还有几个人愿意去谈论巴尔扎克、狄更斯和契诃夫呢？即使偶尔提到这些名字，也只是知道世界上曾经有过这些作家，而他们的作品却是很少有人读过。笔者曾连续几年在研究生面试时，都试着问考生们阅读过契诃夫的作品没有，被问者差不多都支支吾吾，而一谈到几位现代大师，则一副"门清"的样子，侃侃而谈，有时几乎能说得天花乱坠。

人们相信：契诃夫时代的文学早已经过时了。

人们居然在无形之中承认了一个事实：文学是有时间性的，文学有先进与落后之分，文学史是文学的进化史。

这未免有点荒唐。

世界上，即便是所有的东西都会成为过去，唯独文学艺术却不是，文学艺术没有时间性，它是恒定的。

我们可以面对从前的与现在的作品评头论足，但你就是不能笼统地说：现在的就一定比从前的好，因为是从前的，它就肯定要比现在的幼稚与落后。文学艺术不是鸡蛋与蔬菜，越新鲜越好。文学艺术固然有高下之分，但这高下却与时间无关。今天的诗歌水平并不一定就能超出古代的诗歌水平——这在中国，已成为有目共睹的事实。

古典形态的文学，与现代形态的文学，是两种形态的文学，它们是各自都有着足够的存在理由、关系并列的文学。

现代形态的文学确实功德无量。它以全新的姿态与古典形态的文学分道扬镳。它从一开始就决心将自己塑造成一副空前绝后的形象。它要创建一整套新颖的理论，这些理论不是脱胎于从前，而是要"横空出世"。它抛开了古典形态的文学所把持了千百年的观察事物的视角。这些视角在古典形态的文学看来，是黄金视角，只要把持住这些视角，就能窥见无限的风光。而现代形态的文学摆出一副不稀罕这些视角的神态。它发现，还有许多妙不可言的视角，而只有这些视角才能真正窥到人类最后的风景。它的主题是全新的，它在叙事方面也一刻不停地寻找着最称心如意的方式。多少年风雨过后，现代形态的文学早从初时的被人怀疑、责难的窘境中一跃而出。现如今，羽翼丰满，一副青春气盛的样子。它成为学者专家以及新生作家们所倾倒的文学样式。其情势几乎给人这样一个印象：

只有现代形态的文学才是值得我们去一看的文学。

然而，我们忘记了一个事实：世界是无限的，世界是可以进行多种解说的，谁也没有这个能耐去穷尽这个世界，当谁以为整个世界都已经成为它的殖民地时，殊不知，无边的世界才仅仅被它割去弹丸一隅。当现代形态的文学瞧着自己一望无际的田野而自鸣得意时，它绝没有想到，被古典形态的文学耕耘了若干年的辽阔田野，依然土地肥沃、蕴藏着一股经久不衰的地力。尽管，许多人不再去看那片田野了，但它依然在阳光下默默无声地呈示着自己的一派丰饶。

现代形态的文学与古典形态的文学无非是各占了一块地而已。

文学史运行的方式，不像是登山，越爬越高，而倒像是渡海——广漠无限的大海上，会有无数的不同高度的浪峰。古典形态的文学与现代形态的文学，其实是两座不同时间里的浪峰。

这就是我为什么要选择契诃夫作为话题的背景与理由。

契诃夫代表着古典形态的文学。我们既然没有理由忘记古典形态的文学，也就没有理由忘记契诃夫。

契诃夫的名字，绝不应只是在我们回顾文学史、要列举出每一段历史中的名人时才去提及。我们应当有这样一种见识：所有伟大的文学家，都不是在历史意义上才有他们的位置的，而是，他们就活在现在，与当下的那些伟大作家一起，"共时性"地矗立在我们面前。

卡夫卡是伟大的，但绝不能因为卡夫卡是现代形态文学的大师，就一定要高于契诃夫。契诃夫、卡夫卡，卡夫卡、契诃夫，对我们而言，没有轻重、厚薄之区别，这两个名字其实是难分彼此的。

我们只需比较一下契诃夫的《一个文官的死》和卡夫卡的《变形记》，就可看出这两个作家的名字根本没有本质性的差异——

《一个文官的死》是契诃夫若干精彩短篇中的一篇。作品写了一个看似荒诞（其荒诞性绝不亚于卡夫卡的《变形记》）的故事：一个"挺好的庶务官"一不小心打了一个喷嚏，将唾沫星喷到了一个将军的身上（是否真的喷到，大概还是个疑问），从此坐卧不宁、心事重重。后来，他终因恐怖而心力交瘁，死掉了。

《变形记》是现代形态文学的经典。作品写了一个不可理喻的故事：推销员格里高尔·萨姆沙一觉醒来，发现自己变成了一只有无数条细腿的甲虫。卡夫卡使我们的阅读变成了对一种感觉的体悟。这种感觉与我们在阅读《一个文官的死》时的感觉是一致的：惶惶不安。

这一感觉是后来的存在主义哲学的核心问题。它是人类存在的一个"基本感觉"。

在这里，我们一方面感觉到《一个文官的死》是一篇典型的古典形态的作品，而《变形记》则是一篇典型的现代形态的作品，另一方面又感觉到，现代形态的作品与古典形态的作品之间的差异并不像我们印象中的那样有天壤之别、两者已被万丈鸿沟所界定。将古典形态的文学与现代形态的文学截然分开，未必是符合实情的——这可能更多的是一种理论上的倾向，一种有意为之的强调。人类的一些基本命题，可能是古典形态的文学与现代形态的文学都乐意观照的。契诃夫的作品，使我们有足够的根据说：他的作品里已经蕴含了现代意识。他在他的作品中不时地写到牢笼、高墙、大楼、樊篱、箱笼、病室，已足足地使我们感受到了在卡夫卡的作品中所感觉到的东西。契诃夫所呈现的那个被纳博科夫称之为"鸽灰色的世界"，与《城堡》中的世界、《百年孤独》中的世界、《圆形废墟》中的世界，是相似的。

《一个文官的死》与《变形记》证实：只要是深刻的文学艺术，它们的深刻程度并不会因为时间上的"过去"与"现在"而有所不同。我们有什么理由说卡夫卡的《变形记》就一定要高出契诃夫的《一个文官的死》呢、《变形记》就一定要比《一个文官的死》多出一些什么呢？

我们这些本性喜新厌旧的人，何不再去走近契诃夫？

你也许会发现，古典形态的文学还有种种它特有的魅力。至少，它会让你感觉到阅读不是一个枯燥的求索过程，而是一个轻松的、诙谐的、平易近人的、顺流而下的过程。

我更愿意将契诃夫看成是一个当代作家。

四

我不知道中国当代作家,假如今天再去阅读契诃夫这样的古典作家时,会对"作家"这一职业产生何种感觉。还能唤起神圣感吗?

"神圣"这个字眼,在被现代主义浸润之后的中国,已成了一个令人尴尬的矫情字眼。今日之中国,在某些领域,特别是在文学圈内,谁再去提及这个字眼,不遭到怀疑与嘲弄,已几乎不再可能。"神圣"这个字眼,已与"虚伪""矫饰"这些字眼有了说不清的关系。文学甚至公开嘲讽这个字眼,继而嘲讽一切与这个字眼曾有过联系的东西,比如说文学艺术。从前,文学艺术这个行当是光彩的、令人仰慕的。人们谈及文学艺术,总有一种站立于圣殿大门前的感觉。那时的文学艺术被理解为是黑暗的人类社会中的明灯、火把,是陶冶人的性情、导人拾级而上进入优雅境界的。文学艺术被定义为:为人类提供良好的人性基础。而如今的中国,没有几个人再这样来看待文学艺术了,非但漠视,甚至还起了要耍笑、挖苦的念头。

我不知道我们站立在契诃夫面前,我们究竟该说些什么？

我从斯坦尼斯拉夫斯基的文集中读到了大量关于契诃夫的文字。这些文字只是一些琐碎的记录，显然是客观的。这里没有涂脂抹粉的痕迹。斯坦尼斯拉夫斯基也没有这个必要为契诃夫笼上光环。这些文字其实只向我们说明一点：艺术在契诃夫眼中是神圣的、至高无上的。他愿意为艺术而生，也愿意为艺术而死。艺术如同洛蒂笔下的大海一样，契诃夫愿像那个冰岛渔夫欲与大海同在并心甘情愿地葬身于大海一样，愿与文学艺术生死与共。除了艺术，四大皆空。

艺术是一门宗教，一门最高级的宗教。

一八九八年，契诃夫为莫斯科艺术剧院写了《海鸥》。这个剧本的美妙之处在于它的非同凡响的精神都隐藏在台词的枝叶背后。"契诃夫剧本的深刻诗意从来不是一览无余的。"斯坦尼斯拉夫斯基说，"谁要是只表演契诃夫剧本中的情节本身，只在表面滑行，做角色的外部形象，而不去创造内部形象和内在生活，那他就犯错误了"。然而，《海鸥》的演出，是非要犯这个错误不可的，包括斯坦尼斯拉夫斯基他本人。因为《海鸥》的深邃之处超出了契诃夫以往的任何一部戏剧。剧本中的所有一切，哪怕是海鸥的一声凄厉叫声，都是有着寓意的。演员们一时来不及领会这个剧本，总是在它的外围徘徊，因此，演出连连失败。而那时的契诃夫已经重病在身，失败，是契诃夫无法容忍的。他太在意自己的艺术了，每一次的失败，都逼着他向死亡迈进一步。莫斯科艺术剧院的全体演职人员都意识到了这一点：契诃夫已经再也经不起《海鸥》的再次失败了——再失败，就有可能夺去他的生命。斯坦尼斯拉夫斯基一次又一次地告诫自己，也告诫他的同仁："要演契诃夫的戏，首先必须挖掘到他的金矿的所在地，听受他那与众不同的真实感和魅人的魔力的支配，相信一切，然后和诗人一起，沿着他的作品的精神路线，走向自己艺术的超意识的秘密大门。就在这些神秘的心灵工场里创造出了'契诃夫的情绪'——这是一个容器，契诃夫心灵的一切看不见的而且往往是意识不到的财富，便收藏在这里。"顺着斯坦尼斯拉夫斯基的指引，演员们在竭尽全力地逼近契诃夫。

又一次演出。

契诃夫的妹妹来到剧院，双眼噙满泪水。她警告并央求莫斯科艺术剧院：你们要成功，不然我哥哥就会死掉的。

契诃夫不敢再看这次演出，远远地躲开了。

怀着如履薄冰的感觉，《海鸥》的演出终于开始。

斯坦尼斯拉夫斯基回忆道："我们站在舞台上，倾听自己内心的声音，它向我们低语：'要演好呀，要演得特别好，一定要得到成功，胜利。要是没有得到成功，你们知道，一接到电报，你们热爱的作家就会死去，是由你们亲手杀死的。你们就会成为他的刽子手了。'"

第一幕结束时，剧场坟墓一般寂静。一个女演员昏倒了。斯坦尼斯拉夫斯基本人也由于绝望几乎再也无法站立。他们以为又一次失败，但错了：掌声先是一声两声，随即如春天的暴雨，霎时间掌声哗哗作响，其间还夹杂着吼叫声。幕动了……拉开来……又合上……演员们站在那儿发呆。

一幕比一幕成功。

彻底的胜利。深夜，一份电报发给了"逃离"他乡的契诃夫。

面对这样的历史记录，我真的不知道我们应该说些什么。我们哪怕只有十分之一的对艺术的真诚呢？我们不必像契诃夫那样对艺术顶礼膜拜、将艺术看作是自己的身家性命，哪怕仅仅回到一个最起码的要求——敬业——之上呢？哪怕有那么一点点的认真，一点点的庄严，一点点的职业道德……一点点也是好的。

倒是常见到：文学是一条狗，一只破鞋，一只用来呕吐的器皿，一只会根据时尚而改变自己颜色的变色龙。

我们怕是将西方的现代派文学误读了，也怕是将西方的现代主义生存方式误读了，八成！卡夫卡这个人身上以及这个人所写的文字里，丝毫没有我们欣赏的玩世不恭、嬉皮笑脸、一点正经没有。没有喧嚣，没有媚俗，没有秽言污语，没有种种卑下而恶俗的念头。卡夫卡以及卡夫卡的作品，是忧郁的、沉重的、肃穆的、令人灵魂不得有一刻安宁的。谁要是以为西方现代派就是好端端一个大姑娘家脱掉鞋子双腿盘坐在椅子上而在嘴中连声喊"爽"，怕是错了。谁要是以为西方现代派就是将头发染成麦色、将裤子无端地掏一个洞、一头乱发、目光呆滞、不言则已一言则满口狂言浪语，怕也是错了。这个样子，成不了卡夫卡。不信就走近卡夫卡好好瞧瞧。卡夫卡最终被这个"正常"的社会看成了"另类"，但卡夫卡并没有意识到自己是"另类"，更没有将自己有意打扮成"另类"。一门心思想成"另类"的人，是成不了"另类"的。契诃夫、卡夫卡，卡夫卡、契诃夫最起码对文学艺术是尊敬的，对生活也是尊敬的。

五

契诃夫只活了四十四岁,但契诃夫用一杆鹅毛管笔写了那么多的剧本与小说。我百思不解:从前的人为什么那么早就已成材?他们在二十岁、三十岁、四十岁出头时,就已经在事业上登峰造极。徐志摩只活了三十五岁,但无论是个人生活还是事业,都已轰轰烈烈。而如今,船也快了,车也快了,通信工具也发达了,连用钢笔写字都嫌慢而争先恐后地改用了电脑(配置正越来越高),但我们在二十岁、三十岁、四十岁出头时又做出了些什么?都行将就木了,也还是没有什么大名堂。人类仿佛越来越衰老、越钝化,生长得越来越迟缓了。

契诃夫虽然只活了四十四岁,但他是戏剧大师,是小说大师。

我们来说他的小说——短篇小说。

在短篇小说的写作方面,我以为能与契诃夫叫板的小说家,几乎找不出一个。如果说博尔赫斯代表了现代形态的短篇小说的高峰,而契诃夫则代表了古典形态的短篇小说的高峰。英国著名的小说家卡特琳·曼斯菲尔德说，她愿意拿莫泊桑的全部的小说去换取契诃夫的一个短篇。托尔斯泰老挑契诃夫的毛病，但他在内心深处十分钦佩这个年幼于他、擅长于写短篇小说的同胞：契诃夫的短篇小说无与伦比。

契诃夫使全世界的小说家们懂得了何为短篇小说。

短篇小说不简单的是一个文学门类，而是一种思维方式，一种认识世界、解读世界的方式，一种另样的美学形态，一种特别的智慧。短篇与长篇的差异，绝不是一个篇幅长短上的差异。它们分别代表了两种观念，两种情趣，两种叙述。

短篇小说只写短篇小说应该写的——这是契诃夫最基本的认识。这一认识意味着他不能像托尔斯泰、果戈理、巴尔扎克这样的擅长于鸿篇巨制、热衷于宏大叙事的小说家们那样去观察世界、发现世界。短篇小说家们的世界是特定的，并且肯定是在长篇小说家视野之外的。这些东西——就契诃夫的短篇小说呈现出的状况而言——是一些看似琐碎而无用的东西。短篇小说家常从被长篇小说家忽略的事物中发现有价值的东西——那些东西在被发现具有价值之前，谁也不能想到它们可以成为小说。托尔斯泰说，契诃夫这个人很怪，他将文字随便丢来丢去地就写成了一篇小说。"随便"，再加上"丢来丢去"，也许就是短篇小说的本质。这里，与其说是文字随便丢来丢去，倒不如理解为契诃夫的短篇小说将我们平时随便丢来丢去的事物、事情当作了短篇小说取之不尽、用之不竭的资源。短篇小说的重量恰恰来自无足轻重——这是契诃夫的一个独特发现。纳博科夫在高度赞赏了契诃夫的短篇《带叭儿狗的女人》之后说："正是那意外的微小波折、轻巧精美的笔触使契诃夫能与果戈理和托尔斯泰肩并肩地在所有俄国小说家中占据最高的位置。"

契诃夫小说的意义在于，它使我们明白了一点：世界上的一切，其意义的大小与事物的大小并无关系；一切默默无闻的细小事物，都一样蕴含着世间最伟大的道理。他在解放物象、使一切物象获得平等地位方面，是一个伟大的民主主义者。

在如何处理短篇小说的材料方面，契诃夫将"简练"当作短篇小说的最高美学原则。他的本领在于"长事短叙"。他要练就的功夫是：那些形象"必须一下子，在一秒钟里，印进人的脑筋"。他对短篇小说的写作发表了许多看法，而这些看法基本上只围绕一个意思：简练是短篇小说的特性，简练才使短篇小说变得像短篇小说。他的写作，就是洗濯，使一切变得干净利落；他的写作就是雕刻，将一切多余的东西剔除掉。他潜心制作他的作品，使它们变成一个个构思巧妙的艺术品。

在中国当下的小说中，契诃夫式的短小精湛的短篇已几乎销声匿迹。四五千字的短篇则已成了凤毛麟角，而绝大部分短篇都在万字以上——即使如此篇幅，仍觉不够得劲，因此，中篇小说主打天下竟成了中国当下小说的一大风景——中国是这个世界上独一无二的中篇王国。这难道是因为中国的小说家们思想庞大厚重、经验博大深厚而一发不可收、不得不如此跑马占地吗？我看不见得。恐怕是不知世界上还有"简练"二字的缘故吧？

简练，当是短篇的美德。

六

契诃夫写完了最后一部作品《樱桃园》。

樱桃园是一个象征。樱桃园具有诗意的美。但它所代表的一个时代终将结束。即便是不被庸人毁坏，它自己也必将会凋零。这是最后的樱桃园。

契诃夫在四十四岁那年，看到了它的凋零——悲壮的、凄美的凋零。

他必须走了。

上帝似乎并没有将契诃夫的归去看成是多么重大的事情。那天，他听到了契诃夫跨过天堂之门的脚步声，问："你来了？"

契诃夫说："我来了。"

上帝只说了一句："你来了，短篇小说怎么办？"

（文中主要引文取自满涛编写《契诃夫画传》、亨利·特罗亚《契诃夫传》《契诃夫手记》、汝龙译《套中人》《斯坦尼斯拉夫斯基全集》等。）

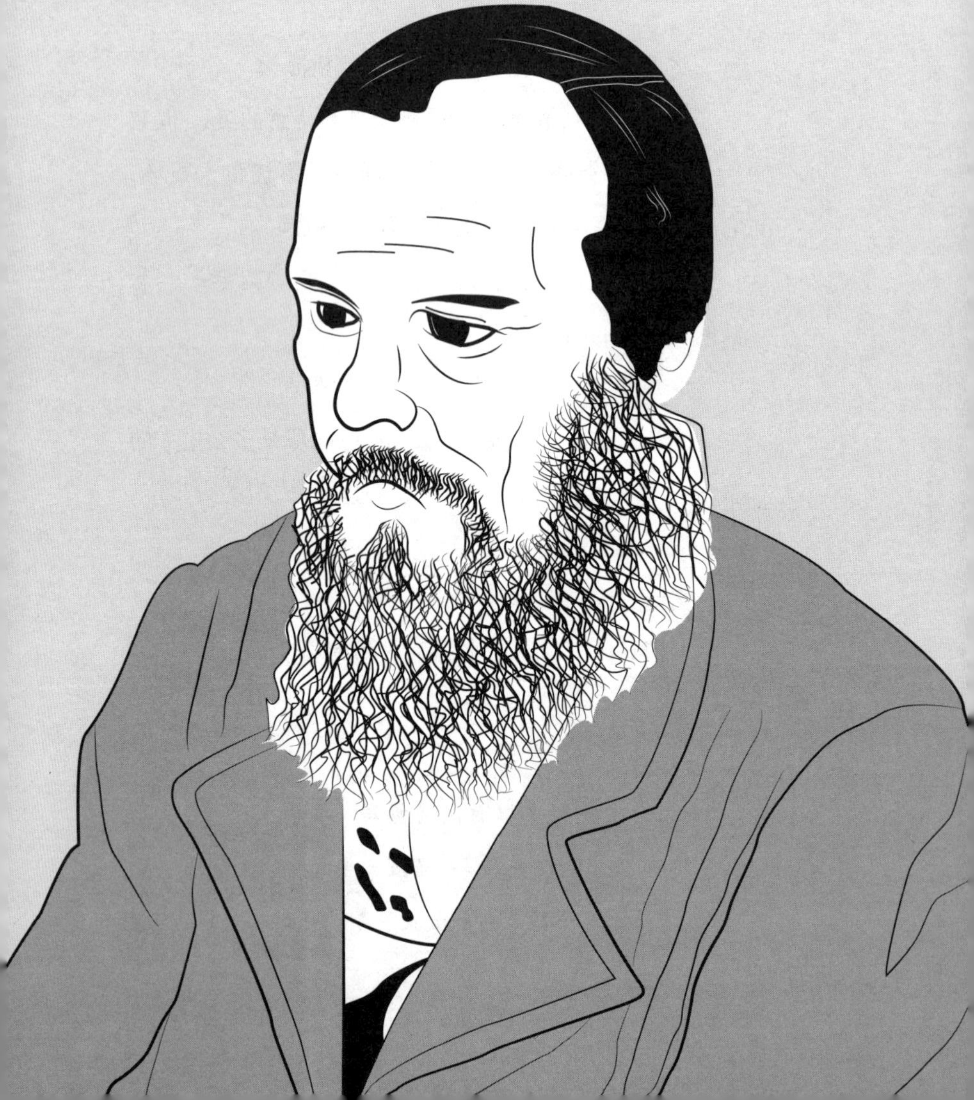

第八讲

银斧高悬

读陀思妥耶夫斯基

一

　　这是一个写了许多怪人的怪人。
　　他患有癫痫病，差不多每周都要发作一次。发作时，先是一阵令人毛骨悚然的嚎叫，接着突然仆地，浑身抽搐，双眼白翻，情形十分恐怖。但他的追随者与研究者们，似乎对他的癫病颇感兴趣。托马斯·曼说："所有由于这个伟大的病夫的疯狂而不必再发狂的人们，都以他的名字起誓，他们在健康中将缅怀他的疯狂，从中获得力量的鼓舞，而他也将在他们中间变得健康起来。"他还引用了尼采的话："造就艺术家的特殊的情况，同病理现象相差无几，两者结下了不解之缘：因此似乎不可能做一个没有病的艺术家。"理由是：生命离开病态就无法维持下去，癫痫病是最好的兴奋剂，是激活灵感的一种奇妙元素。这些伟大的病夫，"是为了人类具有更加高尚的健康而被钉在十字架上的牺牲者"。弗洛伊德有两本十分著名的书，一本是关于达·芬奇的，一本就是关于陀思妥耶夫斯基的。弗氏在谈到茨威格对陀氏的研究时，很有点瞧不上，认为作为艺术家的茨威格，实际上是研究不了陀氏的。他认为，能够揭示陀氏个性秘密的，只可能是医生，而不可能是艺术家。他还断言，陀氏之症，并非癫痫，而是一种特殊的歇斯底里症。这一病症既决定了陀氏本人的内心痛苦，也决定了陀氏笔下人物之内心痛苦。

  他还是一个不可救药的赌徒。结束了在西伯利亚的苦役后，他的这种嗜好渐至登峰造极。据他的妻子说，陀氏在赌博这方面，本来是天才，但由于陀氏性格上的缺陷，因此，注定了他只能输得一塌糊涂。捉襟见肘之时，不是向他人赊借，就是典卖家当。但也有一次他兴奋地提着一个钱袋回到家中——那里头竟然有赢来的二百一十二枚腓特烈金币！不过，这笔钱就如同一群偶然飞到自家林子里的过路候鸟，只是稍作停留，便又在很短暂的时间里飞走了。他的妻子诉说着："他拿去二十枚金币，输光了，回来又拿去二十枚，又输光了，就这样在两三个钟头之内来回几次拿钱，直到最后把钱全部输光。"他竟然在和新婚妻子旅行时，都不能抵挡赌场的诱惑。一八六三年他在旅途中竟然大赢了一把，并将其中五千法郎寄到彼得堡。他在给长兄的信中说:"我……发明了一种赌博方法,我第一次采取这种方法,立刻就赢了一万法郎。……我需要钱。为了你,为了我,为了妻子,为了写小说。……我到这里来,目的是为了拯救我们大家,并使自己摆脱贫困。"但,他又很快请求家人将寄回去的钱再寄给他——他又输光了。他的长兄十分恼火:他竟然在和他钟爱的女人一同旅行时撇开她去赌博!他既然第二天要重新要回去,又为什么要将钱寄回来?而他的妻子安娜,却只有一番痛心:他玩完轮盘赌回来了,脸色苍白,站立不稳,犹如大病过后;他有时还会因为深刻的歉疚而跪倒在她脚下,放声痛哭。然而,令人目眩的轮盘,总像风中摇摆的罂粟花,在勾引着这颗薄弱的灵魂。陀氏写了那么多书,若是按我们驾轻就熟的解释,说他勤奋写作,乃是因心中块垒,不吐不快,或是说他因什么强烈的社会责任感而对文字怀有一腔热情,恐怕都不完全可靠。一个直接的原因是不可否认的:他要不停地用文字去偿还没完没了的债务。赌、写,写、赌,几乎是他一生的循环。

在陀氏的心灵世界里,似乎还有一些暧昧的记忆。他的每一部作品几乎都是忏悔录式的。罪恶感始终隐藏在那些闪烁其词的叙述之下。令人生疑的是:他在《罪与罚》《群魔》等作品中都写到了一个相同的事件:一个女孩被强奸。《群魔》中的他明明知道她在上吊。陀氏随同斯塔夫罗金(他就在那个女孩上吊的隔壁房间里),深刻地体验到了一种内疚感。纪德说:"内疚不时地折磨着他。……他感到有必要忏悔，然而不仅仅是向神甫。"他带着一种非常古怪的心理，竟然选择了屠格涅夫作为忏悔对象。他与屠氏之间，一直存有芥蒂。循规蹈矩、言行高贵而矜持的屠氏似乎从一开始就不太瞧得上这个神经质的、放浪形骸的怪人，陀氏心中自然明白。他似乎也一样瞧不上屠氏，总有一番要使对方难堪的心思。有人曾将《群魔》称之为攻讦小说，因为据说，《群魔》中的某个形象是屠氏的化身。他终于还是造访了屠氏。屠氏态度冷淡，而他全然不管这些，进门就滔滔不绝地讲他的故事。屠氏惊诧万分：他对我说这些干什么？他难道疯了吗？陀氏说完了，一片沉默。他在心中静盼着能出现屠氏小说中的情感场面：屠将他拥入怀中，流着热泪并亲吻他，安慰他……然而，空气里却只有一片冰冷。陀氏终于说道："屠格涅夫先生，我必须对您说，我深深地蔑视自己……"他斜看了一眼屠氏，"然而我更蔑视您。这便是我要向您说的一切。"说罢，拂袖而去。

陀氏小说纷乱无序，驳杂，倾轧，充满困惑与矛盾，所有的心灵，都是狂风大作的热带雨林、白浪滔天的海洋，都是你死我活的角斗场。这些人物，无一是单一的、纯洁的，他们在各种欲望的包围之中惶惶不可终日。崇拜陀氏的茨威格，对陀氏作品的概括，也许是最地道的：他们"正在感受着各种神秘的妊娠时期的特有的环境"；"他们暴躁不安，为的是压住内心那低低的细语声，有时他们会毁掉自己，目的也仅仅是为毁掉这一萌芽";"他们像患有阵发性狂躁性精神病的人一样闯进生活，从嗜淫到忏悔、从忏悔到暴行、从犯罪到认罪、从认罪到神魂颠倒——沿着自己的命运之路到处乱闯，直到嘴角流着白沫倒下，或者被人打翻在地"。

分裂的世界，分裂的人格，皆与陀氏自身的分裂有关。这是一颗被痛苦煎熬的灵魂。这颗灵魂一直在泥淖中挣扎，企图见到青天朗日。陀氏作品的压抑感与紧张感，由此而生。分析其他作家的作品，我们可以不必都联系作者，但分析陀氏的作品，却不能不时常去考察、揣摩陀氏本人。这是一个用文字书写自己灵魂的作家。这里埋伏着许多暗示，随时飘动着他扭曲了的身影。陀氏的作品是宏大的具有宗教色彩的心灵史。

除去恶劣家庭的影响，陀氏本人的遭遇也绝非寻常。他曾因拉舍夫斯基事件被逮捕，并在一八四九年十二月二十二日晨七点多钟，与若干同党被押往谢苗诺夫校场，执行枪决。在狂风吼叫声中，他听着最高当局的判决书，装了弹药的枪已经举起，四周只有寒风的肆虐声。但，就在此时，一骑呼啸而来，一个武官纵身下马，带来一纸公文：沙皇陛下决定免去他们死刑，发配高加索。二十年后，他在《白痴》中通过梅什金公爵回忆了那番刻骨铭心的情景与感觉：

附近有一座教堂，金碧辉煌的教堂圆顶在灿烂的阳光下闪闪发光。他记得，他当时目不转睛地紧盯着那个圆顶和闪耀在圆顶上的阳光；他的眼睛不能离开那些阳光：他似乎觉得，那些阳光是他的一个新天地，再过三分钟他就要和那阳光融合在一起了。

会有如此经历和遭遇了如此经历的人，指望他有单纯的人格和平静如水的习气，怕是不可能的。这种人注定了一生在心灵风暴中与飞沙走石搏击，最终或是沉沦，或是带着遍体鳞伤完成灵魂的超越，成为具有无穷魅力的伟人。

陀氏用他一部又一部作品，很实况地向我们转播着他是怎么被卑下情操所纠缠，怎么顺应卑下情操，又是怎么跃马扬戈与卑下情操做堂·吉诃德式的厮杀的。他不怕呈现出种种猥琐的、肮脏的、下流的景观。但正是在如此景观中，我们看到了一颗强大的、九死一生的灵魂，于浑茫恶浊中发出了闪电一样的刺眼光芒。

其实，这个由天才与魔鬼、小人与君子、卑微与高尚、智慧与愚蠢、冷酷与悲悯混合而成的人格，才是最有重量，也才是最经得起琢磨与玩味的人格。

二

　　将陀氏看成是现代主义文学的始作俑者，当然是有道理的。

　　陀氏之小说，乍看上去，与托尔斯泰、屠格涅夫等人的作品，并无泾渭分明的差异，总以为差不多是一道。但仔细辨析，就会觉察出差异来——越辨析，就越觉察出差异之深不可测。

　　差异之一，便是：托尔斯泰们一般只将文字交给"正常"二字，而陀氏却将文字差不多都倾斜到"异常"二字之上。

　　而若要走进现代主义文学的暗门，则必须以"异常"二字为开启的钥匙。

　　现代主义文学具有高度真实性，对于这一点，我们已达成共识。那么，在确定这一结论时，是否就意味着其他文学就缺乏真实性，或者说真实性程度不够呢？可能不能如此推论。公正的说法应是：它们都具有程度很高的真实性。《战争与和平》《静静的顿河》《双城记》或《红楼梦》与《城堡》《白痴》《魔山》《乞力马扎罗的雪》，就反映世界之力度上，并无高下之分。但现代主义文学的贡献却又是必须要加以肯定的，因为是它收复了它之前的文学闭目不见、撒手不管的一片广阔时空——处于异常状态的经验领域与精神世界。

其实，正常与异常，都是相对性的概念。回溯历史，这对概念一直在岁月的流转中不时地互换位置：原先正常的，被视为不正常了，而原先异常的，却被视为正常了。鲁迅笔下的狂人以及他周围的所谓正常人，究竟谁是真正正常的呢？屠格涅夫说陀氏简直是个疯子，但以陀的观念来判断，屠才是真正的不可理喻的疯子。何谓正常？何谓异常？全看你用什么样的眼光来看。

现代主义文学之前的文学，就这样认定了：这一切都是正常的——文学要关注的就是这一切。文学为什么只应该关注正常而要回避异常，其实并无多少认真而理性的论证，只是觉得它应该关注正常，若是去关注异常，也就不正常了——它完全迎合了人们喜欢正常的所谓正常心态。就这样，处于异常状态之下的存在，就在它的视野中被排除了。

现代主义文学这时横站了出来，发一声惊世骇俗的问：凭什么无缘无故地要遗弃异常？异常不也是存在吗？难道存在也要非分出个三六九等不可吗？

陀氏未必就有清醒的要举现代主义大旗的意识，但或是出于本性，或是受潜意识的驱使，他确实更愿意青睐异常：异常之境与异常之人。

如果在平原与高山之间选择，陀氏将选择高山；如果在大厅与过道之间选择，陀氏将选择过道。陀氏与托尔斯泰大不相同，他喜欢注意的是那些不容易到达和容易被忽略的空间，然后在这些空间里展开他的故事。巴赫金说，陀氏总让他的人物站在边沿和临界线上，这些空间是偏离中心的。托马斯·曼在《魔山》中，让他的主人公住到瑞士一座山上疗养院去，而陀氏在构思长篇小说《无神论》和《一个大罪人的传记》时，决定让他的人物生活在修道院里。他看重的是偏僻的、特殊的环境。这些环境具有相对的封闭性，具有实验室的特性：看他的人物在特别的环境中是如何成长与表现自己的。

陀氏笔下少有正常之人。疯狂的卡拉马佐夫身上潜藏着病态的、不可思议的力量（《卡拉马佐夫兄弟》）、斯塔夫罗金是"属于必须拖到城外用石头砸死的那种人"（《群魔》）、梅什金则是一位被一连串古怪念头纠缠着的"善良的白痴"（《白痴》）……"荒唐人"是陀氏笔下的人物的总称。这些人物"越出了自己常轨的生活"，而在一个"翻了个的世界中"喘息、行走、高谈阔论或做出种种令人吃惊的举动。木讷、神经质、癫狂、冷漠、夸夸其谈，或者是一些"聪明的傻瓜"，或者是一些"滑稽的哲人"，或者是一些"凶残的善良人"，或者是一些"善良的凶残者"。他们游走在智慧与愚蠢之间、罪恶与人道之间、天使与魔鬼之间，使我们无法接近，也无法理解。十九世纪八十年代，许多解释者，将陀氏著作看成是对精神病的各种复杂情况进行研究的心理学成果，虽然是一个不可取的结论，但确实反映了陀氏作品不以正常之人为笔下人物的文学事实。

异境，同时也是困境。洞、死屋、地下室、孤岛、下不去的雪山、远处幻象般的城堡……是一个个没有出路的环境。即便是没有远离人群，那些生存空间也是十分极端的：充满暴力、阴谋和性欲的家庭，被邪念、不纯激情和各种卑下欲望所充塞的社会……处境恶劣，那些多疑的、胆怯的、忧心忡忡的弱小动物与人，惶惶不可终日，只觉得四下茫茫，孤立无助，灵魂经常处于麻木乃至白痴状态。"我悲哀，是由于他们不知道真理，而我知道真理。"陀氏笔下的一些异人，还沉湎于真理，但行为举止又是喜剧式的。当他们终于知道自己只会被认定为疯子之后，他们由忧郁而变为对一切都不再抱认真的态度："一切的一切都不复存在，对我来说全无所谓。我于是聚精会神地倾听，去感受，当真要认为我一生里没有发生任何事情。""荒唐人"在自杀前，走在大街上居然无缘无故地粗暴地将一个乞讨的小女孩推到一边:"这小姑娘和我还有什么相干,还管什么羞愧不羞愧,世上的一切都同我没关系了!"在异境中,这些人既使我们怜悯,又使我们望而生畏。

现代主义文学疯魔似的痴迷着异常。它穿过汪洋大海般的正常,而去寻觅显然远远少于正常的反常。在它看来,正常是乏味的、苍白的,是经不起解读的,是没有多少说头的,因此,文学是不必要关注的,更不必要特殊关注。正常是贫油地带——没有多大价值,用不着开采。而异常之下却有汹涌的油脉,才是值得开采的。文学的素材、文学的主题全隐藏在异常之下——只有异常才可使文学实现深度地表现存在的愿望。现代主义文学尽管遭到"病态的""抑郁的""怪诞的"之类的贬评,但,它却还是将视线落在了异常之上:异常之境、异常之人。从表面看上去,这似乎已是一种习惯,但实际上是出于现代文学的种种深思熟虑的思想。

评价旷世奇才陀氏,得换另样的尺度。这是茨威格的观点,也是陀氏作品令人困惑乃至流行于世界之后,许多批评家们提出的观点。因为,以往的那个尺度是用于描写正常之境与正常之人的。陀氏之后的若干现代主义文学家们,通过各自的艺术实践,已为批评家们制作新的尺度提供了大量文本。时至今日,我们实际上已经看到,评价文学的尺度已有了两个严密的系统——专注于反常的现代主义文学已经从理论乃至技术方面,都得到了高度确认。

按陀氏之脾性、之趣味、之思考来看，也许他是最适合从事现代主义文学写作的人——他命中注定是现代主义文学的开山鼻祖式的人物。

三

这是《群魔》中的一段对话——

"……您见过叶子吗,从树上掉下来的叶子?"
"见过。"
"不久前我看到一片稍带点绿色的黄叶,叶边都烂了。被风吹走了。我十岁的时候,冬天里我总爱故意闭上眼睛,想象一片树叶——绿油油,亮闪闪的,有叶脉,阳光明媚。我睁开眼,我不相信,因为这太好了,于是又闭上眼睛。"
"这是什么,是寓言吗?"
"不……为什么?我说的不是寓言,只是树叶,一片树叶,树叶很好。一切都很好。"

我们可千万不要将这段对话当成一种普通的、日常的、纯粹叙事性的对话来看。当我们联系上下文的用意,我们便会很快领会到这是陀氏在通过人物之口,在诗化地表述他的哲学思索:一个人一旦进入超意识状态,世界将会在他的心目中显示出温馨而优美的善意。

在陀氏小说中，我们可以经常性看到这些别致的、看似平常但藏匿了深刻哲学动机的句子与对话。

陀氏与托尔斯泰的区别是：托尔斯泰的作品只经得起社会学解释，而陀氏的作品，除含有大量社会学命题外，还含有大量心理与哲学命题。这就是陀氏为什么被弗洛伊德与尼采注意的缘故。

我们完全可以将陀氏当一个哲学家来看——他只是用另样的方式在阐述他的哲学罢了。一些学者通过仔细阅读陀氏的作品，发现它的作品不仅与哲学之间有生死攸关的联系，并且其中的哲学思想还极为丰富与系统。

他就是一个哲学家。

陀氏本人曾经萌发过撰写纯粹哲学著作的念头，但最终放弃了。其原因据一些学者分析，是因为俄国人并不具备哲学头脑——尤其不具备阐述哲学的言说方式。然而，陀氏却用文学的方式极富个性也极具深度地完成了对一系列重大哲学命题的思考。他的作品给予我们的，可能要比那些最为著名的哲学大师还要多。

后来的许多哲学家从他的文学底部发现了哲学，并将这些哲学直接转移到了他们的哲学世界之中。一个文学家，经常被哲学所谈论——作为哲学家而不是作为文学家被谈论，大概是前所未有的。

陀氏作品粉碎了"文学中没有哲学""文学与哲学无关"的说法。陀氏之作，既是文学文本，也是哲学文本。

陀氏塑造了许多经典的人物形象，但这些形象的背后，无一不暗藏着一个哲学家陀思妥耶夫斯基。

陀氏的哲学是从他的经验世界出发的。也许，他真的不能像西方的职业哲学家那样轻松地运用理性力量以及数学般的推演方式来进行哲学思考，但他有无比丰富的经验以及极为敏锐细微的感受这种经验的能力——更重要的是，他发现了一种同样有效、甚至有特殊能力的非哲学的恰恰又能够表述哲学的语言。只有他一个人找到了这种方式。他发现了一种可以称之为"文学语言"的语言，在表述哲学思想时所显示出来的美不胜收的妙处。他驾驶着这种语言，自由自在地踱步或奔驰，然后将一片广阔无边的哲学原野展现于我们眼前，使我们处于美感与理性的双重震撼之中。

表述了哲学，却无理念化的痕迹，这就是陀氏的高明之处。这一招，是后来的人想学也学不来的。

我们必须来思考一个文学事实，这就是：陀氏在德语世界影响最大，十九世纪乃至二十世纪的德国文学受到陀氏广泛而深刻的濡染。在一个多世纪里，几乎所有德语世界的大师级作家，都撰文或口头谈到了陀氏。德语小说游荡着陀氏之幽灵，已是不争之事实。茨威格、托马斯·曼、卡夫卡、安·西格斯、亨·伯尔……我们可以开出长长一串名单，这些人都与陀氏有着抹不去的联系。这一事实，已被文学史家们注意到了，但他们从未有过一个人问过：为什么陀氏对德语世界有如此重大的影响，而相比之下对法国、英国的影响就要小得多？

回答是：只有哲学的德国才能看出陀氏文学中惊世骇俗的哲学。

德语世界推崇陀氏，那是因为长于抽象思辨的德国人、奥地利人，却在如何用非哲学的方式表现哲学方面，并无与哲学才能相媲美的才能，他们始终没有找到可以充分利用自己哲学资源的另样的方式——文学的方式。德国的文学地位与它的哲学地位是不相配的。而陀氏以他的鸿篇巨制，向德语世界提供了让哲学与文学联姻的优美绝伦的方式。被强大的抽象能力所折磨的德国作家，忽然找到了显示这种能力的途径。他们对陀氏的推崇是必然的。

黑塞在谈论陀氏的一系列作品时说："在将来，当它们外在的东西全部老化后，它们将在总体上被人类所理解，就如同我们现在理解但丁的作品那样：在上百个个别细节上，但丁的作品未必是明白易懂的，但它们永远是有生命的，并永远能使我们震惊不已，因为在他的作品上铭刻着世界历史上整整一个时代的艺术形象。"

茨威格在谈到陀氏出现于他的视野时说:"这突如其来的新东西强烈地吸引了我,使我陷入某种内心的陶醉之中。我面前展现出从未有过的人性和我过去一无所知的像无底深渊那样吸引着我的深刻感情。我们怀着多么胆怯而又惊喜的心情去深入体验这一形象世界,这些形象是如此之宏大,以至于超越了它们自身的界限,也超越了人类一切平庸的界限……"而"卡夫卡与陀思妥耶夫斯基",则是一个永恒的题目了。我们在陀氏的"地下室"与卡夫卡的"地洞"之间,懂得了何为"一脉相承"。卡夫卡的主题,就是陀氏的主题。他们的思维方式是一致的,关注的问题也惊人相似。在学术界将卡夫卡捧为现代主义文学之王时,我们必须看到卡夫卡文学与陀氏文学的血缘关系,并且应当指出:比起陀氏来,卡夫卡并不像人们所以为的那样高不可攀——他其实要比陀氏薄弱许多。他的作品只有陀氏作品的一脉:哲学性主题。而陀氏还有比他多的东西。卡夫卡在将他的文学世界推向一个极端时,同时损失了许多宝贵的东西。而陀氏并没有将文字仅仅交给哲学。陀氏的作品还有深厚的历史学、社会学的内容。卡夫卡给我们的只是一个奇谲的二维空间,而陀氏给我们的却是一个深邃的无穷的三维空间。

哲学的欲望是探寻世界的根本。它不在于眼前五光十色、令人目眩的浮泛世界。它力图要看出点什么东西来——非常重要的、具有恒定性的东西。而这些东西往往都隐匿在背后——背后的背后。目光软弱、心灵钝化，是无法捕捉到它的——它是深山老林中的形单影只、出没诡秘、行踪不定的兽物，只有那些嗅觉敏锐、目光富有穿透力的人才能将它发现。哲学思考是一种彻底的思考，哲学的解释是最后的解释——尽管在实际上它并不能做到，但它会不顾一切地进行这种追求。

文学与哲学的汇合，是基于这样的思考：文学要关注恒定不变的东西；文学要关心人类的基本生存状态。在这一点上，文学与哲学的目的是一致的。而这种思考，是从现代主义文学开始的自觉思考。从前的文学家们，尽管在客观上，也已经进入了"基本存在状态"，但却是在无意识中进入的。

持有这样的思考，现代主义文学家们开始了形而上世界的遨游。追问、追问、再追问，长驱直入，直抵终极。他们穿越了原始密林一样的现实屏障，来到了深藏动机和奥秘的"秘境"。他们企图说穿这个世界，将"底牌"甩到我们眼前。

文学的状况，从外到内，都出现了新的景观：

阶级、民族、国家的概念让位于世界、人类。从前的文学家们很难做到将自己从阶级的、民族的、国家的立场上摆脱出来而站在世界与人类的角度思考问题。强烈的阶级意识、民族主义和国家情结，成了他们思考问题的动力。因此，文学史在评价他们时，往往说：他是阶级的代言人，他的作品具有爱国主义精神。而现代主义文学家在不否认从前文学家们的做法，一样浓重地表现了他们忠于民族与国家之后，却没有局限于此，而是走出了这个毕竟有边沿的圈子。并且，他们认为，阶级的、民族的、国家的立场，只应在另外的地方坚持，而不应在文学这里坚持——文学要完成的思考是世界性的关于人类问题的思考。

人物的概念让位于人。从前的文学家们津津乐道的是人物的刻画。当我们一提及巴尔扎克、托尔斯泰、鲁迅，我们就会想到高老头、安娜·卡列尼娜和阿Q。这些人物以鲜明而生动的性格引起我们注意。他们是黑格尔所说的"这一个"——没有第二个的第一个。而陀氏、卡夫卡等人，写了格里高尔、K、斯塔夫罗金、卡拉马佐夫，这些人恰恰不再是这"一个"，他们更像是一个符号，他们代表这一批、这一群、这一类，是类型化了的人。性格不是他们的本钱，他们被我们注意的是欲望——人类的普遍欲望。他们是人——抽象性程度很高的人，而不是人物——具体而特定的人物。他们是形象与观念的结合，而不仅仅是形象。他们是人类之子，而不是民族之子。

陀思妥耶夫斯基只思考这样一些问题：没有上帝，幸福只在此刻，而绝不在来世，苦日无多，人只有把握住此刻，对你周围的一切充满善意，对自己也充满善意；世界没有不朽之物，人也一样，人是宇宙间渺小不堪的微尘，人只有自己珍重自己，除此以外，不会有任何庇护；留恋生命是一种古老的习惯，人一旦获得真正意义上的自由，自杀就会被看成是人的一种无可非议的抉择；每一颗心灵，都会有隐藏的罪恶，恶是与善一起存在的，恶甚至是合理的，恶若不存，善也便自动消解；"老百姓喝醉了，母亲们喝醉了，孩子们喝醉了，教堂空了……现在必须有一两代腐化堕落的人；需要那种骇人听闻的、卑鄙龌龊的、极端恶劣的腐化堕落，以使人变成可恶的、怯懦的、残忍的、自私的败类——这就是我们需要的！此外，还需要一点点鲜血，以使我们能够慢慢地习惯下来"（《群魔》小韦尔霍文斯基）；上帝不存在，但上帝是合理的，必要的，上帝是有益于人类的臆造物；"谁智力强精神旺，谁就是他们的统治者"，权力的大小与力量的大小成正比，除了权力意志，再也没有任何可以激发激情的因素，谁不承认这一点，谁就是十足的白痴……

陀氏在将这一切思索企图融入文学时，遇到了一个困难：托尔斯泰式的场景、人物、纠葛，使这一切根本无法得到贯彻。他终于找到了通道：只有将这一切根植于异常时，它们才可以十分圆满地得以落实；形而上的思索，必须根植于异常之土壤，才可生根、发芽、枝繁叶茂。这是现代主义文学发现的一大奥秘。这一奥秘，后来的现代主义文学家们心领神会，从此，文学与异常结伴而行，几乎没有一时的分开——一旦分开，形而上的念头就成了无枝可栖的飞鸟。这里头的道理，至今也未能有理论上的解释，但谁都有这种直觉：那些形而上的念头，是无法在《红楼梦》《战争与和平》那样的情景中实现的。

面对陀氏的文学世界，不知中国的小说家做何感想？

当陀氏被"不朽""意志""上帝""原罪""神""魔鬼状态""人"这样一些念头所纠缠时，中国的小说家们还在为"粮食"和"房子"操心，为下岗工人、通货膨胀、交通混乱、洪水暴涨、官僚腐败而焦愁，在想厂长之想、村长之想、小民之想。这之间的差别是不是也太大了一些？也许，陀氏走得太远、太虚无缥缈了，但中国的文学，难道就不显得太近、太实、太功利了吗？文学究竟在哪一种层面上运作？文学到底有无自己的特别使命？文学在形而下与形而上之间究竟如何抉择？陀氏即使不能给我们一个答案，也至少能给我们一些启示。

油米酱醋茶，毁了我们的文学——即便是没有被毁掉，也使我们的文学陷于格调低下的困境而显出一副灰头土脸的样子。

四

　　陀氏的小说中经常出现"斧子"这一意象。他甚至对"斧子"产生了一些颇为奇怪的念头:"斧子在辽阔的空间将成为什么样?……它假使落得远些,我以为它会绕着地球转,自己也不知道为什么,成了一个卫星。天文学家们将计算斧子在地平线出没的时间,高德左格将把它记进历史书里,就是这些。"(《卡拉马佐夫兄弟》)

　　斧子在俄国,具有象征意义。

　　从前的苏联学者们,在分析陀氏作品中的"斧子"意象时,总是一副驾轻就熟的派头:斧子是革命的武器,是用来彻底摧毁旧世界的。在一些俄国的诗篇中,斧子也确实是充满了革命意味的。在那些鼓动造反的传单上,"斧子"则是上面的一个徽记。但如此分析陀氏作品中的斧子,就显得有点简单化了。陀氏的斧子不仅仅具有狭义上的革命含义,它更是一个具有形而上意味的东西——这把斧子不仅仅有朝某种制度、某种政权砍伐下去的心思,更有要向所有一切都砍伐下去的欲望。它意味着对存在的觉醒,意味着一种新颖的意志,意味着背叛与挑战,并且意味着暴力之美。

而最值得引起我们注意的是:陀氏之斧,只是悬置于空中,并未砍下。

陀氏是一个思想锐利的人。一位批评家在说到陀氏时,说:赶快离开他,因为,他能将一切看穿。

然而,斧子从未落下。我们在阅读陀氏作品时,会有一种焦躁、一种紧张、一种如焚的心情。我们看到陀氏将世界血淋淋地揭开了,一切恶、丑陋皆暴露无遗。那时,我们希望他的斧子能从空中落下,我们的内心在期盼着一种粉碎的声音。

斧子却在空中犹豫着。

陀氏对某种思想、某种人、某种事,甚至是对那个几乎要了他命的社会,既显得洞若观火,又显得优柔寡断、迟迟下不了手。他非常执着地举着斧子,但又困惑着,迷茫着,只是让它像天空一枚新月停在那里闪着凄厉而迷人的寒光。

我们会埋怨陀氏,因为,我们是庸人。

陀氏对这个世界,是下不去斧子的。因为,他发现:这个世界上有许多道理,而这些道理却是互为对立的;一切,都有着存在的理由与根据;水火不容的价值,却同样都有不可思议的魅力。而我们看到了什么?是便是是,非便是非,是是不是非,是非不是是。我们眼中的世界,只是一个简单的黑白世界。我们对存在的理解与判断,实际上与一个初知是非的稚童并无实质性的区别。

陀氏看到了存在的多义性与人的理性的有限性。

巴赫金的著名的对话理论，既来自陀氏，又似乎只可用来解释陀氏——似乎只有陀氏的作品含有对话，可经得起这种理论的解释："有着众多的各自独立而不相融合的声音和意识，由具有充分价值的不同声音组成的真正的复调——这确实是陀思妥耶夫斯基长篇小说的基本特点。"在巴赫金心中，陀氏是位"谐声学"大师。

对话的功能不在于互叙长短、互诉衷肠，而在于显示不同声音、不同的理念、不同的理解世界的方式和不同的叙述这个世界的言语。即便是独语，也是互为融和又互为抵抗的，其情形犹如弯曲溪流，虽是汩汩而行，却常因水中随时突兀的石块，而产生回流。陀氏小说一大好看之处就是那份没完没了的争辩：人物在对话或在独语时，都不是径直朝着一个方向，不同的见解互为妥协是暂时的，互为对峙与消解，却是绝对的。我们以为在倾听真理的声音，但，却又有另一种声音或缓缓地从天边而来，或突然轰然炸响，粉碎了前面的声音，甚至以它的美妙使得前者变得丑陋，而我们以为胜败已成定局时，那个似乎被压住的声音却又不屈不挠地响起，如流水，如春雷，如风声，如雨音，我们或动情或震颤，以为听到了天庭的启示……重建，推翻，再重建，再推翻，无穷无尽的反复，我们在惊喜、失望、再惊喜、再失望的情绪波动与理性跳跃中倍感折磨，又倍感快乐。

作品终了时，斧子还是悬在空中，而在我们领略阅读的倦意时它却显得银亮了许多。

陀氏的人物为什么总是分裂的，其原因也就在于此：他们各自承担着陀氏的犹疑与困惑。《群魔》中的斯塔夫罗金，把他的对立思想，分别注入了沙托夫和基里洛夫。而这两个人物又继续分裂下去……陀氏笔下几乎没有一个单面人。

摇摆——这是一个概括陀氏小说的最确切不过的词。

在两极、多极之间摇摆，在丑恶与美好之间摇摆，在丑恶与丑恶之间摇摆，在美好与美好之间摇摆，在现实与历史之间摇摆，在情感与理性之间摇摆，在欲望与道德之间摇摆……毅然决然地摇摆，而不是毅然决然地落下斧子。

摇摆，使我们获得了一个巨大的认知空间。在来回的振荡中，我们从一个空间来到了又一个空间，再一个空间，它们最终连成一片，成为无边的空间。

摇摆，使我们领略到了思维的快意。论证、反驳，无穷无尽的跌宕，使我们不时地有一种"柳暗花明又一村"的惊诧。我们为人能有如此活跃而神奇的思维而深感心理优越。

摇摆，产生了曲线之美与弹性之美，构成了吸引我们的艺术魅力——摇摆竟然还是一大艺术奥秘。

就陀氏而言，摇摆还意味着他对存在、对人类的悲悯情怀。他无法绝情，无法残忍，无法丢弃体恤与同情。他要通过摇摆尽量拖延斧子落下去的时间。

斧子高悬,银泽闪闪。这是陀氏留在时空的白墙之上的一幅冷漠、柔和而宁静的画……

(引文取自《陀思妥耶夫斯基哲学》《陀思妥耶夫斯基的上帝》《陀思妥耶夫斯基传》《陀思妥耶夫斯基与世界文学》《群魔》《白痴》《死屋手记》《卡拉马佐夫兄弟》《罪与罚》等)

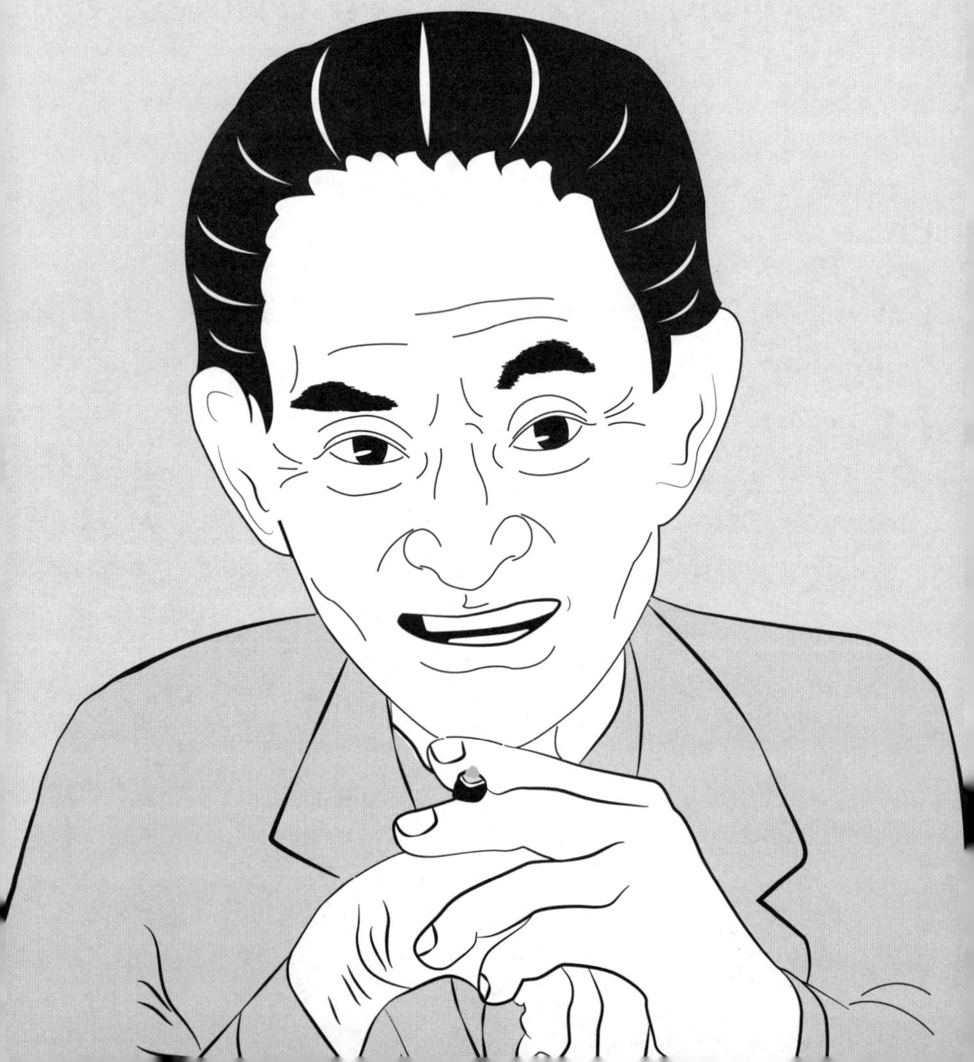

第九讲

春花秋月杜鹃夏

读川端康成

一

　　一九六九年五月的一天早晨，川端康成悠闲地坐在夏威夷海滨的卡希拉·希尔顿饭店的阳台餐厅里，此时，明媚的阳光正穿过透明的玻璃窗，纯净地照射着在长条桌上整齐地排列着的玻璃杯。他那双看似无神但其实非常敏锐的眼睛，似乎突然发现了什么，心中不免一阵激动：被晨光照射着的玻璃杯，晶莹而多芒，正宛如钻石般发出多棱的亮光，美极了。

　　早晨的大海显得安详而柔和。似有似无的细浪声，只是衬托出一番无边的寂静。

　　川端的手指间夹着一支烟，淡蓝的烟篆，在他眼前梦幻一般地袅袅飘动。他被这突如其来的发现震动了，柔和的目光，再也不肯离开那"恍如一队整装待发的阵列"的玻璃杯：究竟有多少玻璃杯呢？大概有二三百个吧。虽然不是在所有杯底边缘的同一地方，但却是在相当多的玻璃杯底边缘的同一地方，闪烁着星星点点的光；一排排玻璃杯亮晶晶的，造成一排排美丽的点点星光。他的感觉里就只剩下了晶莹、美丽。当他足足地享受了早晨阳光下的这份美的馈赠之后，十分知足地闭起了双目。然而，当他再度睁开双眼时，他几乎是惊诧了：那些玻璃杯不知在什么时候已注上了水与冰，此刻，正在来自海空的朝阳之下，"幻化出微妙的十色五光"，简直迷人之极。

事后，他在夏威夷的那场著名的公开演讲中回忆了那个永不能忘怀的早晨。他对他的听众们说：这是我与美的邂逅。像这样的邂逅，难道不正是文学吗？

那个演讲的题目叫"美的存在与发现"。

在川端看来：美无处不在，然而它却总需要人去发现，不然，它就将永远沉沦于黑暗之中或在我们的感觉之外而默无声响地白白流逝着；文学家的天职，就是磨砺心灵、擦亮双目去将它一一发现，然后用反复斟酌的文字昭示于俗众；文学从一开始，就是应这一使命而与人类结伴而行的；千百年来，人类之所以与它亲如手足、不能与它有一时的分离，也就正在于它每时每刻都在发现美，从而使枯寂、烦闷的生活有了清新之气，有了空灵之趣，有了激活灵魂之精神，并且因这美而获得境界的提升。

人类现今的生活境界，若无文学，大概是达不到的；若无文学，人类还在一片平庸与恶俗之中爬行与徘徊。这也就是文学被人类昵近与尊敬的理由。

川端深知造物主造他的用心，恪守职责，一辈子都在用天慧、知识、经验积蓄而成的心力与眼力，或东张西望，或凝眸一处去寻觅那些供人享用与销魂的美，他自己本人也在寻找与发现中而净化，而仙仙飘然于世俗之上。

川端一生，知己不多，东山魁夷是一个。东山在获悉川端自杀、惊呼"巨星陨落"的大悲哀中渐趋镇静之后，对川端的一生做了简明扼要的评价："谈论川端先生的人一定要接触到美的问题。谁都说他是一位美的不倦探求者、美的猎获者。应该说，实际上能够经得起他那锐利目光凝视的美，是难以存在的。但是，先生不仅凝视美，而且还爱美。可以认为，美也是先生的憩息，是喜悦，是恢复，是生命的体现。"

川端对美的顶礼膜拜，以至于几近变态的倾倒，原因大概还在于浸润他的灵魂与情趣的日本文学传统。他吮吸过西洋文化，但他最终还是回到了日本文化的"摇篮"，并一生追随，矢志不渝。他是日本文化之藤上结出的最优美的果实，是日本文学最忠实也是最得要领和精髓的传人。

而日本文学从一开始就与美结下了不解之缘。

作为物语鼻祖的《竹取物语》，为后世的日本文学奠定了基调：

从前有一个伐竹翁，天天上山伐竹，制成各种竹器来使用。……有一天，他发现一节竹子发出亮光，觉得出奇，走上前去，只见竹筒里亮光闪闪。仔细观察，原来是个三寸小美人。老翁喃喃自语："你藏在我朝朝夕夕相见的竹子里，你应该做我的孩子。"于是，他把孩子托在掌心上，带回家中，交给老妻抚养。她长得美丽可爱，小巧玲珑，也就把她放在篮子里养育了。

这是日本文学的源头。后来的《源氏物语》，则使这一脉地老天荒时的涓涓细流变为一泻千里的平阔大江，从而使日本文学有了自己鲜明的、牢不可破的传统。川端许多次谈到了《源氏物语》以及他与《源氏物语》的血缘关系："物语文学到了《源氏物语》，达到了登峰造极。""古典作品中，我还是最喜欢《源氏物语》。""可以说自古至今，这是日本最优秀的一部小说，就是到了现代，日本也还没有一部作品能和它媲美……"《源氏物语》给予川端的自然有许多，而其中一条，就是《源氏物语》的美感：王朝之美。在呈现这高贵、典雅的"王朝之美"的建构中，一个丰富而精致的美学体系便圆满而自然地生成了。它注定了日本文学的未来风采，也注定了川端的文学格调。

其实，后来的日本小说家很少有摆脱得了《源氏物语》的浸润、感染而另择他道、独创新的美学天下的。与心甘情愿地委身于日本小说美学传统的川端相比，颇有争议的文学鬼才三岛由纪夫，总有脱出日本传统小说美学的念头。然而，由《源氏物语》而开创的完美的日本小说美学传统所具有的无法抗拒的魅力，使三岛最终也未能飞出那片传统的美学空间。他与川端一样，疯狂地迷恋着种种非常日本化的美感。与川端不同的也只是在《源氏物语》的巨影笼罩之下，富有个性地来接受这种令人陶醉的庇荫罢了。在他眼中，残酷是美、坚固是美、威武是美……美感成了一只巨大的箩筐，所有一切，只要经过他心灵的过滤，都可装入其中。即使丑陋的肉身，也是值得憧憬，并可使之赏心悦目的。他在准备与瑶子成婚时，居然建议在游泳池举行婚礼，让他们的亲人在游泳池边举起手中的祝福之杯，以便直接目睹他和瑶子的身体——他以为此时此刻，是天下最大的审美享受。这位天皇制的顽梗而可笑的效忠者，之所以如此丧心病狂地效忠天皇，皆是因为根植于一个看似古怪而实在是有历史原因的美学念头：日本的全部美学根植于天皇制；天皇制处于美学范围之中，是日本美的源泉。

大江健三郎，是在道道地地的西方文化、西方美学的浸泡中而开始他的文学生涯的，他甚至公然说，他不喜欢《源氏物语》，然而，我们透过他作品的西化外表，仍然看到了《源氏物语》的美学幽灵在字里行间的逍遥与游荡。

由于对美的崇拜与无节制的沉湎，在中国人看来，三岛也好，大江也罢——即使相对古典一些的川端，也都显得有点乖戾。他们将美纯化，使它成为薄雾轻云，弥漫于世间的万物之上，仿佛一切都是美的。他们的某些欣赏以及快意，甚至使我们感到实在无法忍受和难以理解。

《源氏物语》对日本美学的奠定以及川端等人一脉相承的扩展与具体化，返照生活之后，从而使日本人的生存与生活更是笼上了一层美学色彩。他们创造了日本人生存与生活的情调与格调。你尽可以说此种情调与格调并不高级，但有总比没有强。

我横竖想不通：当下中国，"美"在有的人眼里何以成了一个矫情的字眼？人们到底是怎么了？对美居然回避与诋毁，出于何种心态？然而，人们实际上又不总是排斥美的，不是有那么多的人也在说着川端、说着那些美得并不高级的"泰坦尼克号"之类吗？外国人何以就有权利发现美，而中国人就只配发现丑——他们的权利是何人所给？难道文学在提携一个民族的趣味、格调方面，真是无所作为、没有一点义务与责任吗？

二

谈谈"物哀"吧。

日本人的多愁善感在世界上大概是出了名的。看日本的电影电视剧,常常不习惯其无时无刻不在显露的悲情。日出日落,一草一木,几簇淡烟,数行霜树,在日本人眼里,都可能成为悲哀的理由。有时真让人困惑:一个宣扬武士道精神的国家,一个发动战争屠杀邻国无辜、杀人如麻的国家,那些人又何以如此敏感与脆弱?

看川端的《雪国》,读到作品中的人物岛村看到两个偶然相逢的人在车站作别,那姑娘说出一句"有缘还会相逢的",竟"情不自禁,眼泪都快夺眶而出"这段文字时,总有点不可理解:至于吗?日本文学,总是缠绵在这些看似莫名其妙的悲哀之中。然而,一旦将日本文学看久了,在渐渐熟知了这一切背后的精神与美学情调之后,也就会渐渐习惯,甚至会在不知不觉之中滑入这种情感,而此时,你将会发现你处在许多美好的境界之中,你对存在,你对你周遭的一切,皆有了更多的体味,并由此获得了许多意义。

日本人将这一精神称之为"物哀"。

关于"物哀"之义，说法也不太一样，只因这个词本就是一个玄妙之词，其义也就很难确定。反复读了川端等人的作品，你大致上会有一种意会：人面对眼前风物，或是内心就已驻有悲哀、哀伤、伤感、忧愁、苦闷之类的情绪，或是因为这些风物的姿态、颜色、气味、枯荣与涨落的动感情状诱发了这些情绪，从而在物我之间，产生一种互长互消、互渗互动的情感之流。

"物哀"与另一个与其相关的概念"风雅"，鼎力支撑了日本的美学殿堂。对川端而言，"物哀"一词实在已是融化在了他的血液之中。他的全部笔墨，也不过就是将"物哀"一词落实到场景之中，落实到交流之中，落实到无数的人间故事之中。当然是哀情万种。

黑发乱蓬松，心伤人不知。
伏首欲梳拢，首先把君思。

川端曾由分析这首日本古诗开始，对日本文学之美做了详尽解读，而解读的结果使他在文学史的烟云之中，只发现了两个单词，一为"物哀"，一为"风雅"。但在他看来，日本文学有这两个单词，足以风骚天下。事实上，日本文学也正是依仗这两个单词，而争得一方。

"物哀"的源头还是在《源氏物语》。

"此时适逢秋天，人心正多哀怨。"此类物我同形同状的情况，在《源氏物语》中几乎是处处可见。《源》有诗词若干，这些诗词既使它成为风雅之作并影响后世文学雅致的美学风格，也使得"物哀"成形成势，使后世文学欲脱不能。

清辉不改前秋色，
夜雾迷离惹恨多。

莫将惜别伤离泪，
看作寻常秋雨霖。

花开今日乖时运，
转瞬凋零夏雨中。

旅衫亲手制，热泪未曾干。
只恐襟太湿，郎君不要穿。

去日泪如雨，来时泪若川。

行人见此泪，错认是清泉。

《源》中诗词，十有八九是写这类情绪的。

川端写了那么多小说与散文，但写来写去，也就是在那些情绪之中辗转反侧。

仔细分析起来，日本文学的物哀传统背后，可能有着一个日本人的樱花情结。

世界上，没有一种植物能像樱花那样，居然能对一个民族的生存信念、生活趣味与美学格调发生如此深刻的影响。只因为此种植物太不一般了。见过樱花、身临其境的人，大概是很难不会为之动心的。每年三月，春意料峭，日本列岛，几乎到处都有的樱花，就会在南来的春气中，由南到北地开放。若是孤独的一株，还难以让人动心，若是几株、十几株乃至上百株，这就形成了一种势，你的印象也就会变得深刻起来。这植物太奇妙了，具有神性。那些小小的花朵，不骄不躁、似无声响地开放了，竟开放在还未长出一星叶芽的裸树之上，树又是那么古老，那么高大。它们让你觉得这是在天堂，在神话世界里。这个世界就是花。这些花蔚然成粉色的云彩。它们娇小，在寒风中颤抖不已。而当它们正欲显示风采之时，却又早早地开始凋零。樱雨霏霏，落英被地，实在让人难以抑制伤悲。但，又确实是美的，凄艳的美。樱雨之中，那些乌鸦像黑色的精灵在飞翔，发出寂寞的羽响。面对如此情景，你的心境不由得你而在悄悄地发生着变化。

樱花不仅仅是一种植物。它造就了日本人的心境。

日本人古时就高看樱花。《源氏物语》中多次写到樱花，认为百花之中，樱花乃为极品："真美的花啊！别的花到底比不上它。"书中有一段关于夕雾的两个小女儿争说一棵樱花树为自己所植的描写，甚是可爱，也可见日本人与樱花的感情。就是这两个小女儿，一天傍晚，见东风吹来，樱花如泪珠飘落，不禁扼腕叹息，与佣仆们一道纷纷赋诗。其中有两句，我以为最为精彩：

欲保樱花长不谢，
恨无大袖可遮风。

然而，易开易落、稍纵即逝的预设品性，终于使它们不能在枝头长栖，转瞬间便如风流云飘。樱花是含了神谕的。大和民族几千年来，每年的春天，都要站到这些古怪的树下，来聆听神谕。

聆听的结果，就是从骨子里觉得人世无常、一切成空，最终孕育了"物哀"。

"物哀"的极致，就又引出了包括川端在内的日本文学家对死亡的平静态度，这种态度在全世界是独树一帜的。芥川自杀身死，三岛由纪夫的切腹使人感到震惊和厌恶。然而在三岛看来，"血"加"死"等于"美"。当利刃切开肉体，鲜血迸溅之时，想见他看到了无数的鲜花从空中纷纷坠落。他几次说道，"切腹"是美学行为，是"艺术表现"。川端在他的作品中也无数次地诗化了死亡:"再没有比死亡更高的艺术了。"死像"新娘一样美丽",死是"水一样透明的世界",是"平稳如镜的海"。他很欣赏一幅画:一只白色的兔子在草地大火的红光中跳跃着。在他看来,也许这是天下最美丽的景观。同样,他将这幅画变化在了他的小说《雪国》之中:叶子从高楼优美地坠落。那无异于一幅画。叶子从此成为精灵。一场生命的终结,都是有理由被赞美的:"有些飞蛾,看起来老贴在纱窗上,其实已经死掉了。……岛村把它们拿到手上,心想,为什么会长得这样美呢!"(《雪国》)就他如何看待自己的生命而言,他对芥川选择自杀,颇有微词,然而,最终他自己也还是选择了自杀。自杀的那天,似乎十分平静,没有任何迹象表明他要自杀。他大概只是觉得他的路已到尽头了,该走了,这就像一个长旅者终于想到了要回家一样。

他曾在"临终的眼"中说,一切美,都将会——并只将会出现在"临终的眼"里。他在临终的眼里真的看到了美——大美、至美了吗?

正在旅途中的东山魁夷倒是在川端自杀的时刻,透过天草旅馆的窗户看到一幅迷人的景色:辽阔的天草滩,寂静的傍晚,天空低悬着一弯细细的上弦月,其形状犹如一把弓弦拉成水平,显得十分安闲而宁静。天幕上有一颗异常明亮的星星,它的闪烁、迸发的光辉,甚至使人觉得仿佛转眼就要在空中流动,变成透明,尔后完全消逝似的……

三

川端的作品固然写了许多人物形象，但成功的男性形象几乎一个没有。提到川端的作品，人们能想到的形象，几乎全部都为女性：伊豆舞女、驹子、苗子、叶子……

川端长于写女性，川端也比较偏爱女性——女性既是他生存的动力，也是他写作的动力。他的美学理想，是交由这些女性来完成的。在他看来，能够完成他美学理想的，也只有这些女性，那些"臭皮囊"的男性是担当不起的。

女性首先是在形体上被认可的。她们的音容笑貌、谈吐举止，都是造物主给予人类的美感。川端或用艳丽的，或用清纯的，或用典雅的，或用秀美的文字，去写她们的肤色，她们的身段，她们的面容，她们的服饰，她们的声音。女性之中，他又最欣赏那些少女，而少女之中，他又最欣赏尚未举行破瓜仪式的处女："少年时代的我，阅读《竹取物语》领会到这是一部崇拜圣洁处女，赞美永恒女性的小说。它使我心驰神往。"（《美的存在与发现》）《伊豆舞女》中那段关于一个十四岁的舞女的裸体描写，已成为凡说到川端作品便不能不引出的文字：

> 一个裸体女子突然从昏暗的浴场里跑了出来，站在更衣处伸展出去的地方，做出一副要向河岸下方跳去的姿势。她赤条条的一丝不挂，伸展双臂，喊叫着什么。……洁白的裸体，修长的双腿，站在那里宛如一株小梧桐。我看到这幅景象，仿佛有一股清泉荡涤着我的心。

若是不能见到她们的身影，单就听她们的声音，也就使人心满意足。听了少女"纯真的声音"，他只想"闭上眼睛，让思维在梦境的世外桃源翱翔"。当听到女学生们的朗读声时，他想："倘使多播放几次既不是音乐也不是戏剧，而是少女的日常的'纯真的声音'，那该多好啊。"这些女性既使他感受到了官能之美，又使他感受到了精神上的脱俗："既然有'纯真的声音'，又有'纯真的形体'，就应该有所谓的'纯真的精神'。"对强健、纯粹、新鲜、敏感的官能的崇拜，即使已在他人生的黄昏时分，也未有过热情的减弱。《睡美人》中的那个已经衰朽的老人，以与青春女性共眠来刺激他的生命，不免有淫乱之嫌疑，然而川端在这里绝非是贩卖色情。他无非是在做一种生命的对比，是在渴求生命的动力，而这个动力，只有少女的美感——纯真的肉体所产生的美感才能给予。那段在江口老头眼前浮现的情景，是一首诗——凄凉、颓废而又令人血液奔腾的诗：

草丛中，两只蝴蝶在双双飞舞戏耍。……草丛里又不断地飞出无数的蝴蝶来。庭院里呈现一片白蝴蝶的群舞。……低垂而舒展的红叶枝头，在微风中摇曳。……白蝴蝶越来越多，恍如一片白色的花圃。……幻觉中的红叶，时而变黄，时而又变红，与成群蝴蝶的白色鲜艳地交相辉映。

风流、好色、唯美，根子还是通在《源氏物语》。

川端不仅是在写女性，写作风格也是很女性化的。根植于出自女性之手的《源氏物语》《枕草子》的日本小说，差不多都有女性化的倾向，纤细便成了日本小说的总体美学风格。作为全世界的第一部长篇，《源氏物语》能在那样久远的年代，就有那样细微的感觉和捕捉细微之情感和心理的能力，乃是日本文学的一大幸事：这是一个极其良好的开端。而这个开端，之所以如此，很少有人会想到那是因为日本小说史的真正书写是由女人开始的。世界上的小说，最初时，在呈现世界、表达情感诸方面，都是很粗糙的，注意到事物的微妙之处，已是在很晚的时候了。而《源氏物语》居然在那样久远的年代就有这般纤细的感觉：源氏公子在屋的另一侧，听到内屋中的妇女衣衫窸窣之声，更觉她们优雅可爱。源氏公子看到了一处住所之后，在心中想道："夜里看时，已经觉得寒酸，然而隐蔽之处尚多；今天早上阳光之下一看，更觉得荒凉寂寞，教人好不伤心！"那时候的小说，就能注意到白昼与夜晚所见的细微区别，大概在同时代的小说中是绝无仅有的。小说通过数百年的实践，达抵它的鼎盛与成熟的一大标志就在于它有意识并有能力去书写细微之事物以及细微之感觉，日本小说却居然从一开始就达到了这种圆满的状态。假如说，中国诗歌有个好传统的话，那么，日本的小说则有一个好传统，而这个传统归功于女人。

川端对这一传统心领神会。他将它比喻为藤花："藤花富有日本情调，且具有女性的优雅，试想在低垂的藤蔓上开着的花儿在微风中摇曳的姿态，是多么纤细娇弱、彬彬有礼、脉脉含情啊。它又若隐若现地藏在初夏的郁绿丛中，仿佛懂得多愁善感。"

这是一颗敏感的、细腻的、十分女性的心灵。

"昨日一来到热海的旅馆，旅馆的人拿来了壁龛里的不同的海棠花。我太劳顿，早早就入睡了。凌晨四点醒来，发现海棠花未眠。"（《花未眠》）

川端就是这样纤细的川端。

诺贝尔文学奖的许多授奖辞，都是胡说八道，然而这一回对川端的概括却是无比确切的："他忠实地立足于日本的古典文学，维护并继承了纯粹的日本传统的文学模式。在川端先生的叙事技巧里，可以发现一种具有纤细韵味的诗意。……川端先生作为擅长于细腻地观察女性心理的作家，特别受到赞赏。"

四

如果说西方的文学艺术发现了人,那么东方的文学艺术则发现了自然。都说文学艺术发现了人,这是人类历史了不得的进步,其实,文学艺术发现自然,才是更了不得的事情。从前的世界,把人看得太重,而把自然看得太轻,未必是明智、深刻的。就西方文学艺术的运行轨道来看,文艺复兴时代是面孔和女人,而后才是风景。里尔克在那本叫作《艺术家画像》的书里,描绘与解读了好几位举世闻名的大画家,而这些画家都是风景画家。里尔克对"风景"有许多独特而精辟的见解。若依他的观点,东西方文明、东西方艺术的成就,谁为先,就不是当下的俗见了。

作为东方美的代表之一,川端康成的突出贡献在于他将东方人的尤其是日本人的自然观完美地显示了出来。

我们可以将他看成是二十世纪东方最出色的风景画作家。

当然,他首先要感激日本文学艺术传统所给予他的恩泽。

无论是画，还是和歌、俳句、物语，日本的文学艺术总离不开风景——风景甚至成为全部。当然，这与崇尚自然的中国文化的浸润有关，但确实又是很日本的。它有了许多属于自己的美学范畴，这些范畴总有点与中国的一些美学范畴相似——然而，殊不知，最微妙的差异，恰恰可能是最难得的也最难以缩小的差异。总而言之，日本的文学艺术一开始就是交给风景，与风景风雨同舟、患难与共的。《源氏物语》中就有数不胜数的风景描绘。对山川草木、日月星辰、阴晴雨雪、花鸟鱼虫，总是十分在意，察看、感受之精细，即使今天已注意锐化对风物之感觉的人看了，也无法不为之感叹。"此时夜色渐深，秋风萧瑟。墙根虫吟之声，山中鹿鸣之声，与瀑布之声混合一致，其音十分凄艳。夜色清幽，即使是寻常感觉迟钝之人，亦必难于入梦。格子窗犹未关闭，窥见落月已近山头。这般凄凉景色，令人泪落难受。"……如此画面，络绎不绝，让人在人世与自然两界随时流动，阅读时总感到有无穷的妙处。

在风景描写之中，又尤为在意"季节感"。而这季节感又引发出色彩感、流逝感，最终合了"无常感"，而成为人和人世之基本状态的启示。

川端一辈子都在写风景，也一辈子都在说风景。他的那几篇最著名的文章，谈得最多的就是风景。他自称自己是小说家中最喜欢写风景和季节的。他在评说东山魁夷的《京洛四季》时，面对东山笔下的一棵"经年古树"，说道："日本人几百年来创造并留存了一棵树的美，自以为是值得庆幸的。"他很喜欢日本的古典诗词，这些诗词全部是关于风景的。他自己写的诗，也都与风景有关，其间的字斟句酌，其实是精心调整自己对风景的微妙感受。他与东山魁夷之所以友情笃深，我以为，就正在于东山魁夷是位风景画的大师，并且又是一位深得日本自然观之奥义的风景画大师。与其说，这是与一位风景画大师的亲切关系，还不如说是与自然的亲切关系。

在面对风景时，川端又显示了他女性式的纤细："晨曦早早造访竹丛，黄昏则捷足先登，来到了杉树林间。此时正值白昼。白天是属于竹林的。竹叶宛如一丛丛蜻蜓的翅膀，同阳光嬉戏作乐。"（《春天的景色》）"清晨可以看见绿色在静静地萌动，夕暮可以看见绿色在悄悄沉睡。一天傍晚，我透过火车东窗望见山岗上的茶园，恍如绿色的羊群沉静地安眠一样。"（《美的存在与发现》）……

川端看东山魁夷的风景画，觉得那些风景画是"神圣的"。他认可了东山的风景画具有"宗教色彩"的说法：难道不是吗？其实，他自己在面对风景时，也是处于此种心境之中的。风景不仅仅是赏心悦目的，同时也给了他宗教般的情怀。自然为神，是圣洁的、审美的，是不可亵渎与玷污的。他对东山的《两轮月亮》由衷地喜欢，就在于这幅风景画具有"幽玄"之美：两轮月亮，一在天上，一在水中；相同形态的风景，上下呼应；水中的映像，使风景充满幻想，酿出一个超现实的世界——神话般的世界。

川端从祖上继承而来的物哀、雅兴，多半就是在他的风景画中实现的。

讨论这一话题，不免又想到中国当代文学。或许是现代文明隔断了人与自然交融，而使中国作家不再有对自然的鲜活感觉，或许是对现代文明的浅薄向往而轻视昔日文学亲近自然的高雅风尚，在当代作家的作品中，我们已经很难再看到风景了。在僵直而枯涩的现代环境中，人的心态也一样的僵直而枯涩。从前的小说，由于风景的嵌入，使阅读总会有一些身心愉悦的停歇，其情形犹如人在紧张之中忽然听到了舒缓、悠扬的音乐。风景湿润了古典形态的文学，也湿润了阅读过程、阅读者的心。风景何止是风景？它给我们的东西实在太多太多了。轻薄风景，大大的无知，是文学的一大悲剧。有一点，说出来怕是揭了当代作家的短处：那风景描写，是最见一个作家的文字功底的；当代作家不写风景，怕是发虚吧？

川端在接受诺贝尔文学奖时所作的演说词中，一开头就重吟了道远禅师的一首说风景的和歌。那歌词是：

春花秋月杜鹃夏
冬雪皑皑寒意加

（引文取自丰子恺译《源氏物语》和叶渭渠、唐月梅主编《川端康成集》等）

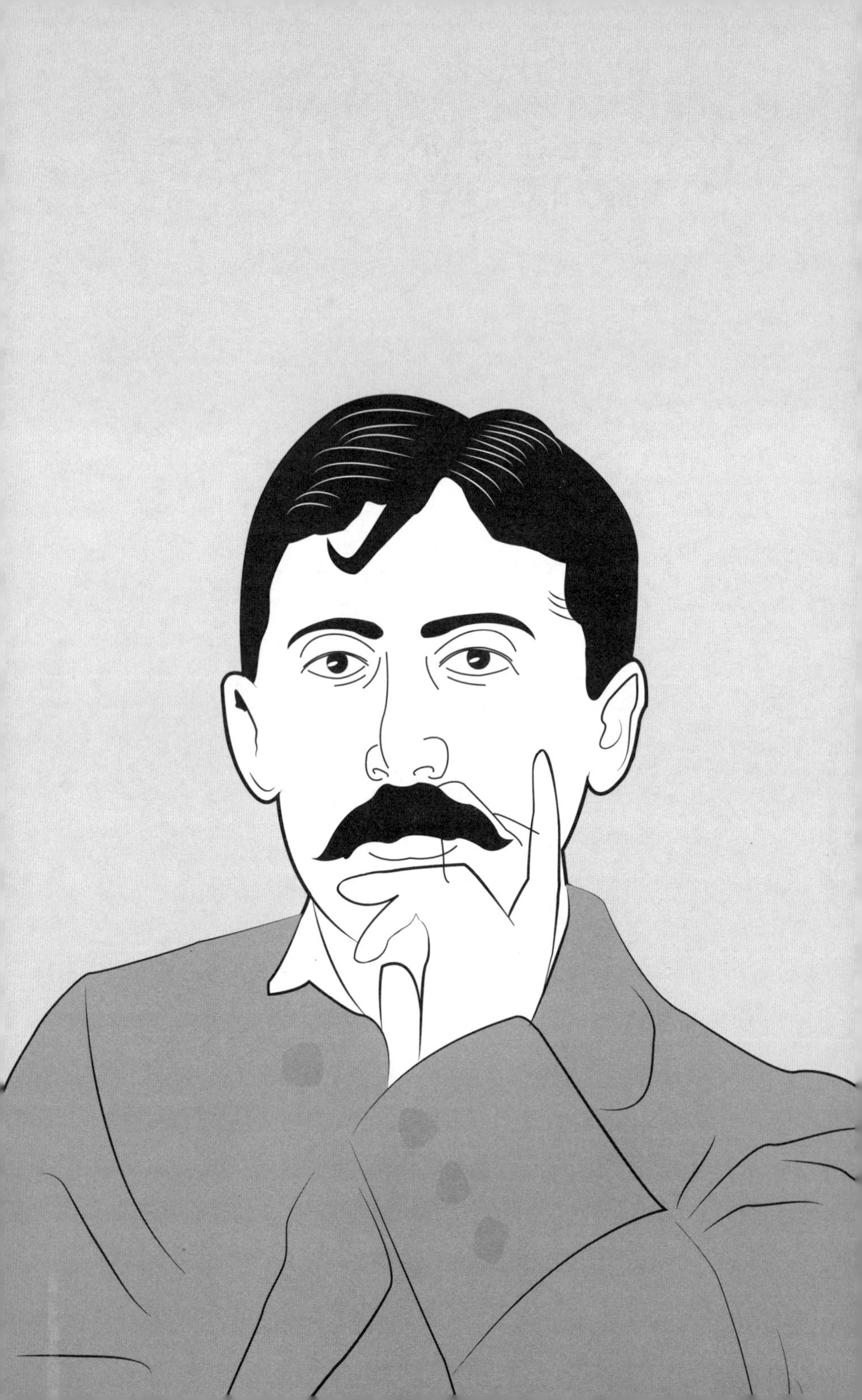

第十讲

寂寞方舟

读普鲁斯特

一

他属于从前，属于欧洲，属于法国，属于法国的上流社会。

像他这样的作家，在欧洲并不在少数。在我们的感觉里，欧洲的作家似乎差不多都出生于豪门贵族。因此，欧洲的文学，总是弥漫着一种贵族气息。即使那些非贵族出身的作家，也因崇尚这种气息，从而使他们的作品一样融入了那种欧洲特有的风雅格调。甚至连那些反贵族与贵族不共戴天、抱死平民思想的作家，也因长久被这种气息所感染，而使自己的那些无情抨击上流社会、为平民阶级振臂呼喊的作品，依然在骨子里带了这种气息。倘若说中国文化基本上是一种平民文化的话，那么欧洲文化则基本上是一种贵族文化。当马克思、恩格斯的学说成为无产者向贵族阶层发动猛烈进攻的思想武器时，我们始终觉得，他们仍然保持住了一种十分高贵的派头。

普鲁斯特出生于巴黎马尔泽尔布大街九号那幢宽敞、漂亮而豪华的大房子里。

他一生中的大部分时光是在这幢大房子里度过的。

这里似乎离香榭丽舍大街不远。这位富家子弟在这里耳濡目染了上流社会，并从心灵深处领略了上流社会的生活情趣、道德态度和审美观。他的视野似乎并不开阔。《追忆似水年华》尽管洋洋几百万言，但其中的场景大致上都属于上流社会。有批评家言：巴尔扎克的笔下是整整一个世界，而普鲁斯特的笔下，却只是一个社交界。这是事实，是没办法的事。普鲁斯特被优裕的生活环境和没完没了的溺爱所迷恋，他走不出他的大房子。他以为全部的世界就装在这幢大房子里。

他厌倦大厅——那个被欧洲小说无数次写到的大厅。但他又离不开这个大厅。上流社会的一切，都是在这大厅里展示的。高谈阔论的绅士们，妙语连珠的贵夫人以及面色红润、目光迷人又略带几分忧郁的少女，或穿梭，或分布在这个大厅的各个角落。政界要人、外交官、艺术家、庄园主、军官、教授，这些有身份的人经常以茶会、酒会、生日晚会之类的名目聚集在一起，没有主题，各抒己见，无非是显示自己的智慧、富有与前程。普鲁斯特讨厌附庸风雅，讨厌充塞于大厅的轻薄与无聊。但他一旦脱离了这个大厅，却又无法忍受。再说，这个大厅也着实是令人迷乱与陶醉。他生得俊秀，两撇小胡子被精心修饰，梳着很考究的分头，谈起有关绘画、音乐方面的高雅话题来，又口若悬河、头头是道，因此总得女人们的宠爱。空气中到处散发着脂粉气，他的一生，似乎都是在女人堆里度过的，那些围绕于他的各色夫人与少女，是他的生活与情感中不能一刻或缺的。他是集会的宠儿。集会满足了他的虚荣心和种种欲望。

大厅是欧洲小说的重要意象。聚会是欧洲生活的重要内容。欧洲小说给我们一个印象：欧洲文化也便是大厅文化。

他在去社交界的路上放慢脚步，在夏日的晚上快乐地闲逛着，薄外套在胸口微微敞开，饰孔上插着一朵花，当时最时髦的白茶花；他见过路人眼睛里映出他青春的优雅，感到十分高兴，但略带一点年轻人的自命不凡，染上一点"恶的意识"，这种意识他十八岁时就已具有，并成为他的缪斯。他有时过分夸张这种优雅，变成搔首弄姿，但总是风趣诙谐，如同他有时过分夸张自己的和蔼可亲，成了阿谀奉承，但总是做得十分聪明；我们甚至在我们内部创造了普鲁斯特这个动词，用来表示一种自己过于清楚地意识到的亲热态度，其中还带有老百姓可能会称为没完没了的、十分有趣的"客客气气"。

他潇洒地走着，白藤手杖只是一种优雅的装饰。一想到大厅，他便会有一种按捺不住的兴奋，因为，大厅可以让他施展自己的才华与魅力。他要对他们说，莫奈的那几组有麦垛和教堂的画实在应该得到赞叹。他向他们描绘着莫奈的亚眠教堂："在雾中呈现蓝色，在清晨灿烂夺目，到了下午吸足了阳光，仿佛镀上了一层厚厚的黄金，日落时呈粉红色，并已披上了夜晚的清凉；克洛德·莫奈已将它的钟声在天空中回荡的那些时刻固定在美妙的画面上……"他还要向他们诉说他所感受到的瓦格纳："瓦格纳的风暴使乐队的所有弦乐器都叫喊起来，犹如一条大船的桅杆，上空时而响起猛烈升高的旋律，像海鸥一样倾斜、强大、平静……在这种音乐的风暴中，芦笛的小调、鸟儿的歌声和逐鹿的号角声都吸引过来，犹如被风刮到远处的浪花、石块……"

这里绝不会像今日之中国作家那样津津乐道于吃喝拉撒睡、油米酱醋茶。那些话题只能是有闲阶级关注的话题，是远离人间烟火的，是荡涤了恶俗与丑陋的。这些言谈举止讲究得不免有点矫揉造作的贵人们，动作雅观地吃着精美的点心，一个赛一个地比试着话题的新颖与高雅。这种大厅文化一日一日地积累着，终于成为全社会的风尚，从而使欧洲笼上了一层永远经得起审美的色彩。

对于这种色彩，以平民文化为基调的中国，曾一度对其嗤之以鼻，当中国委身于平民思想，对从前文化中的那一点点士大夫情调都不能够容忍时，中国文学极端地选择了朴素、简单乃至简陋。长久浸泡之后，这个国家的文学最终丧失了情调，并以庸俗为美，使自己的文学艺术再也不能从世俗尘埃中得到飞升。漫无边际的平民趣味席卷着这块土地。但中国作家心安理得，因为他们从心里认定他们摒弃了虚伪与矫饰，从而获得了道德上的快意。平民化的生活图景，被成百上千的目光所注视——这还在其次，要紧的是这些图景得到了观赏，作家与这种生活"同流合污"。

　　面对普鲁斯特，我们不知还能否提出这样一些问题：附庸风雅就一定比不附庸风雅该遭唾弃吗？附庸风雅就一定要比附庸恶俗该遭诅咒吗？平民文化就一定高出贵族文化而值得屈从吗？当西方人不停地反省贵族文化时，我们难道就一点也不必要反省自己身心荡漾于其中竟乐不思蜀的平民文化吗？不以高雅去与世界相争而只以粗鄙去求世界一媚，难道就一定是我们唯一的选择吗？……

　　普鲁斯特终于又走进了大厅，一次又一次。

　　于是，世界就有了《追忆似水年华》这样的雅书。这部时常嘲讽挖苦风雅之人的书，自身恰恰又是风雅的。它不仅提升了文学，同时也提升了我们生活的格调。汪曾祺回忆沈从文，说沈从文在谈到土豆和慈姑这两种可食用的植物时评价道，慈姑格高。《追忆似水年华》就属于那种格高的小说。

　　我们的小说写不了大厅，因为我们都是平民。我们没有大厅，只有阴暗狭窄的陋室。但这并不意味着我们的文学就只能永远地沉醉于庸常与恶俗。当年，有"庶民作家"之称的老舍，写了那么多平民的生活，然而，他并没有将我们领进恶俗。

格高其实与大厅无关，也与陋室无关。

二

九岁那年，普鲁斯特得了枯草热[1]，从此，可怕的哮喘伴随了他一生。一年四季，尤其是到了春季，他不得不长久地待在屋子里，而与草长莺飞的大自然隔绝。

据说，这种病是溺爱的结果。"哮喘其实是一种召唤。"

他的一生中，最溺爱他的是两个女人，一个是外祖母，一个是母亲。她们在为这个体弱的少年尽一切可能地营造温暖、舒适与温情。我们有理由相信，《追忆似水年华》中那个在晚间焦切地等待母亲的亲吻——亲吻之后方可入睡的少年，就是他本人。

他长大了，父亲已经不能够再容忍他与母亲的缠绵。终于，在母亲的最后一次夜晚亲吻后，他结束了少年时光，而开始了长如黑夜的成年人的孤独。

溺爱与优裕毁了一个人，却为世界成全了一个伟大的小说家。

他在那幢放满笨重家具、地上铺着厚厚的地毯的大房子里，在自己昏暗的卧室中，悄然无声地数着时间

---

[1] 又称花粉症。

的齿轮，聆听着生命的水滴穿过时空的寂寞之声。他只能透过窗子望着苹果树，想象着卢瓦河边的山楂花、丽春花、麦地、水边的芦苇以及枫丹白露的美丽风景。这是一个渴望与自然融合的人，一个热衷于在人群中亮相、造型的人，然而，他却只能长久地枯坐于卧室。

风中，一树的苹果花终于凋零，落叶如鸟，一派苍凉。

普鲁斯特忽然为自己的处境与对处境的感觉找到了确切的比喻："在我孩提时代，我以为圣经里没有一个人物的命运像诺亚那样悲惨，因为洪水使他囚禁于方舟达四十天之久。在漫长的时间里，我不得不待在'方舟'上。于是，我懂得了诺亚曾经只能从方舟上才如此清楚地观察世界，尽管方舟是封闭的，大地一片漆黑。"

世界成为一片汪洋，卧室成为方舟。它是他向外观察的地方，又是他所观察的对象。他有许多文字是用来写房间、房间中的实物以及他与房间之关系的。他与社会失去了广泛的联系，他个人的经验领域变得极为狭小。依普遍的理论来看：经验如此简单的人是难以成为作家的，更是难以成为书写鸿篇巨制的作家的，然而，普鲁斯特硬成了一个反例。面对狭窄的生活空间，他开始了世界上最为细致的揣摩与领会。加之由于寂寞、孤独带来的冷静与神经的敏锐，他捕捉住了从前时空以及当下情景中的一切。他发现，当一个人能够利用现有的一切时，其实，被利用的东西并不需要多么丰富——有那样一些东西，这就足够了。由于经验的稀少而使经验变得异常宝贵，一些在经验富有的人那里进入不了艺术视野的东西，在他这里却生动地显现了，反而使文学发现了无数新的风景。

普鲁斯特以他成功的文字，为我们区分了两个概念：经验与经历。

上流社会的狭小圈子以及疾病造成的长守卧室，使他的人生经历看上去确实比较简单。但，文字并非是支撑在经历之上的，而是支撑在经验之上的。经验固然来自经历，但却要远远大于经历。由有限的经历而产生的经验，却可能由于知识的牵引与发动、感觉的精细以及想象力的强健而变为无限、一生受用不尽。有经验的广度与经验的深度之分。普氏也许不具经验的广度，却具经验的深度。

残月当户、四壁虫声，化钝为灵之后的普鲁斯特，于清凉的夜气中听到、闻到、感受到了我们这些常人所不能听到、闻到、感觉到的东西："我情意绵绵地把腮帮贴在枕头鼓溜溜的面颊上，它像我们童年的脸庞，那么饱满、娇嫩、清新。""我又睡着了,有时偶尔醒来片刻,听到木器家具的纤维格格地开裂,睁眼凝望黑暗中光影的变幻,凭着一闪而过的意识的微光,我消受着笼罩在家具、卧室,乃至于一切之上的朦胧睡意……"他写了冬天的房间、夏天的房间、路易十六时代的房间,即便是并无一物的空房间,也显示出了它无边的意义。

看来,我们得重新玩味"坐井观天"这个成语。倘若这个坐井者是个智者,他将会看到什么?坐井观天,至少是一个新鲜的、常人不可选择的观察角度,并且是一种独特的方式,而所有这一切,都将会向我们提供另一番观察的滋味与另样的结果。

方舟之上的普鲁斯特在漂泊之中,常常显出无所事事的样子。而"无所事事"恰恰可能是文学创作所需要的上佳状态。由无所事事的心理状态而写成的看似无所事事而实在有所事事的作品,在时间的淘汰下,最终反而突兀在我们的文学原野上。中国文坛少有无所事事的作家,也少有无所事事的作品。普鲁斯特对我们来说,是一个启发。他在无所事事的状态之下,发现了许多奇妙的东西,比如说姿势——姿势与人的思维、与人物的心理,等等。在《追忆似水年华》中,他用了许多文字写人在不同姿势之下会对时间产生微妙的不同的感觉:当身体处于此种姿势时,可能会回忆起十几年前的情景,而当身体处于彼种姿势时,就可能在那一刻回到儿时。"饭后靠在扶手椅上打盹儿,那姿势同睡眠时的姿势相去更远，日月星辰的序列便完全乱了套，那把椅子就成了魔椅，带他在时空中飞速地遨游……"他发现姿势奥妙无穷：姿势既可能会引起感觉上的变异，又可能是某种心绪、某种性格的流露。因此，普鲁斯特养成了一个喜欢分析人姿势的习惯。当别人去注意一个人在大厅中所发表的观点与理论时，普鲁斯特关闭了听觉，只是去注意那个人的姿势。他发现格朗丹进进出出时，总是快步如飞，就连出入沙龙也是如此。原来此公长期好光顾花街柳巷，但又总怕人看到，因此养成了这样步履匆匆的习惯。

"方舟"造就了一颗敏锐的心灵，也给予了他一个独特的视角。从此，万象等价，巨细无别，大如星斗，小如沙粒，皆被关注。为普鲁斯特写传记的安德烈·莫罗亚写道："像凡·高用一把草垫椅子，德加或马奈用一个丑女人做题材，画出杰作一样，普鲁斯特的题材可以是一个老厨娘，一股霉味，一间外省的寝室或者一丛山楂树。他对我们说：'好好看：世界的全部秘密都藏在这些简单的形式下面了。'"

三

光阴似箭，并且直朝一个方向。生命的过程，便是倾听时间流逝的过程。人的最大悲剧，就在于时间对他的抛却。时间先是一首生机勃勃的进行曲，进而渐渐衰变为哀乐，从远到近、由小到大地响彻四方，然后戛然而止，人生的舞台便谢下一道黑幕。人们描述着造物主：他一手抓握着镰刀，一手托着沙漏，当沙漏终于流空，寒光闪烁的镰刀就挥舞着，收割生命。

"流逝"这个字眼大概是词典中一个最优雅但却最残酷的字眼。

为了躲避这个字眼，人类创造了小说。因为小说能够追回时间——虽说是在纸上追回，但这毕竟给了人类几许温馨的慰藉。那部辉煌大著《追忆似水年华》最贴切的译名其实应是《寻找失去的时间》。"寻找失去的时间"，既是他小说的主题，又是他小说的全部动机。卢那察尔斯基十分诗化地描述着："他（普鲁斯特）知道，对于他，时光没有'Perdus'（失去），他能把它们重新铺在自己面前，像地毯、披巾一样，他能重新回味这些苦乐和沉浮。……普鲁斯特似乎突然向当代人说：我将穿上锦缎长衫，坐在柔软的大沙发上，随着轻量麻醉剂的悄悄循环，去艺术地、海阔天空地、随心所欲地追忆生活……"在他看来，一个小说家的幸福，既不在于那些文字能够帮他沽名钓誉，也不在于它们能够帮他完成对现实不满的发泄，而在于它们能够帮他追回流逝的一切，让一切苏醒、发芽、郁郁葱葱，犹如春天的草木就在眼下。当他将漂散于时间长河中的财富拢聚在一起时，他觉得此时此刻，他才真正是这个世界上最富有的人。马尔泽尔布大街九号终于衰败，并落入他人之手。我们从他写给一些夫人的信中，可以领略到，当他谈及那些名贵的地毯、沙发、枝形吊灯、软座圈椅将以何等的价格拍卖时，他心中一定注满凄凉。但，他还是平静地活了下来，支撑他的，无非是这些文字——这些追回时间同时也就是追回财富的文字。正是因为这些文字，所以当死亡逼近时，他也还是觉得他是一个富人，直将贵族风采保持到生命的彻底寂灭：面庞消瘦，但万分安详，犹如一幅气氛肃穆、色调庄严、略带清冷的宗教画。

他用他的文字，不免极端化地重申了一个文学上的道理：写作便是回忆。

与一般的小说家不一样，他不怎么面对现实，而是转身面对朦朦胧胧、犹如梦幻之国的从前。他蔑视观察——观察是无用的，没有足够时间距离的观察，只是社会学家的观察，而不是文学家的观察。文学与"当下"只能限于露水姻缘，文学应与"过去"结为伉俪，白头偕老。"此刻"犹如尚未长成的鱼苗，必须放养，等到秋老花黄，方可用回忆之网将其网住。"今天"须成"昨日"。普鲁斯特的选择，也许纯粹是因为他个人的原因：他无法透过卧室的窗子看到广阔的田野、人潮汹涌的广场，他只能回忆从前。

他回味着从前的每一个细节，让所有曾在他身边走过的人物重新按原来的模样、节奏走动起来，让已经沉睡的感情也得以苏醒并流上心头被再度体会。他安坐方舟之上，让内心沉没于"回忆之浪"，然后聆听浪头扑打心岸发出令人灵魂战栗的声音。一梦千年，此刻却在涛声中全都醒来，使他惊喜不已。

于是，"我想起了……"成了普氏小说的一个常见语式。

回忆的最佳时间是在他夜晚躺在床上的时候。《追忆似水年华》开篇就是从晚睡开始进入回忆的。在似睡非睡的状态之下，感觉之门无声开启，"昨天"也便出现。他说："通常我并不急于入睡；一夜之中大部分时间我都用来追忆往昔生活……"夜幕下的普鲁斯特，是活在"从前"的。方舟横渡，借着夜色，他竟然独自一人看到了时间长河的彼岸陆地。

但这种回忆并非是一位行将就木的老人的普通回忆。小说家的回忆是一种特别的回忆。小说不仅仅是回忆的，还在于它必须要向人们显示一种回忆的方式——他是如何回忆的——也许这一点，对于一个小说家来说，是最为重要的。

回忆是一种技能。

安德烈·莫罗亚在谈到这一点时说:"普鲁斯特的主要贡献在于他教给人们某种回忆过去的方式。"

这种方式的确定,普鲁斯特大概要感谢他的亲戚——那位有名的哲学家柏格森,是柏格森的哲学告诉他:从前、现在与未来,是互为包含了的,其情形如同整整一条河流,只有流动,而没有段落与章节。柏格森用"绵延"这个字眼,迷倒了一片作家,其中自然包括普鲁斯特。普鲁斯特的"夜晚遐思",直接来自柏格森的言论:"我们睡觉时,有时难道不会感觉到我们自身内有两个同时存在但截然不同的人吗?其中一个只睡一会儿,而另一个的梦却持续几天甚至几个星期。"普鲁斯特从柏格森那里悟出了一个概念:不由自主地联想。这种联想,是非理性的、非逻辑的,看上去甚至是毫无道理的。"例如",普鲁斯特分析道,"看到一本已经读过的书的封面,就在书名的特点中加进了一个遥远的夏夜的月光。早晨喝牛奶咖啡的味道,给我们带来了对好天气的模糊期望,而过去我们在宛如奶油的、有褶纹的白瓷碗中喝牛奶咖啡的时候,这种期望往往在明亮而游移不定的晨曦中开始向我们微笑。"与看到太阳想到温暖、闻到芬芳想到鲜花、听到鸟鸣想到森林这样的正常的联想相比,这种联想似乎更具隐喻性——两者在表面上并无关系,前者仅仅起一个诱发的作用。几乎所有的关于《追忆似水年华》的文章,都提到了那个"小玛德莱娜甜点"的著名的情节:当汤匙带着在杯中泡软的"小玛德莱娜"碰到主人公的上腭时,他顿时浑身一震,觉得有一种舒坦的快感传遍全身,感到自己超尘脱俗——那种气味居然莫名其妙地唤醒了从前的一切。《追忆似水年华》写了一个庞大复杂的世界,而这个世界竟出自于一只杯子。

　　普鲁斯特认定:只有这种无由的回忆,才能最终找回失去的时间;"过去"存活在或光滑或粗糙的触觉之中,存活在或苦涩或甜腻的味觉之中,存活在或沉闷或尖利的听觉之中;正是这些"基本感觉",才可能唤起美妙绝伦、价值连城的回忆。

　　回忆是从"天堂坠落的绳索",它使普鲁斯特从"现在"得以逃脱,得以超度。

四

　　长篇小说的写作难于短篇小说的写作；长篇小说的写作更能代表一位小说家、一个国家的创作成就；一个国家在一段历史中，若没有几部出色的长篇，它的创作水准则让人生疑——这些说法，在通常意义上，不是没有理由。

　　长篇写作难就难在它要掌握相对复杂的时空、对众多人物加以调度、要有较为丰富的经验、对时代与历史要有相当强的囊括能力，而最难之处，却是它的结构。极而言之：长篇小说的身家性命，就全在这结构上。

　　短篇小说只是一场战斗，而长篇小说则是一场战争。

　　普鲁斯特的《追忆似水年华》，在规模方面，是世界上为数不多的大制作。

　　因此，人们在面对普氏的这部作品时，自然要去注意它的结构。不少批评家认为，《追忆似水年华》臃肿、散乱、没有章法、混乱如麻，在结构上是很成问题的。这些批评搞得普氏很伤心，因此，当有人终于领悟到《追忆似水年华》在结构上的雄伟以及高度完整性、并将这个结构简化为"大教堂"这一意象时,普氏不由得满心感激,他写信道:"当你对我谈到大教堂的时候,你的妙语不由得使我大为感动。你直觉到我从未跟人说过的第一次形诸笔墨的事情:我曾经想过为我的书的每一部分别选用如下标题:大门、后殿彩画玻璃窗,等等。我将为你证明,这些作品唯一的优点在于它们全体,包括每个细微的组成部分都十分结实,而批评家们偏偏责备我缺乏总体构思。我若采用类似的标题,便能事先回答这种愚蠢的批评……"

但必须承认,《追忆似水年华》在结构上的严整性,确实是难以让人一眼看出的。普氏希望自己是一位举世无双的结构大师,但同时又希望这个形象不能被人轻易地看出。因此,他要"竭尽全力"地抹掉那些过于明显的构思痕迹,甚至故意表现出一种散漫——让作品与生活一样,看上去杂乱无章,没有序列、层次、节奏和步步演进的态势。这座大教堂的建造,是在夜色中悄然无声地进行的,图纸只锁在普氏抽屉的隐蔽处。他精心备料,处心积虑地布局,大至廊柱、小至一砖一瓦，都做了细致的计算。从他大量的手稿本中，我们发现，一切材料初时散堆在各处，然后，突然地、令人惊叹不已地在某一时刻汇集成山，应有尽有，然而却又无多余。这是一位魔鬼般的建筑师。他从备料，到将"大教堂"建成，我们都不能一眼看出。这是一座神秘的"大教堂"，它时隐时显，似有似无。

这座大教堂遵循的是古典的美学原则。

平稳。他反对规格化、程式化，但他依然将它放置在平坦而坚实的基石上，尽量避免无重心或重心倾斜以及不完整、未完成状态。从这个意义上讲，《追忆似水年华》与后来的反平稳、反均衡的现代结构是对峙的。

联结。《追忆似水年华》有两条"边"，即"斯万家那边"和"盖尔芒特家那边"。这两条"边"犹如两根飘带，各自飘动在空中。我们只能轮流欣赏。然而，当我们的目光分别追随它们的去向时，我们忽然看到它们在经过了一定时间的自飘之后，由斯万的女儿希尔贝特嫁给了盖尔芒特家的圣卢，而既漂亮又顺理成章地缠绕在了一起。这时，我们会忽然领悟到了"大教堂"之喻象的生动与确切：它忽然地有了美丽的圆形拱顶，从而使它们成为一座完美建筑的两部分——我们甚至不能再将它们视为两部分。

对位。《追忆似水年华》虽洋洋几百万言，但普氏的经营却少有疏漏。他讲究交代、呼应、衔接，有开必有关，有来必有往，有上必有下，有左必有右，有仰必有俯，有明必有暗。《在斯万家那边》，以上床始，以起床终，而大对位中还有若干小对位，处处讲究圆满。"圆"是普氏的最高审美意境。人称《追忆似水年华》为圆形建筑，应当说是贴切的。《追忆似水年华》为一大圆，圆中有圆又有圆，圆而无限。各圆自行封闭，形成一个又一个相对独立的单元，然而又各自交叉，使作品似车轮一般辚辚滚动，一直向前。我们看到了曲线与直线的绝妙组合。

押韵。这一点最难说得明白，只是一种感觉。一部如此宏大浩繁的长篇，让人觉得它仅仅是一首短诗的扩大，这实在得有一番功夫。换一种说法，大概一部成功的长篇——无论它多长，都应当能够简化为一首诗。而说它是诗，其中一点，就是它有韵脚，它从头到尾地押韵。《追忆似水年华》无论是人物的设定、场面的规划还是情景的布置，都互为对应、互为印证，又全都与一根大轴唱和，在结构上造成旋律之感。

普氏在写作《追忆似水年华》时的最大乐趣大概莫过于他在结构方面的筹谋与策划。铺垫、暗线、分离、聚合、交叉、急转、休止、东山再起、山雨欲来风满楼……当普氏于方舟之上，昼夜寻思这一切，最终又都如他的心思，一一得到圆满实施，没有枉费韬略时，他的快意大概是语言无法表述的。

长篇写作，大快感就在此处。

若遇有耐心的学者，完全可以将《追忆似水年华》作为文本，做一本很像样的关于结构的专著。

安·纪德曾在赞扬了《追忆似水年华》的结构之美后,说普氏有时也会做出脚手架比建筑物显得更重要的事来。此话若是事实,普氏也还是了不起的:一座伟大的建筑,即使脚手架,也是能够被审美的。

(文中引文取自《普鲁斯特和小说》《普鲁斯特传》《普鲁斯特论》《追忆似水年华》等书)

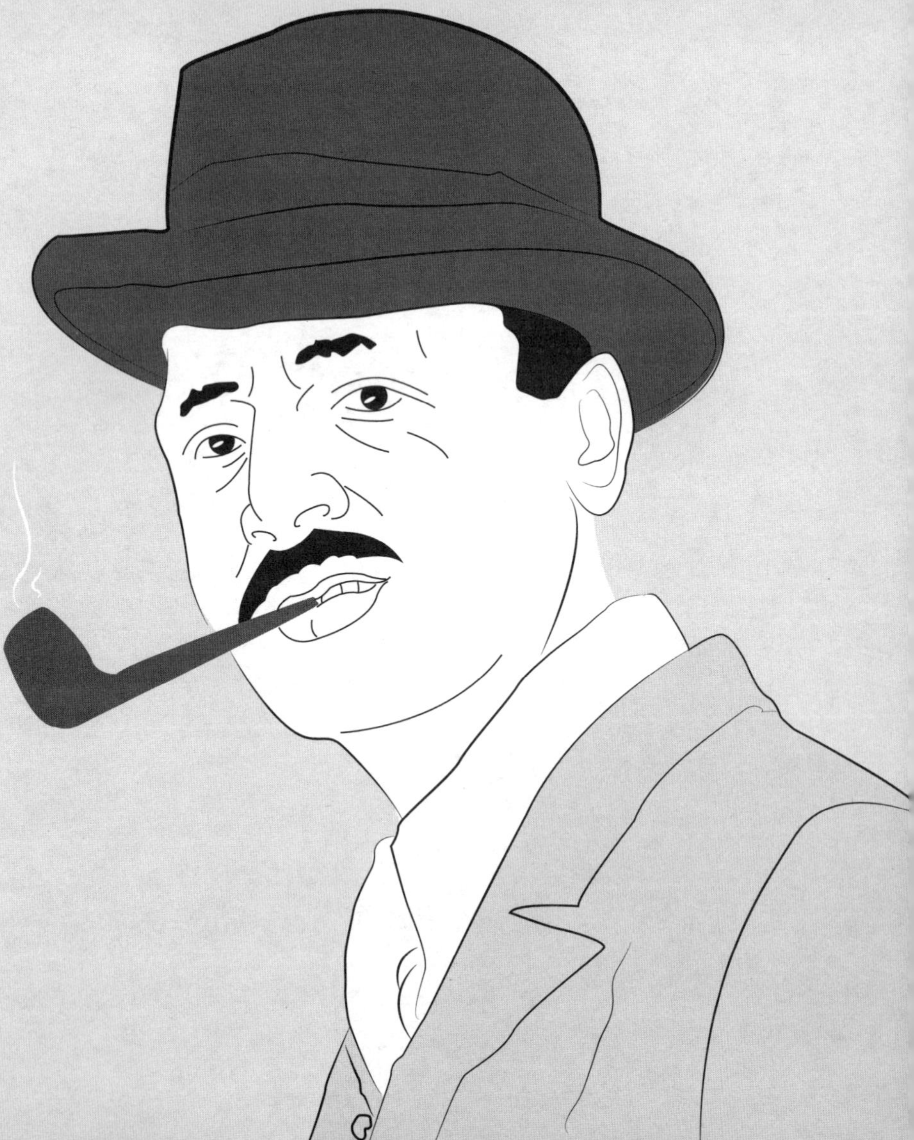

第十一讲

一根燃烧尽了的绳子

读毛姆

一

没有口吃，就没有一个作为作家的毛姆。

口吃从少年始，一直跟随毛姆，直到他人生终了。

据说，口吃是因为舌头长得太长的缘故，因此在维多利亚时代，医学界并不从心理角度去挖掘原因而奉行外科手术，即将舌头割去一块。我不知道这是否只是一个传说。这个手段总让我觉得不大靠得住。

若靠得住，毛姆何不去接受这一手术而让这一缺陷苦恼了他一生呢？

口吃让毛姆总是尴尬。当他开口"像打字机的字母键一样发出一种啧啧的声音"时，我们不难想象自尊心很强的毛姆，是一番什么样的心情——怕是一口咬掉舌头的心思都有。

残疾，成了一枚羞辱的徽记。

毛姆少年时，时时都能感觉到的是一双双嘲弄的眼睛。这种目光像锐利的冰碴一样刺伤着他，使他早在成长时期就养成了孤僻的性格。

毛姆并没有想要成为一个作家，他想的却是成为一个律师，他的祖父与父亲都是律师，而他却口吃——

这太具喜剧意味了。律师要的就是巧舌如簧、雄辩滔滔、一泻千里。美国好莱坞电影中的经典场景之一就是法庭。这一法庭要让我们看见的就是一个律师是如何显示他超凡脱俗的语言才能的。语惊四座，一片肃穆，语言之流竟冲垮了一切阻碍与防线，于是从屠刀之下救出一个个生灵或是将一个个生灵推到屠刀之下。让人不禁感叹：真是张好嘴。

造物主跟毛姆开的玩笑太淘气亦太残酷——哪怕给他另样的残疾呢？

毛姆绝没想到口吃成全了他，也成全了文学史：世界拥有了一个大师级的小说家与戏剧家。

残疾给了他一份敏感。

作为一个普通人，也许并非一定得有一份敏感。木讷、愚钝、没心没肺，倒也省去了许多烦恼。事实上，许多人就是这样活着的，虽说少了点境界，活得却是十分的自在。但作为一个作家，则绝不可少了这份敏感。走到哪儿，察言观色，虽未必是一种有意的行为，但却是必须的。一有风吹草动，心灵便如脱兔。

他能听出弦外之音,能看到皮相的背后。他们是世界上神经最容易受到触动的人,因此也就最容易受到伤害,而伤害的结果是心灵变得更加敏感。心灵便成了蛛网,它在万古不变的寂静中,张开于夕阳之中,任何一点震颤,它都能迅捷地感应到,接下来就是捕捉,于是就有了诗和小说。

毛姆的敏感常常是过分的。因此,他的生活中很少有亲人与朋友。草木皆兵、四面楚歌,到了晚年,他竟觉得整个世界都在算计他。

一颗敏感的心灵,沉浮于无边的孤独,犹如落日飘游于无边的旷野。敏感给毛姆的创作带来了巨大的资源,却毁掉了他的生活——他的生活千疮百孔,最后就只剩下一颗寂寞的灵魂和一幢空大的屋子。

但我们却要永远感激这份敏感,因为它给我们带来了《雨》《月亮和六便士》《人性的枷锁》《刀锋》等上佳小说和好几十部精彩戏剧。

当毛姆不能用嘴顺畅、流利地表达世界时,他笔下的文字却在汩汩而出、流动不止。他是世上少数几个长寿作家之一,一直活到九十二岁,这也许并没有什么了不起,了不起的是,当那些人进入高龄期而实与痴呆并无两样时,毛姆却一直在不停地写作。他的生命在日趋衰竭,但他的文思却一直到最后也未见老化的迹象。他的许多重头之作,竟是写在他的晚年。从毛姆的写作笔记看,还有大量绝妙的小说与戏剧,被他带进了棺材。

口语的滞涩、阻隔,却成全了文字的不绝流淌——流淌成一条长长的河——毛姆之河。

当回到毛姆的每一部作品来看时,我们看到的也还是那番让人舒心的流淌。毛姆的叙事从来就是从容不迫的。他找准了某一种口气之后,就一路写下来,笔势从头至尾,不会有一时的虚弱和受阻。侃侃而谈、左右逢源,言如流水,遇圆则圆,遇方则方,将一个口吃的毛姆洗刷得干干净净,不留一丝痕迹。

望毛姆,近看是一条河,远看也还是一条河。

残疾,还直接成了他创作的素材。他有几个刻画得尤为成功的人物,都是残疾之人,如《人性的枷锁》中的菲利浦,如《卡塔丽娜》中的卡塔丽娜。

与人、与社会,毛姆在他的作品中留给人的形象始终是一个旁观者。

这不是一个介入型的作家。他总是闪在一旁看着——毛姆的一生就是这样一旁地看着,打量着人类,在稍微远一些的地方。

而这一姿态,又是与口吃造成的自卑、由自卑造成的离群独处分不开的。

毛姆的传记作者特德·摩根在《毛姆传记》中曾写到这样一个场景:

"二战"期间,毛姆等人正在参加一个宴会,伦敦上空突然响起空袭警报的声音。出于对弗吉尼亚·伍尔芙的安全考虑,毛姆提议由他陪她走一段路,当他们走到大街上时,正是敌机飞临伦敦上空之时。高射炮从各个角度向空中射去,天空如被礼花照亮了一般,场面恐怖而壮观。毛姆高叫让伍尔芙掩藏起来,但伍尔芙却置若罔闻,一步不挪地站在大道中央,并舒开双臂仰望燃烧的天空,向炮火致敬。

毛姆默默地,一旁站着。

这就是毛姆。

旁观者的毛姆,获得了一个距离,而这个距离的获得,使他的观察变得冷静而有成效。数十年时间里,毛姆以"一旁站着"的打量方式,看出了我们这些混在人堆里不能旁出的人所看不到的有关人性的无数细节与侧面。

也许只有毛姆本人最清楚口吃与他和他的作品的关系。他向一位他的传记人一语道破天机:"你首先应该了解的一点,就是我的一生和我的作品在很大程度上都与我的口吃的影响分不开。"

当我写到此处,偶然回想本书写到的几位作家时,我吃惊地发现,在已写的几位作家中,竟有两位也有残疾——博尔赫斯的失明、普鲁斯特的枯草热。我脑子里跳出来一个长长的名单:驼背侏儒波普、跛足人拜伦、身材矮小的济慈……于是,我就觉得,"补偿说"还真是有几分道理的。

造物主是个公平主义者。他竭力要做的就是将一碗水端平。对他的子民，不厚一个，也不薄一个。当这个人有了缺陷时，他是会心中有数的，总会要在暗中给予补偿。因为缺陷，使这个人饱尝了痛苦，因此补偿往往还要大于缺陷。

　　毛姆对于这份丰厚的补偿，应该是无话可说。

二

毛姆是一个职业作家。

一个人一辈子不干其他工作，只是写作，不一定就是一个职业作家。中国从中央到地方，有不少这样的作家。他们拿政府的津贴，不干别的事，任务就是写作。他们被称为"专业作家"。国家拿钱养活一大批写作的人，这在世界上是不多见的一大景观。他们虽然也一辈子伺候文字，但他们只能叫"专业作家"，而不能被称为"职业作家"。

职业作家是一个专有的概念。

职业作家是独立的，他不依附于某个组织，不是某个组织的成员，在行政方面，他不受制于任何一个部门。用中国话说，他们没有单位。有单位与没有单位，其情况是大不一样的。单位意味着你有一种归宿，你必须接受一整套的规则与纪律。单位在给了你生活上的保障的同时，你也便在无形之中与单位签了一份无字的契约：你不再是一个纯粹的个人，你是单位的一分子，你不能只是享受种种好处，还得有所回报。你对单位得有一种责任，而单位对你则有一种本能的制约。

尽管今天的专业作家已有相当的自由，但单位感总是抹不去的。单位在使他获得一种心灵的踏实与安全感外，同时也给了他许多禁忌，甚至是威慑的力量。研究中国当代文学，"单位"应该成为一个话题。这个话题有许多重要含义。而职业作家由于没有单位，因此，最初时他是没有安全感的。他的选择，从一开始就带有冒险的性质，因为他无法知道写作能否使他的生活获得保障。他必须很认真地对待他的选择。比起专业作家来，失败给职业作家带来的恐惧感要强烈得多。但，职业作家的心灵因此获得了更多的自由。他只对社会、只对自己负责。他也要受到各种各样的制约，但却唯独没有单位的制约。他有更大的可能自己安排自己而不必有什么顾忌。时间、空间都属于他，他可以完全根据他的实际需要与内心的欲望来加以处理。

他是他自己的单位。

与专业作家相比，职业作家是孤独的。他会有一种深刻的悬浮感与飘零感。因为，他时刻感觉到了一点：他是脱离组织、脱离人群的。他属于哪儿？哪儿也不属于。我们在回顾毛姆的创作生涯时，随时都能感受到这种没有依托、没有管束的孤独。尽管他有秘书，有那么多的用人，但没着没落的感觉却始终纠缠着他。由于如此，他似乎非常热衷于参加各种集会，喜欢面对人群，尽管一旦他真的进入人群时又觉得烦躁不安、厌恶难忍。他在法国里维埃拉的那幢有名的别墅里，经常举行盛大的宴会与晚会，并经常性地留一些人在那里长期吃住。他总是在喧闹与寂寞的抉择中犹豫、彷徨。

作为职业作家所特有的孤独心境，无疑是有助于他的创作的。孤独只能使他变得冷峻和深刻。

中国文学的前景有赖于一批职业作家的出现。

作为职业作家，他必须学会推销自己。因为他自己不为自己推销，就没有人为他推销。而他既然选择作家作为终身职业，就不可能不想方设法地推销自己，因为写作的成败直接关系到他的生存。毛姆在推销自己方面，无疑是个天才。在他一生中，他无时无刻不在琢磨推销自己的策略。这是一个在世界文坛上非常善于制造效果的作家。为了扩大他的声誉与影响，他搞了许多名堂。他知道，作为一个职业作家，坐等、清高、侈谈什么尊严与诚实，是愚蠢的。他活到八十三岁时，早已功成名就，然而，他还要耍一些花招。一九五七年七月十一日，他给所有朋友发了一封公开信，吁请他们将收藏着的他的信统统销毁掉。这一招的效果是奇妙的。美国费城的一家报纸看出了毛姆的心机："毛姆采取了妙不可言的措施。使那些散存在许多人手中的私人信件得以珍藏下来并流传后世，最妙的办法就是公开声明将他的书信销毁。……毛姆是太聪明了。从他声明之日起，谁要是真正销毁一封毛姆写给他的信，便会成为轰动一时的新闻。"即使毛姆真心真意是想毁掉这些信件，其目的也还是为自己树一块碑——无字碑。

毛姆连自己死后的形象设计都考虑到了，将死后的推销提前做了。

都说当下文坛经常会有一些轰动性新闻，稍微平静一些时间，就会有一两个作家往这泓平静之水中猛地掷两块石头，使文坛不再寂寞，闹哄哄地又是一阵。殊不知，这是中国有了职业作家的缘故。只要有职业作家，就会不断地制造新闻，而制造新闻的动机既可能是高尚的，也可能是实际的：推销自己。

职业作家就是作坊主，他对自己生产出来的产品，不推销，岂非怪事？世界上，又有几个职业作家不推销自己？区别无非是一些人冠冕堂皇一些、聪明一些，而另一些恶俗一些、赤裸一些罢了。

职业作家，十有八九都有商业头脑。他们既想千古流芳，又想做畅销书作家，一时暴发。毛姆认为托尔斯泰、巴尔扎克都是成功的畅销书作家。在说到金钱问题时，毛姆认为"为钱写作的作家，就不是在为我写作"的言论"愚蠢之极，只能说明他对文学史一无所知"。他说："约翰逊博士就是为了挣钱偿付母亲的殡葬费才写出英国文学中的不朽之作的,他还说过:'除非是白痴,没有一个人愿意写作,除非是为了钱。'巴尔扎克和狄更斯也都不耻于为钱写作。"在阅读有关毛姆的资料时,我有个印象:毛姆将许多精力用在了与出版商的交涉方面。他对版税从来是很在意的。有些出版社之所以在几十年时间里始终与毛姆保持密切的关系,正在于这些出版社讲信誉、格调不俗又有营销手段,使他总能有丰厚的市场回报。他与海因曼出版社的长期友谊就是一例。他丝毫也不掩饰这一点:我是一个职业作家,我当然在乎市场与利润。

诚然,毛姆从未怀疑过艺术的神圣性。他对艺术的伟大还有过浪漫的夸张。我们都还记得《月亮和六便士》中那个最精彩的场面:以高更为原型的思特里克兰德勾引了三流画家施特略夫的妻子勃朗什,后又将她抛弃了。勃朗什自杀后,施特略夫重回他和勃朗什一起住过的屋子。他发现了一张画:画面是一个裸体的女人躺在长沙发上,一只胳膊枕在头底下,另一只顺着身躯平摆着,屈着一条腿,另一条腿伸直。这是一个古典的姿势。当施特略夫终于看出这就是勃朗什时,歇斯底里发作了。他嘶哑地喊叫着,并操起一把刮刀,"像擎着一把匕首似的向那幅画奔去"——然而当他就要将刮刀刺向画布时,刀子却在空中停住了:这是一幅伟大的、奇妙的绘画,他一下子被震骇住了。"它有一种纯精神的性质,一种使你感到不安、感到新奇的精神,把你的幻想引向前所未经的路途,把你带到一个朦胧空虚的境界,那里为探索新奇的神秘只有永恒的星辰在照耀,你感到自己的灵魂一无牵挂……"施特略夫为自己差一点犯下一桩"可怕的罪行"而直打冷战。

这里的艺术具有高度的纯粹性。然而从事艺术的人却可以不具备这种纯粹性——也不可能具有这种纯粹性。毛姆笔下的这位天才加疯子的思特里克兰德,作为人,几乎是一个混蛋。毛姆得出一个结论:艺术是伟大的,但艺术家却可以是渺小的。

毛姆在给世界制作一部部至今仍然充满魅力的艺术品时,从来也不避俗。书中的内容,他要尽可能地使其成为高雅的艺术,绝不让其沾染一星铜臭,但作为书——他很明确,它们是商品、是物质,它有价格,出版商与作家都得留意它的码洋以及被卖出后的总码洋。

职业作家是又一种意义上的商人。

但必须有职业作家。对于中国而言,它最大的意义也许在于:它将在无形之中养育出一批自由知识分子。

三

"爸爸老是不在家。"日后，毛姆的女儿寂寞地说。

毛姆的一生，许多时间是在路上。在文学史上，像他这样热衷于周游世界的作家并不多。在他的年表上，我们不停地读到这样的记载："往西班牙、意大利游历""赴南太平洋游历""赴锡兰、缅甸游历""往西印度群岛游历""赴远东游历，先后到达日本、越南、柬埔寨、泰国、缅甸""开始旅游远东、美国、欧洲和北非，前后达十年"……直到八十六岁高龄，他还进行了一次长长的世界之旅。

对于毛姆的这一"癖好"，批评界的解释说：毛姆天性好动，喜爱旅行。

如此解释，差矣。

他绝不是一个一般意义上的旅行家。

他在精神上是极其孤独的。与其说是他在旅行，还不如说他是在流浪。他不知道他到底应该待在什么地方，他究竟属于哪儿。除了在里维埃拉的"毛庐"是一个相对固定的住处，我们总是看到他在不停地搬迁。这是一个没有"本宅"的人。毛庐的辉煌与隆盛

（一时间门庭若市），并未改变他没有本宅的事实。因此，他只能不停地游走。"从南走到北"，"从白走到黑"。他可能在冥冥之中觉得在前方的恍惚中有他的本宅。但他总是无法接近它。等真的走到它跟前时，他除了扫兴就是一片怅然若失。因此，我们就只能看到一个归来——出走——再归来——再出走的毛姆。

我们经常的感叹是：毛姆又出发了。

毛姆没有故乡。

从形而下的角度上看，毛姆甚至没有祖国。我们将毛姆说成是一个英国作家，那仅仅是因为他的国籍是英国。这是一个没有国家、民族色彩与风格的作家。他的作品取材于世界——整个世界都是他的写作资源。我们在有关毛姆的评论著作中，经常看到的分类是：西班牙题材、北非题材、热带题材、远东题材。

作为一个作家来讲，他似乎在向世界寻找创作的素材。但作为一个人来讲，毛姆又在寻找什么？

他一路都在苦苦地寻找，但就是不知道自己在寻找什么。倦了，他就返回天堂般的毛庐，但过不了多久，他又被远行的心思所纠缠,觉得自己又该上路了。

他确实从"异域"获得了无穷无尽的创作灵感,猎取到了奇妙无比的写作素材。没有这些远行,就没有《月亮和六便士》《刀锋》《湖畔恋情》《患难之交》《雨》《同花顺》《带伤疤的人》。但,我们总能隐隐约约地感觉到,他的远行,绝非仅仅是为了获得这些作品。也就是说,给他带来更大快意的并非是这些作品和这些作品的巨大成功。

毛姆在体味孤独——没有归属的孤独。

也许,他已经知道——像他这样智慧的人肯定已经知道——他的远行是徒劳的。他永远也不能使他的灵魂找到停泊地。

但,他还是要上路。

因为,除了寻找的欲念在驱动着他以外,他发现,走在路上,是体验人生的一种最佳方式——自古以来,就有许多文人以这种方式来体验人生的。

杰克·凯鲁亚克在《在路上》一书中描绘道:"我醒来的时候落日正红成一抹晚霞……我远离家园,在漂泊中神情不定,精疲力竭……我只是另外一个人,一个陌生人,我的一生也是屡遭忧患的一生,是一个幽灵的一生。"但,"只是一瞬间,我就到达了盼望已久的狂喜,这是完整的一步,它掠过编年时代进入无始无终的阴影,掠过对于生死王国之荒寂的惊奇,掠过紧追在背后的死亡之感,自己悠然坠入一片空白之中,天使从那儿扑腾起双翅,飞入永久虚空的渺茫之中,不可思议的强光在大脑精髓里闪耀，无数的安乐乡像来自天国的大群飞蛾神奇地飘落下来。"

只有走在路上，见烟树寒林，见煌煌大日，见云气流溢的原始林莽，见朴拙愚真的人群，才会有如此富有意境的人生感悟。

走在路上，是人生的审美活动。

毛姆一次又一次的精神升华，是在路上完成的。他已将这些出神入化的感受渗透到了《月亮和六便士》以及《刀锋》等作品里去了。

"山一程，水一程"，"风一更，雪一更"，游走的毛姆不仅发现了世界，也发现了生他养他的西方。

西方世界都说毛姆作品的一大特色是"异域情调"——当然这毫无疑问，却难得有人看到西方的发现才是毛姆作品更重大的发现。他置身于异乡，发现了西方的"他者"，而这个"他者"最终使他清楚了他的来处究竟是什么。没有深渊就不知何为高山，没有大海就不知何为长岸，"此者"是依"彼者"而得以显现并得以存在的。毛姆周游世界，看到的却是西方。在几乎全部的西方作家中，只有他一个人在孜孜不倦地追问着一个问题：西方是什么？

毛姆手抓一块取自"他者"的石块，对着涂满斑驳油彩的西方巨屏猛地一旋身体，狠劲地砸了过去。随着哗啦的破碎声，藏匿于巨屏背后的一切丑陋都袒露在了阳光下。

毛姆经常扮演一个角色：回戈一击，将西方巨人挑下马来。

在《雨》中，他刻薄地揭露了西方宗教的虚伪。他一生都在嘲讽西方宗教。当那个全心全意地要使妓女汤普森弃恶从善的传教士出人意料地自杀、并使我们隐约感觉到他才是一个道德败坏者时，毛姆给出了一个结论：堕落的正是西方文化本身。

《月亮和六便士》中有一个对比，并不被太多的人觉察：思特里克兰德在西方世界时，是一个魔鬼，一个恶棍，一个卑鄙无耻之徒。在这个世界里，他的人性之恶得到淋漓尽致的张扬。但，当他到了塔希堤岛上与土著人生活在一起之后，却变得平和、安静、不再欲望焚身，并在这里达到了他艺术上的登峰造极。毛姆在他的文字背后隐藏着一个新鲜而锐利的发问：究竟是人性恶还是文化恶？

对于作为西方参照的"他者"，毛姆不再像那些西方文化优越论者那样，总是将其表述为贫穷落后和愚昧无知，他的感受是独特的："他者"具有神秘莫测的魔力，犹如散发着酸甜气息的沼泽诱惑着来自远方的生命，他们在迷乱中，充满醉意，充满触摸毁灭的快感，即使可能会遭灭顶之灾，仍然痴迷地走向这片美丽而寂静的沼泽。《湖畔恋情》中的罗逊，企图挣扎出来，重回他的西方世界，但最终却又心甘情愿地作为陌生人毁灭在那个"云蒸霞蔚"的热带雨林中，就是一例。

"他者"文化的神性与奥义，也是毛姆所心醉神迷的。西方文化在毛姆眼中，是直白的、机械而僵硬的，即使优雅，也显得矫揉造作。它没有太多的蕴藉，没有多大可被解释与玩味的空间，它是那样一种很容易被看穿的没有含蓄与底子的文化。而"他者"看似简陋、天真，却高深莫测、意味无穷，只有在这里，在茅屋、雨林、渡船、寺庙，在渔夫的言谈与牧羊少年的笛声中，才真正存有基督教教堂所没有的天界风景与神圣的召唤。《刀锋》中的那个美国青年拉里在西方文化中走投无路，于是开始和毛姆一样周游世界，最后来到了印度，是印度的《吠陀经》哲学给了他人生的方向。"一把刀的锋刃很不容易越过；因此智者说得救之道是困难的。"毛姆的得意之作《刀锋》，便来自《奥义书》的这一格言。拉里正企图越过刀锋，西方文化则完全无能为力，而只有求助于"他者"之道。

毛姆的晚年，仍有许多时间在路上。但那时吸引他注意力的已经是他的荣誉。他闻名遐迩，成了世界性的公众人物。他没有亲人，却有读者；没有朋友，却有崇拜者。到处是鲜花与颂词。在日本，就有一千二百人参加的毛姆学会，为期十天的毛姆作品展，竟有四万参观者。演说、受勋……年迈的毛姆风尘仆仆，一路收获荣誉。

四

毛姆是一位在生前就充分享受了成功的作家。与生前只卖出去一幅画的凡·高这样的倒霉鬼相比,他实在太幸运了。

这里有一串数字:《刀锋》稿酬五十万美金,一篇短篇可以卖到一千英镑,短篇小说《雨》的改编权以十五万美金卖给电影制片厂,二十六年里有二十九部戏剧上演,在同一时间里伦敦竟上演他四部戏剧,为庆祝希特勒的灭亡一次性预订两万个郁金香花球,毛庐共有十三个仆人,送给女儿的结婚礼物是一栋房子和一大笔股票,他有数十部作品被改编为电影,他的戏剧都要演出几百场而其中《雨》一剧竟上演六百四十八场,他收藏有数十幅世界名画……

坐落在海边的毛庐,占地二十英亩,生活与娱乐设施应有尽有,曾在很长时间里门庭若市,并"谈笑有鸿儒,往来无白丁"。曾到毛庐拜访与看望过的人,有瑞典国王、暹罗国王、温莎公爵夫妇、西班牙废后、丘吉尔、吉卜林等。毛庐风光,一时传为佳话。

毛姆俨然一番领主的神气,他要求这个领地上的所有人遵守爱德华时代的礼仪。

毛姆一直财源滚滚，雄厚地支撑着五花八门的开销。毛姆在笔记中写道："我讨厌贫穷，讨厌为了量入为出而不得不节衣缩食、精打细算。"他直言不讳：金钱能够创造自由。金钱在他眼中，是阳光下飘飞的金箔，他一生将它追求，从未有过一时的犹疑。在前往法国的轮渡上，当同行的一位夫人向他炫耀刚刚换得的法郎时，毛姆对他的秘书说："去，将我们的拿出来让她瞧瞧！"公文包打开了，露出了成捆成捆的美金。此时的毛姆心满意足地欣赏着那位夫人的惊羡，那一刻，他既领略到了金钱的美感，也领略到了他的身价。

阿诺德·本内特在致弗吉尼亚·伍尔芙的信中说："一个伟大的艺术家需要他所能得到的一切舒适。"也许，毛姆最能同意这种说法了。

毛姆挑战了一个传统的见解：舒适对于创作是有害的。

对于中国作家而言，毛姆的存在似乎有点不可思议。因为中国作家总喜欢在那里讲窘迫、苦难的环境对创作的种种好处：唯有窘迫与苦难才能成就伟大的作品。在他们的回忆录中，我们看到，竟有那么多的作家在那里津津乐道地说他的最好的一部作品是在厨房里或是在阴暗的仓库之类的地方写出来的。中国有太多的诸如"萤入疏囊""雪映窗纱""凿壁偷光"的故事和《陋室铭》一类的文章。这些故事和文章通过一代一代人的动情讲述与流传，形成了一种文化暗示：穷困即是美德，穷困造就栋梁。它使许多作家养成爱说自己不幸和希望苦难的习惯。也许真的不幸与苦难久了，舒适反而使他们感到不自然了，居然有恐惧大房子而喜欢蜗居斗室的作家。

我不知道一个失去驾驭大房子能力的人，是幸还是不幸？

反正毛姆喜欢大房子，大大的房子。他钟爱他的毛庐，因为，他在这里为世界文学创造了十分光彩的文字。

事实上，文学史上——无论是外国还是中国，有许多杰出的文学家是在大房子里度过的，他们并没有应那个"陋室出杰作"的"规律"。

"文学与房子"应成为一个话题，而对这个话题，毛姆有毛姆的看法。

"我有好仆人，好饭菜。"毛姆说。

"有仆人"——"有好仆人"，这太奢侈了，而"有好饭菜"，则是应当的。且不说一口好饭菜会带来一番好心情，而一番好心情会给你带来一篇好文章，即使从营养角度去讲，一个作家也该有一口好饭菜。我们却有一种病态的看法：一脸菜色、一脸憔悴之色、一副皮包骨头之相，仿佛才是一个作家，才与杰作有缘，而一个满面红光、体魄健壮的人，看上去就不像是一个作家，自然更与杰作无缘。孱弱的白面书生，居然成了我们从古至今赞颂不已的最优雅的理想形象，这大概是算不得健康的看法。

毛姆讨厌贫穷，认为贫穷是罪恶的根源。他意味深长地写了一个人物：这个人物决定将一大笔继承而来的财富分给富人，而不是穷人，理由是富人得到这些财富，不再会受到金钱的腐蚀。

毛姆绝不贬抑富有。马瘦毛长，人穷志短，虽不是定律，但人穷志不短，总归要比人富守志困难许多。富有，无生活之虞，不需求助于别人，不必为自己的寒酸而经常失于窘境，人才会有一种正常的心态。他在攻击也曾无情攻击了他的劳伦斯时说："穷困把他的个性弄歪扭了，嫉妒成癖。"他甚至将自己过得舒适看成是对他的敌人的复仇。

优渥的毛姆，无疑是常规观念的一个极大反例。

五

那年，毛姆来到了印度的南端。在一座山脚下，他见到了一位印度哲人、圣者。这位在小屋中修行数载的哲人、圣者，已洗净俗念与肉身，而进入了无我之境。老人说他已经像一根燃烧尽了的绳子，虽然形式还在，但却已不能用它捆扎任何东西了。

毛姆在等待这位哲人、圣者的接见时，晕倒了。

他醒来时，老人已拄着手杖立在他身旁。老人见他无力言语，说道："沉默也是对话。"

从此，这一道骨仙风的老人便永远地留在了他的记忆里。

毛姆腰缠万贯、紫袍加身，名利双收。然而，从毛姆留下的大量笔记以及他在作品中的主题、人物身上所流露出来的思想与情绪来看，毛姆的灵魂一刻也没有安静过。他在承认世俗并享受世俗时，并未因此而堕落。他一直在苦苦修炼自己，以图超脱。他对文学老人哈代口出不敬之词、对已经死去的前妻还加以诅咒、对唯一女儿的绝情以及随时发作的无名暴怒，实际上都反映着在他内心席卷着的激烈风暴。他无时无刻不看到那副散发着汗臭与血腥气息的人性枷锁，他要让他的全部文字聚合为一股力量以粉碎这副枷锁。

他修改笔记，他让人焚烧信件，固然是沽名钓誉之举，但从中也可看出，他的内心是希求高尚和纯粹的。他企图抹去一切人性的污点。作为西方人，他也许永远不可能真正理解那位印度老人关于绳子的隐喻，但他能够感受到，那根燃烧尽了、不可触摸、随风而逝的黑色之绳，是无比美丽的。

一九六五年十二月，距离毛姆的九十二岁生日只剩下两个月。

"天堂之魔"毛姆，终于在弥留之际看到了虚空中的那根活生生的绳子。

（引文取自波伊尔《天堂之魔——毛姆传》、特德·摩根《人世的挑剔者——毛姆传》《毛姆文集》等）

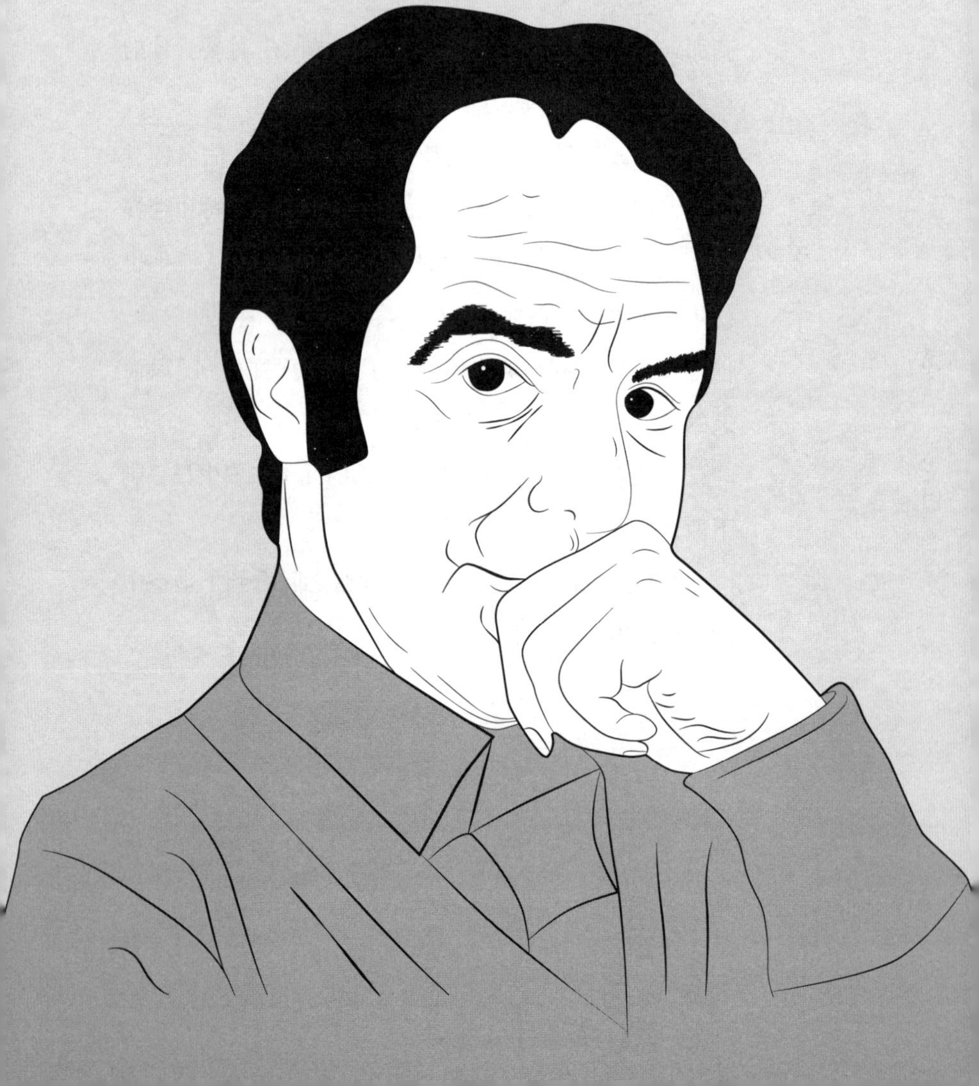

第十二讲　天际游丝

读卡尔维诺

塔罗纸牌

一群看来都十分古怪的人，穿越了一片密林，来到了一座神秘的城堡。而这次穿越，是以每个人失去说话能力为代价的——围着餐桌而坐的人，忽然发现自己失聪变聋。但他们每个人都有着强烈的向他人倾诉的欲望。此时，大概是城堡的主人，拿出了一副塔罗纸牌放在了桌上，这副牌一共七十八张，每张上都印有珍贵的微型画，有国王、女王、骑士、男仆、宝杯、金印、宝剑和大棒等。他示意，每一个愿意讲述自己故事的人，都可以通过塔罗纸牌上的图案，来向他人讲述自己的故事。纸牌上的图案，可以充当一个乃至几个角色和不同的意思——在不同的组合中，它们代表不同的角色和不同的意思。于是游戏开始，就凭这七十八张纸牌，他们分别讲述了"受惩罚的负心人""出卖灵魂的炼金术士""被罚入地狱的新娘""盗墓贼""因爱而发疯的奥尔兰多""阿斯托尔福在月亮上"等奇特的故事。

这就是卡尔维诺的小说《命运交叉的城堡》。

在《命运交叉的饭馆》中，他继续使用这副纸牌。

那些因穿越密林而失去言语的人纷纷抢着可以表述他们各自心中故事的纸牌，又讲了"犹豫不决者""复仇的森林""幸存的骑士""吸血的王国"等奇特的故事。

这七十八张可以任意进行组合的纸牌，似乎无所不能。它完全可以替代语言，完成对这个世界上的所有事物、所有事件和所有意思的表达，并且极其流畅，使在场人心领神会。

无论是哪一组、哪一系列，它们总会在一点上发生交叉，即在一个点上，呈现出他们具有共同的命运。

"饭馆"的组合原则与"城堡"有别。

卡尔维诺还想写《命运交叉的汽车旅店》，但不再是用塔罗纸牌，而是借用一张报纸上的连环画版。那些在汽车旅店中因一场神秘的灾难而吓得不能言语的人，只能指着连环画的画面向他人讲述：他们每个人的讲述路线不一样，或是跳着格讲，或是按竖线讲，或是按横线讲，或是按斜线讲。

卡尔维诺是我所阅读的作家中最别出心裁的一位作家。在此之前，我以为博尔赫斯、纳博科夫、格拉斯、米兰·昆德拉，都属于那种"别出心裁"一类的作家。但读了卡尔维诺的书，才知道，真正别出心裁的作家是卡尔维诺。他每写一部作品，几乎都要处心积虑地搞些名堂，这些名堂完全出乎人的预料，并且意味深长。我不知道这个世界上还有哪一位作家像他那样一生不知疲倦地搞出一些人们闻所未闻、想所未想的名堂。这些名堂绝对是高招，是一些天才性的幻想，是让人们望尘莫及的特大智慧。

我总有一种感觉，卡尔维诺是天堂里的作家。对于我们而言，他的作品犹如天书。他的文字是一些神秘的符号，在表面的形态之下，总有着一些神秘莫测的奥义。我们在经历着一种从未有过的阅读经验。他的文字考验着我们的智商。他把我们带入一个似乎莫须有的世界。这个世界十分怪异，以至于让人觉得不可思议。我们总会有一种疑问：在我们通常所见的状态背后，究竟还有没有一个隐秘的世界？这个世界另有逻辑，另有一套运动方式，另有自己的语言？

《看不见的城市》不是我们通常所见到的小说——

忽必烈汗的帝国，疆土辽阔无垠。他无法对他的所有城市一一视察，他甚至不知道他的天下究竟有多少座城市。于是他委托意大利的旅行家马可·波罗代他去巡视这些城市，然后向他一一描述。这个基本事实是虚假的。

现在，忽必烈汗与马可·波罗坐到了一起。马可·波罗开始讲他所见到的城市——严格来说，不是他所见到的城市，而是他所想象的城市。小说在格式上，用两种字体进行。一种字体呈现忽必烈汗与马可·波罗的对话，一种字体纯粹呈现马可·波罗所描绘的城市，后者有许多个片段。这些片段都是各自独立的。我们可以将它们当作优美的散文来阅读，而幕间式的忽必烈汗与马可·波罗的对话，则充满诗意与哲理，像莎士比亚戏剧的台词，十分精彩。

这些城市只可能在天国，而不可能在人间。它们美丽、充满童话色彩："一座台阶上的城市，坐落在一个半月形的海湾，常有热风吹过那里。……一个像大教堂那么高的玻璃水池，供人们观看燕鱼游水和飞跃的姿态，并由此占卜吉凶；一棵棕榈树，风吹树叶，竟弹奏出竖琴之声；一座广场，马蹄形环绕着大理石桌子，上面铺了大理石台布，摆着大理石制的食品和饮料。"又一座城市，这是一座"月光下的白色的城市，那里的街巷互相缠绕，就像线团一样"。这座城市的建造，只是复现人们在梦境中所看到的。又一座城市，这座城市非常奇怪：没有墙壁，没有屋顶也没有地板，只有像树林一般的管道，每根管子的末端都是水龙头、沐浴喷头、虹吸管或溢流管。这番情景使人联想到一定是水管工在完成了自己的工作之后还未等到泥瓦工来到便先撤了，而实际上泥瓦工永远也没有到场。这是一幅后现代主义色彩浓厚的画。又一座城市，这座城市显得神秘莫测：城中有一块地毯，而你如果细心观察，将会发现这座城市全都反映在这块地毯上，丝毫不差。再来看一座城市，它的名字叫贝尔萨贝阿。这座城市的居民相信，实际上有三座贝尔萨贝阿，除了地上一座，另一座在天上，那是一座黄金之城，有白银的门锁和钻石的城门，一切都雕镂镶嵌。还有一座则在地下。……

全书九章，共叙述城市五十五座。

书中的所有数字，都具有隐喻性与象征性。

这是些"看不见的"城市。他们是马可·波罗和忽必烈汗想象的产物。这两个人，是幻想家，是激情主义者，同时也都是诗人。他们坐在那里，海阔天空。忽必烈汗在马可·波罗的想象中又进一步想象，同样如此，马可·波罗也在忽必烈汗的想象中展开更辽阔的想象空间。忽必烈汗本是一个听者，但经常忘记他的角色而打断马可·波罗：你且停住，由我来说你所见到的城市。

像风筝一样轻盈的城市，像花边一样通透的城市，像蚊帐一样透明的城市，像叶脉一样的城市，像手纹一样的城市……这些城市络绎不绝地出现在他们的想象里。它们显示着帝国的豪华与丰富多彩，同时也显示着帝国的奢侈与散乱。

天要亮了，马可·波罗说，陛下，我已经把我知道的所有城市都向你一一描述了。可忽必烈汗说，不，还有一座城市你没有说——威尼斯。马可·波罗笑了，你以为我一直在讲什么？在我为您描述的所有城市中，都有威尼斯。

作品最后回到了一个沉重的耐人寻味的主题上。这个主题是为天下所有不可一世的伟大君王所设定的：当他获得这个世界上的一切时，他同时失去了所有；一颗最伟大的灵魂，同时也是一颗最空虚的灵魂。

也许卡尔维诺的文字最使我们感兴趣的并不是思想，而是诗性、童话色彩、游戏性、汪洋恣肆的才情四溢等。而形式上的别具一格，自然吸引了我们的注意。

《命运交叉的城堡》《看不见的城市》《阿根廷的蚂蚁》……这些作品给了我们一个启示：小说不仅是在内容上还有极大的可能性，在形式上也有极大的可能性——甚至有无限的可能性。这种可能性大到如塔罗纸牌一样，可以有无穷无尽的变化。

在形式上大做文章，这是卡尔维诺与一般小说家的区别。他的一生都在追求小说形式上的创新。他要将自己的小说在形式上做得一篇与一篇不一样，每一篇的形式都是一个独创。在他看来，这样做是完全可能的。如果他没有在一九八五年去世而活至今日，他可能还会给我们带来多少种新颖而别致的小说形式呢？

当然，这并不意味着他的伟大。因为，一个不将心思花在形式上，而只是将全部注意力都集中在作品的生存经验的透彻与思想的深邃方面的小说家，一样是伟大的。他们就在那些长久沿用的古老的、经典的小说形式中，照样达到了一个令人仰止的小说境界。这犹如一粒王冠上的钻石，是包在手帕中还是放在木盒里都不能影响钻石本身的价值一样。但，我们应当注意到这样一个事实：有些形式是与内容无法分解的，如美学家们所说的，是"有意味的形式"。这些形式我们就应另当别论了。也许说一些艺术品，可以显得更为直观：那些看上去仅为形式的雕塑，它们在我们的感觉里，究竟是内容还是形式的呢？我们无法将这两者剥离。当初建造埃及金字塔的目的，究竟是什么，现代的种种猜测仅仅就是猜测。我以为这种猜测是毫无意义的——除非是那些科学家想从中获取什么。因为在我看来，当它出现在我们视野里时，它是纯粹的。我们根本不想知道它的内容——它用于什么，因为，作为一种形式，它已经在精神上给我们造成强烈的震撼，它的内容已经大得无边、深得无底。我们的结论是：伟大的形式也就是伟大的内容。

卡尔维诺的形式本身就是对存在方式的提炼。他的这些形式总是在无声地向我们说明着什么——是关于存在的种种特性的。

这些形式还帮助卡尔维诺超越了经验的局限。他也许体会到了，假如仅仅是为了呈现经验世界，传统的小说形式也许就是最恰当的形式，有它已经足够了。但卡尔维诺不想停滞于满足于经验世界。他要让人们有新的体验，而这些新的体验是正常的经验世界所无法满足的。他必须寻找、尝试一些新的形式，然后在这些由新的形式而带来的新的空间中展开他的描述。马可·波罗于是与忽必烈汗坐在了一起，于是我们在虚拟的世界中感受到别样的阳光与月色，别样的城市与人流，别样的风雨与草木。我们在这样一个世界里流连，一边感受着新世界的精神与气息，一边回望经验世界，这时我们会突然发现：对经验体验的最深切的领悟却是在这个虚幻世界里完成的。

天际的游丝

卡尔维诺颇为欣赏下面这一段文字：

她的车辐是用蜘蛛的长脚做成的；车篷是蚱蜢的翅膀；挽索是小蜘蛛线；颈带是如水的月光；马鞭是蟋蟀的骨头；缰绳是天际的游丝。

它出自莎翁戏剧《罗密欧与朱丽叶》。卡尔维诺是要用这段文字说出一个单词来：轻。

他说："我写了四十年小说，探索过各种道路，进行过各种实验，现在该对我的工作下个定义了。我建议这样来定义：'我的工作常常是为了减轻分量，有时尽力减轻人物的分量，有时尽力减轻天体的分量，有时尽力减轻城市的分量，首先是尽力减轻小说结构与语言的分量。'"他对"轻"欣赏备至，就他的阅读记忆，向我们滔滔不绝地叙述着那些有关轻的史料：

希腊神话中杜尔修斯割下女妖美杜莎的头颅，依靠的是世界上最轻的物质——风和云。

十八世纪的文艺创作中有许多在空间飘浮的形象，

《一千零一夜》差不多写尽了天下的轻之物象——飞毯、飞马、灯火中飞出的神。

意大利著名诗人埃乌杰尼奥·蒙塔莱在他的《短遗嘱》中写道：蜗牛爬过留下的晶莹的痕迹／玻璃破碎变成的闪光的碎屑。

意大利浪漫主义诗人的笔下则有一长串轻的意象：飞鸟、在窗前歌唱的妇女、透明的空气。而其中，"总能传递一种轻盈、悬浮、静谧而诱人的感觉的"月亮出现尤其频繁……

同样，我们在卡尔维诺本人的小说中也看到了这样的文字："……两个人静悄悄的，一动不动，注视着烟斗冒出的烟慢慢上升。那小片云，有时被一阵风吹散，有时一直悬浮在空中。答案就在那片云中。马可看着风吹云散，就想到那笼罩着高山大海的雾气，一旦消散，空气变得干爽，遥远的城市就会显现。"

"轻"是卡尔维诺打开世界之门与打开文学之门的钥匙。他十分自信地以为，这个词是他在经历了漫长的人生与漫长的创作生涯之后而悟出的真谛。他对我们说，他找到了关于这个世界、关于文学的解。

我们也可以拿着这把钥匙打开卡尔维诺的文学世界——

卡尔维诺将几乎全部文字都交给了幻想，而幻想是什么？幻想就是一种轻。

一个人坐在大树下或躺在草地上或坐在大海边幻想，此时，他的身体会失重，变得轻如薄纸，或者干脆，就完全失去重量。他会觉得，世界上的所有一切，都是轻的，包括大山与河流。一切都可能飘动起来。这就是人们为什么常做这样一个比喻：张开幻想的翅膀。

幻想而产生的飞翔感，是令人心醉神迷的。

在卡尔维诺看来，文学的本质就是一种幻想，因此，也就是一种轻。他很少面对现实，进行依样画葫芦式的描摹。他的目光是朝向天空、朝向虚无的，他的世界是在大胆地编织、大胆地演绎中形成的。当批评家们称《通向蜘蛛巢的小路》为写实主义作品时，我想，大概是从作品的精神而言不是从作品的情境与故事而言的。在幻想中，子爵被分成了两半而依然活在人世，成群涌动的蚂蚁在阿根廷横行肆虐，一座座不可思议的城市不可思议地出现在了云端里。

幻想的背后是经验，是知识。但一旦进入幻想状态，我们似乎并不能直接地具体地感受到经验与知识。它们是在那里自然而然地发生作用的，我们仿佛觉得自己有凭空创造的能力。先是一点，随即，不知于何时，这一点扩大了。幻想似乎有一种自在的繁殖能力。繁殖频率短促，一生二，二生三，三生无其数，一个个崭新的世界，一忽，就在一片烟云中出现了。

在整个幻想的过程中，我们始终领略着醉后、梦中和大病一场之后来到春光中的轻扬、飘逸之感。

在卡尔维诺的意识中，文学的世界产生于云彩、月光与薄雾之中。只有这样一个世界，才能圆满地表达我们对现实的认识。

卡尔维诺并不否认对现实的观察。但他用轻之说，阐释了他的观察方式。处于我们正前方的现实，是庞然大物，是重。它对于一般人，构成了强大的吸引力，以至于使他们无法转移视线再看到其他什么。人们以为重的东西才是有意义的，并为重而思索，而苦恼，而悲伤，而忧心忡忡。中国当下的那些以国家、以民族大业为重而将目光聚焦于普通人都会关注的重大事物、重大事件、重大问题上的作家，就是在重与轻的分界线上而与卡尔维诺这样的作家分道扬镳、各奔东西的。

卡尔维诺在分析传说中的珀尔修斯时说，他的力量就正在于"始终拒绝正面观察"。

我们都有这样的经验：正前方矗立的事物，都具有方正、笨重、体积巨大、难以推动等特性。大，但并不一定就有内容，并可能相反，它们是空洞的，并且是僵直的，甚至是正在死亡或已经死亡了的。

我们很少看到卡尔维诺是正面观察的姿态。他的目光与我们的目光并不朝向一个方向。容易引起我们注意的，卡尔维诺恰恰毫无兴趣；而那些被我们所忽略不计的东西，恰恰引起了他的高度重视。被常人忽略不计的轻；正是因为轻，才被我们忽略不计。卡尔维诺看我们之非看。叹息、微光、羽毛、飞絮，这一切微小细弱的事物，在他看来恰恰包容着最深厚的意义。

更准确一点说，卡尔维诺并没完全认为正面所观察到的东西就纯粹是毫无意义的，而是——在他看来，将正面的东西引入小说，是件愚笨的事情——这件事情本身就毫无艺术感。他由珀尔修斯砍下女妖美杜莎头的故事，提出了"反射"（或叫"折射"）的观点：珀尔修斯在去砍美杜莎脑袋时，并不直视女妖的面孔，而是通过铜盾来反射她的形象。这是一个非常绝妙的比喻。它向我们喻示着艺术的产生的过程：艺术并不直接面对所要书写的对象，而是由折射而获得的图景。这就是所谓的艺术处理。

将沉重的巨大的进行折射，也就是将重转化为轻——沉重的变成了光与影。

"世界正在变成石头。"卡尔维诺说，世界正在"石头化"。我们不能将石头化的世界搬进我们的作品。我们无力搬动。文学家不是比力气，而是比潇洒、比智慧，而潇洒与智慧，都是轻。卡尔维诺的经验之谈来自他的创作实践——在创作实践中，他时常感到他与正前方世界的矛盾。他觉得他无法转动它们——即使勉强能够转动它们，也并无多大的意义。咧嘴瞪眼去转动无法转动的东西，这副形象也无法经得起审美。

最后，卡尔维诺从生存的艰难这一角度赞颂了轻。"文学是一种生存功能，是寻求轻松，是对生活重复的一种作用。"

卡尔维诺让游戏进入了他的小说创作。我们丝毫也不怀疑卡尔维诺是一个严肃的有着思想抱负的作家，但他骨子里却又有一股游戏的欲望。在他看来，小说就是玩塔罗纸牌。他将这种欲望显示在他的每部小说里。《寒冬夜行人》是一副错乱的牌：卡尔维诺写一个读者正在读卡尔维诺的小说，但这个读者发现他所买的这本卡尔维诺的小说莫名其妙，它页码混乱，内容杂乱无章，故事脱节，于是他去书店想换一本，书店老板核对之后，竟告诉他一件滑天下之大稽的事——将卡尔维诺的小说与波兰作家巴扎克巴尔的一部叫《在马尔堡市郊外》的小说混合在一起了。

古典小说的重轭似乎被卡尔维诺卸下了。石头变成了在空中自由飘荡的"飘浮物"。

"如果我要为自己走向二〇〇〇年选择一个吉祥物的话，我便选择哲学家诗人卡瓦尔坎蒂从沉重的大地上轻巧而突然跃起这个形象。"令人遗憾的是，卡尔维诺未能活到二〇〇〇年。

跟梨子一起被卖掉的小女孩

卡尔维诺对童话一直情有独钟，他自称是意大利的格林。而我以为，他的童话——就我作为一个成年人、一个有文学创作经验的人而言，比格林的童话更好。格林的童话毕竟是瞄准了孩子而写的，免不了小儿腔和少许做作，而卡尔维诺的童话是来自于民间传说，他在采集之后，尽力保持了它们作为民间文学时的模样、叙述方式，显得更为自然也更为纯朴。

我们看到了厚厚两大本童话。这是卡尔维诺用了几年的时间从意大利各个地区搜集而来的。其中有相当一批，精美绝伦。它们应收入世界各国的中小学语文课本。

从前，有个人有一棵梨树，每年都能收四大筐梨子，正好够交国王。有一年，只收了三筐梨子。他没法装满第四个筐，就把他最小的女儿装进去，然后盖上了些梨子和树叶。

童话几乎总是这样开头的。它一开始就把我们带到遥远的年代,并且一开始就将我们带到一个荒诞但一点也不令我们感到虚假的世界。我们与童话之间已经达成一种契约:童话就是写那些根本不可能发生的事情。这一契约,早在我们还作为婴儿时,就通过母亲或奶妈缔结了。我们喜欢它,因为,它给我们一份安静,一种境界。这些看似简单的文字,却有着经久不衰的生命力,可以无限延长。当那些由作家苦心创作出来的文字很快死亡时,这些来自民间的稚拙的甚至显得有点公式化的文字,却硬是一代一代地流传下来了。我们为什么就不去问一下:这是为什么?也许这些文字的背后沉淀着什么——沉淀着人类永恒的精神、永恒的希望和永不改悔的一番痴心与浪漫?童话这种形式本身,也许就是人类基本欲念的产物。我们有理由相信:如果哪一天小说与戏剧等都会消亡的话,童话却会一如从前地存在着。

对童话理解得最透彻的当然不是我们,是卡尔维诺。

与其说卡尔维诺是小说家,倒不如说他是童话家。

他的小说是在童话的模式中进行的，是写给成人看的童话。

一个人从小孩渐渐长大了。童话对他来说，也渐渐失去了魅力，因为，它们毕竟显得过于单纯了。这个人现在面对的是一个混乱的社会。这个社会没有公主与王子，没有宝窟与金殿，甚至连巫婆与海盗也没有了。这个人依然可能还惦记着安徒生与格林，为了他的后代：他要为他的儿女讲述安徒生与格林的童话。而在讲这些童话时，他完全可能是无动于衷的。他希望他的孩子们活在圣洁的童话世界里，然而他自己却活在滚滚的尘世浊流之中而身心疲惫。他会觉得那些童话对现在的他是毫无益处的，除了可以帮他回忆童年和暂时获得一份宁静外，对他的生存几乎是毫无益处的。

卡尔维诺决定为大人写童话。他知道，我们是喜欢童话的，只不过是"小红帽""狼外婆"之类的童话已经不能再满足我们。

他将童话的基本精神与基本手法都承接了下来，但，他将内容复杂化、人性复杂化、主题复杂化，并且扩大了规模。童话的格式，他并没有完全舍弃，但在他的文字世界中，这些程式被隐蔽了起来，不再留下一丝痕迹。

他依然保留了童话的寓言性。

童话的不衰，大概就正在于它所具有的寓言性。

所谓的寓言性，是指那些被关注的问题，是自有人类历史以来甚至是存在于人类社会以外的世界中的问题。它们是这个世界的基本命题,是经久不衰的。它关乎物质世界,也关乎精神世界。是天意,是法则,是无法解决的矛盾与问题。这些问题会在以后的历史里一次又一次地呈现,并得到验证。这些问题还具有神秘色彩,常处于暗处,默然地向我们预示着未来。这些问题与时代无关,与政体无关,与民族无关,更与时尚无关。

卡尔维诺的全部作品,都具有寓言性。我们在阅读他的文字时,总会有一种诡异的甚至略带恐怖的感觉。这些感觉在一伙人突然失去言语能力而只能凭借塔罗纸牌来进行诉说时,在子爵被劈开两半而一前一后地回到家乡时,在马可·波罗与忽必烈汗记述各式各样的城市时,我们都经验了。卡尔维诺很少将他的文字用在一个具体的社会景观上。《通向蜘蛛巢的小路》的背景是实在的:法西斯战争。但我以为将它定为写实主义的作品,是很值得怀疑的。小说一开始,就是在童话世界里。故事、情景、氛围,都是童话的,文字底下的精神是寓言性的。

像卡尔维诺这样的作家还有几个:卡夫卡、博尔赫斯、加西亚·马尔克斯。

寓言性是小说的最高境界。

童话与诗应该是孪生姐妹。卡尔维诺的成人童话,具有诗性,这一点我们在读他的第一行文字时就会有所体会。散文有散文的境界,诗有诗的境界。我们无法说清它们之间的差异,但我们都能心领神会。我们知道诗的境界究竟是指什么。它与世俗无关,与当下无关,这是肯定的。与天地有关,与神性有关,这也是肯定的。《看不见的城市》应当被看成是散文化的诗,我们在上面已经说过:马可·波罗、忽必烈汗是两位诗人,一流的诗人,浪漫主义诗人。马可·波罗向忽必烈汗呈上的是诗篇,而不是别的什么,而他与忽必烈汗的交谈,是诗人之间的交谈。《看不见的城市》应被当作是一首长诗。

如果我们去比较一下童话与诗,我们将会发现它们在节奏与旋律上的一致性。而节奏与旋律是与押韵、重复有关的。这是童话《三间小屋》——

有一位贫穷的妇人,临死时她把三个女儿叫到身边,对她们说:"我的孩子,我将不久于人世,抛下你们独自生活,我死之后你们就去找你们的几位叔叔,让他们给你们每个人盖一间小屋,你们三姐妹可要相互照顾啊。永别了。"说完就死了。三个女孩哭着离开了家。她们上路了,找到一个叔叔,是个草席匠。大女儿卡特琳娜说:"叔叔,我们的妈妈去世了,您是位好心的叔叔,能不能给我盖一间草席屋子?"草席匠叔叔就给她盖了一间草席屋子。另外的两个女儿继续上路,找到一个叔叔,是个木匠,二女儿朱丽娅说:"叔叔,我们的妈妈去世了,您是位好心的叔叔,能不能给我盖一间木屋?"木匠叔叔就给她盖了一间木屋。只剩下小女儿玛丽艾塔,她继续上路,找到一个叔叔,是个铁匠。她对他说:"叔叔,我们的妈妈去世了,您是位好心的叔叔,能不能给我盖一间铁屋?"铁匠叔叔就给她盖了一间铁屋。

尽管不是一样的屋子,但就都是屋子而言,是一种重复。后面的全部故事,也都是按重复这一格式来进行的。

这是海子的诗《面朝大海,春暖花开》——

从明天起,做一个幸福的人
喂马,劈柴,周游世界
从明天起,关心粮食和蔬菜
我有一所房子,面朝大海,春暖花开

从明天起,和每一个亲人通信
告诉他们我的幸福
那幸福的闪电告诉我的
我将告诉每一个人

给每一条河每一座山取一个温暖的名字
陌生人,我也为你祝福
愿你有一个灿烂的前程
愿你有情人终成眷属
愿你在尘世获得幸福

我只愿面朝大海，春暖花开

有些诗句是重复的，尽管不是绝对的重复。我们喜欢重复，并会在有了第一次的重复之后而期待着又一次重复的到来。因为，重复产生绕梁三日的旋律。而旋律是与我们的心潮、生命的律动、情感的起伏以及快感的振荡构成共振关系，从而使我们感到了一种眩晕式的愉悦。

旋律使我们又达到了卡尔维诺所欣赏的轻的境界，我们会在旋律中离开地面飘浮起来。

卡尔维诺在他的成人童话中，多次使用了"重复"手法。《看不见的城市》暗含着数字，这些数字有倍数关系。全书九章，而马可·波罗与忽必烈汗的对话是十八次，恰巧是九的倍数。全书的大量章节题目同名，共分"《城市与记忆》《城市与愿望》《细小的城市》《城市与天空》"等十一种类型，其格式，是诗，而不是小说。

童话的另一特征是人与自然的界限的消失，而水乳交融。童话世界中的人与草木、与动物是不分彼此的。王子可能是一头狮子，而公主可能是树上的一粒果实。人就是一片云彩、一颗雨滴、一抹亮光、一只飞鸟；反过来说，云彩是人、雨滴是人、亮光是人、飞鸟是人。与人做伴的往往不是人，而是草木与动物。

"鸟儿们都围绕在他的床边飞。"老子爵阿约尔福死后，"所有的鸟都停栖在他的床上，好像飞落在一根海面漂浮的树干上"。女孩帕梅拉"把辫子盘到头上，脱去衣衫同她的鸭子一起在小池塘里洗起澡来"(《分成两半的子爵》)……人与自然是一种十分亲和的关系。这里头含有一份温馨，一份童真，一份善良，一份纯情。

童话有童话的画面：

军队在前进，大群大群的白鹳相随着，在混沌沉滞的空气中低低飞行；(《分成两半的子爵》)
一棵梨树正处于曝光的逆照之中，一树的梨子——只剩下右边一半的梨子；(《分成两半的子爵》)
…… ……

卡尔维诺为我们描绘了大量童话画面。我在设想：日后如果有一个画家将这些文字变成画，会怎么样呢？

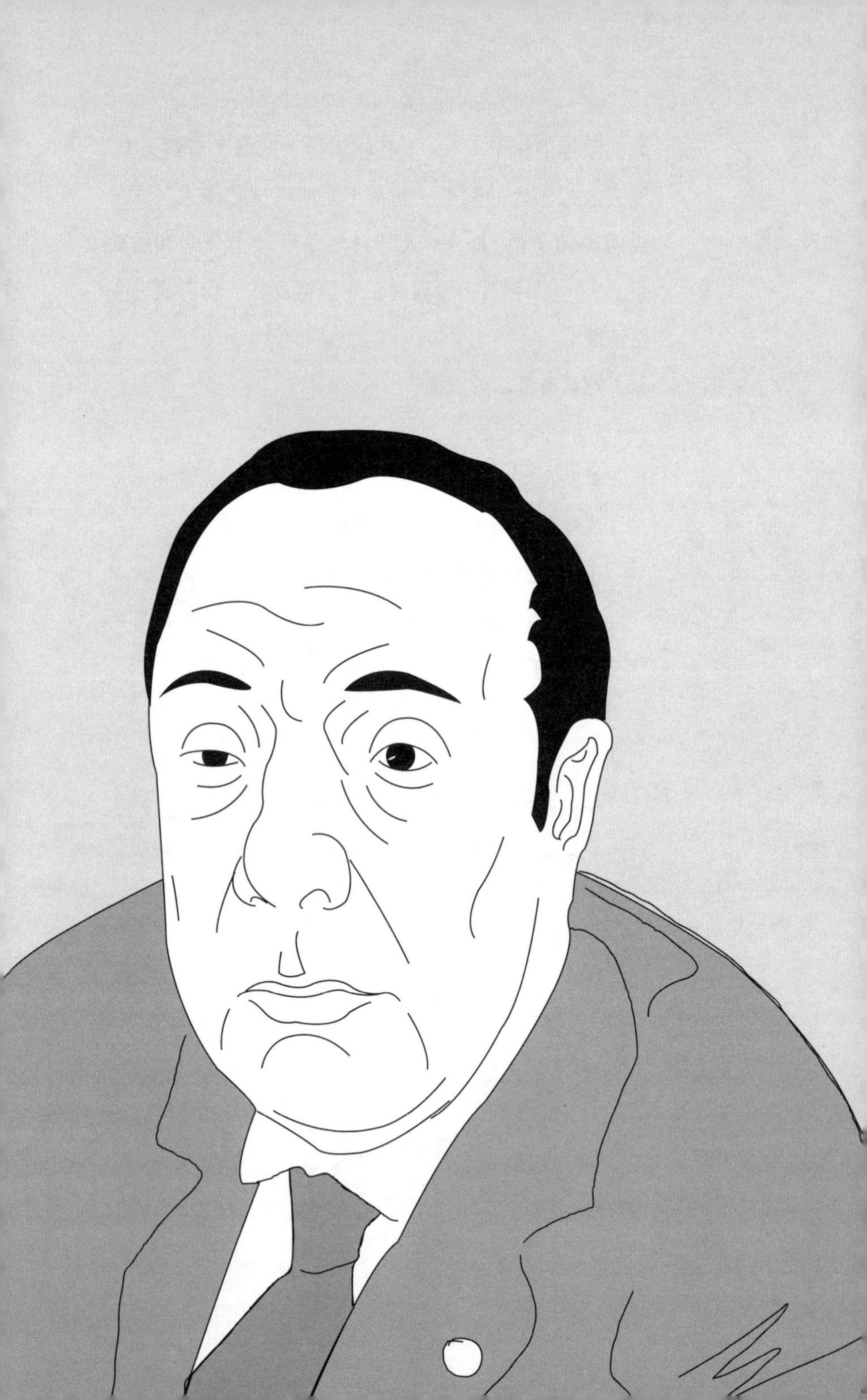

第十三讲

无边无际的眩晕

读博尔赫斯

博尔赫斯长于"装神弄鬼",故而成为一个谜,一本书——"沙之书"。这本书无穷如沙,我们永远也找不到第一页,也找不到最后一页。他就像他精心制作的文字一样,给活着的人留下玄机,留下奥秘,留下符咒,留下暗码,留下无法穷尽的解释,同时也留下了罂粟一般的魅力。

他生命的终点在日内瓦。

他的安闲灵魂,悠然飘荡在日内瓦清洁的上空,用那双失明的但却又明亮如晨星的双目,俯视着天下,慈和、智慧而略带几分狡黠地嘿嘿独笑。他那双衰老不堪的手,重叠着安放在拐杖弯曲的把上,用那双不免有点滑稽的盲眼仰望着天庭,心中想起法国文学旅人德里厄在见到阿根廷辽阔的潘巴草原后发出的那声著名的感叹:"一望无际的眩晕。"他咀嚼着这个美丽的短句,在心中诡谲而不无得意地说道:"我就是潘巴草原。"

一

读懂博尔赫斯不容易。以往的阅读，至少忽略了两个非同小可的细节：一曰失明，一曰失眠。

博氏家族算是豪族，但却是一个有眼疾遗传的家族。博尔赫斯是在他的父亲的双目已经开始初见衰退时出生的。他的到来，使博氏家族既感到欢欣，又感到担忧：这个男孩的未来能够摆脱家族的眼疾史，一生光明吗？他们仔细观察着这个显然还无忧无虑的初生婴儿，而观察的结果是：小博尔赫斯与母亲一样，有着一双蓝汪汪的眼睛。这一"林间亮泉"似的印象，使被眼疾阴暗地笼罩着的博氏家族感到莫大的欢欣鼓舞。他们竟忘记了一个事实：所有初生婴儿的眼睛都是蓝色的。博氏家族的眼疾像一颗恶毒的种子，它在相当长的时间内深深隐埋着，没有丝毫迹象。它就那样默默地、阴骘地潜伏在博氏家族的某个人身上，十年、二十年，都不显它的踪影，而就当那个人风华正茂、如日中天、爱情与事业都将进入最佳境界时，它却似吮足了阳光与雨露，生命忽地灿然，终于破土而出，向你摇摆着黑色而残酷的嫩芽，然后，它就疯狂地成长着，最终以它的浓荫彻底遮蔽了这个博氏家族成员的双目，使他从此落入漫无尽头的黑暗深渊。当博尔赫斯的父亲终于陷入暗无天日，而只好由他的母亲来充当双眼时，博尔赫斯就已经预感到了这一点：他在劫难逃。童年、少年、青年时代的博尔赫斯，时时刻刻都能感受到有一片看不见的阴影在他周围飘动与徘徊。对这似乎不存在但在感觉上又实实在在地存在着的阴影，他深感无奈。博尔赫斯比任何人都更早更深刻地感受到"宿命"一词的含义。家族的眼疾史，是他神秘主义的源头之一。他终于成为博氏家族第六代失明者，而此时离他的人生终点还遥遥无期——他得将自己的大半生交给灰色与黑暗。初时，他还不肯认输，企图对抗，但只碰得头破血流。他终于知道了这是天意，而天意是不可违抗的。当他明白了这一点以后，他变得心平气和起来，从此毫无急躁地等待那一片绝对的黑暗，就像绿茵如盖的夏天在等待天高气爽、万木凋零的秋季一般。最后一星微弱的亮光也终于从他的双目中消失，此时，他不仅没有太大的恐怖与哀伤，反而还有少许孩子一般的欢快、希望与好奇。他的母亲从此又作为儿子的眼睛来陪伴他一寸一寸地走过光阴。从一张张照片上来看，博尔赫斯的晚年是平静的，安详的。他衣冠楚楚，或站立在英国某个城市的街头，或面对面地与一个他根本看不见的女士在闲谈，或面孔微微上仰地坐在西西里巴勒莫的一家酒店里，他越来越像一尊宁静的雕像——天堂里的雕像。

二

失眠是造物主对这位文学巨人的又一馈赠。

喧嚣的布宜诺斯艾利斯在夜幕下渐归平静。疲倦终于使这座曾一度繁华至极的城市沉沉睡去。然而,博尔赫斯却必须躺在床上,去听远处的夜行火车的汽笛声与窗外的落叶声。上帝派他来做布宜诺斯艾利斯的"守夜人"。他讨厌这个角色,然而他却无法推卸。他必须常年接受这一角色的折磨,没有一夜好安眠。当几乎所有的人都在酣而甜的昏睡中,不雅观但却很舒坦地卧于榻上时,他却在以最优雅的姿势默然无声地躺在床上,头脑竟如同在冰水中浸泡过一样清醒。他拒绝这种清醒,因为它是"凶恶的"。

> 今夜的宇宙拥有遗忘的
> 广阔和高烧的精确。
> 我徒然想把注意力移离我的身体,
> 移离一面连绵的镜子的不眠,
> 那镜子在增加,纠缠着我的注意力,
> 移离那幢重复其庭院的房子,

移离远远延伸至破旧郊区的世界，
郊外的小道泥泞不堪，那儿的风也筋疲力尽。

我徒然等待
入睡前的崩溃和象征

晓风残月，黎明像无数只银色的鸟，飞离了夜的黑树，飞满了布宜诺斯艾利斯的天空。孤枕而眠的博尔赫斯依然双目紧闭地清醒着。

最终，他也坦然接受了失眠。

当我们去仔细辨析博尔赫斯那些怪异到似乎不可理喻的文字时，我们竟发现这些文字与他的失明、失眠有着幽密的联系——

时间是否如同那座幽静的曲径花园是随时可能分岔的？在那个无限的图书馆中是否可以找到一本目录的目录？如果有人在梦中曾去过天堂，并且得到一枝花作为曾到过天堂的见证，而当他醒来时，发现这枝花就在他的手中，将会是什么样的情景？六十一岁的博尔赫斯遇见了八十四岁的博尔赫斯有无可能？是我在做梦还是梦在做我？……博尔赫斯太像一个玄学家。他的问题看上去很类似于十七世纪欧洲经院哲学家们提出的怪诞问题：一根针尖上到底能站多少魔鬼？上帝也能创造出连他自己都搬不动的石头吗？所不同的是，那些饱学之士的问题，都是一些无聊的假问题，而博尔赫斯所提出的这些问题背后，却分明隐藏着人类存在的一些实相与困境。博尔赫斯的一生，都在用力地思考着这些我们这样的俗人想也不会去想的冷僻、荒疏的问题——他在失明、失眠以后，对这些问题的思考越发固执与偏激。他悄然从我们身边走开，孑然一处，去思考他——也只有他愿意并有能力去思考的那些"尖端"问题。他并不希望我们能够去理解他，去模仿他。他只想独自一人来揣摩——用毕生的时间来揣摩这些只与上帝有关的问题。在他看来，他只能与上帝对话，而无法与上帝创造的人对话。

鬼鬼祟祟的气象、络绎不绝的见骨之论、富有魔力的结构方式……博尔赫斯之所以是这样一个超凡脱俗、不与他者类同的博尔赫斯，失明、失眠在这里实在是帮了大忙的。其实，他早在真正失明以前，就已经失明了——虚拟的失明。他知道，他迟早将会失明，因此，他早就有了失明的感觉并养成了失明者特有的姿态：闭目凝思。他发现人睁开双眼去思索与闭起双眼去思索，完全是两种不同的思索。后者会出现幻象。他坐在酒店的小椅子上，椰风柔和地吹过耳边；他拄着拐杖，立于塞纳河的岸边，静听流水潺潺而过；他斜躺在花园中的睡椅上，听到飞鸟在天空滑过的羽响……也许这一切，他都未听到。当他闭上双目时，那些幻象出现了，就如同深秋时节，忽地吹来一阵清风，那些金箔般的叶片纷纷坠落，飘满了空间：圆形废墟、曲径花园、球体图书馆、没有首尾的图书、正反面一样的硬币、光芒四射的亚洲虎、纯粹的字母迷宫……此时此刻，他是幸福的，因为他看见了无数大眼明眸的人所无法看到的风景与物象。眼睛的失明竟换来了思绪的自由飞翔与飙升。一切被凝视着的、容易固定你想象空间的事物，在他的视野中的淡化、消逝，给他的补偿却是任由他去做无边的幻想。而当夜深人静，失眠开始光临他的卧室、肉体与灵魂时，他的幻想将会变得更加没有羁绊与约束，也更加荒诞不经。他觉得他并非是躺在一个有四堵墙壁的斗室之中，而是悬浮于漠漠大空，徜徉在旷野上或是在朦胧一片的大海上随风漂游。视点高移，四周空空，前后左右，上上下下，皆无界限。在渴望睡眠与无法入睡的痛苦中，他获得了落枕便昏睡如死的人无法获得的幻想快感。他可能还要不时地进入"胡思乱想"的状态，而就在此刻，他或许恰恰进入了艺术的秘境。

失明使他不能再目睹现有的事物，他只能依靠回忆。此时，他便会对记忆中的任何一个细节进行没完没了的反刍。他发现这世界上所发生的一切，都不是上帝漫不经心的一笔——一切皆是上帝蘸着心血书写的，无一不饱含着意义。落叶、游丝、水波、雨滴……哪怕是蚊蚋的翅颤，都是文章，都在无声地诉说着深刻而玄奥的道理。博尔赫斯闭着双目，用他那双绵软无力的手，指着他看不见的一切：那些晃动着的草，那些摇摆着的枝头，那些默默无语的石头，那些闲荡的流云，都是书，一部部哲学的书，大书。博尔赫斯以他的失明与失眠为我们指点了一个更加丰富而高深的世界。

失明、失眠成就了博尔赫斯，博尔赫斯成就了我们。

三

"我经历得很少,但我懂得很多。"这句由他本人说出的话,是我们打开博尔赫斯魔匣的唯一的钥匙。博尔赫斯与其他作家的所有迥异,都是从这里开始的。而他之所以"懂得很多",全都仰仗于书籍。

我们去翻查一部文学史,很难发现有另一个作家也像他这样与书籍有着这么深切的情缘。他是在书堆上长出的一棵树——一株静穆的树。

"倘若有人问我一生中的主要东西是什么,我会回答说是我父亲的藏书室。有时我认为,我从来也没有离开过父亲的藏书室。"博尔赫斯一生中,有大量的时间用在了阅读上。读书在他看来是一种天底下无与伦比的享受。书的概念,是神圣的。虽然它们未必都能够像《古兰经》《圣经》《吠陀经》那么神圣,但它们总在企图接近神圣。一本书,它安静地立在书架上,此时,你用干净的双手将它取下,然后轻轻打开,这本身就是一种审美。在博尔赫斯的眼中,打开书籍,犹如花上蝴蝶打开双翼。"我们每读一次书,书也在变化,词语的含义的变化。此外,每本书都满载着已逝去的时光的含义。""当我们看一本古书的时候，仿佛看到了成书之日起经过的全部岁月，也看到了我们自己。因而，有必要对书表示崇敬……"(《书》)

在博尔赫斯的全部著作中，有不少文字竟是用来谈论书的。书甚至成为他作品的主人公。著名的短篇《巴比图书馆》以及《沙之书》，对书有许多独到精辟的见解。在这里，书不仅仅是书本身，书成了隐喻，书是存在的象征，是存在的复现。书的浩瀚无涯，书的重复与循环，书的迷宫，书的游戏，书的结构，所有这一切，都是存在的实质。反过来看，宇宙也就是一个图书馆，它有"内涵精美的书架，谜一样的书籍，供巡游者用的无穷无尽的楼梯，供闷坐的图书馆员用的厕所"。是存在像图书馆，还是图书馆像存在？我们实在无法分清。所有一切关于存在的疑惑与不解，在我们面对《巴比图书馆》与那本《沙之书》时，我们又再次相遇。

书在博尔赫斯这里，具有浓重的形而上的意味与宗教的意味。

博尔赫斯一直想撰写一部书的历史，但未能如愿。他实际上根本无能为力，因为书就像是存在一样，是神的产物。他在自己设计的那座六面体的、周围则无可企及的"图书馆"里面，永远只能是一只找不到出口的迷途羔羊。

上帝知道他生性爱书，因此便安排他到图书馆工作。提到博尔赫斯，我们既想到他是一个作家，同时又要提到他是一个国立图书馆的馆长，他长期与书打交道，他将书看成是一颗颗精灵。当他巡视于殿堂中一个个矗立着的书架间时，他的心情也许是最好的，这就如同他漫步在湿润、静谧的苍古老林里。一九四六年，独裁者庇隆在疯狂的欢呼声中上台后两个月，博尔赫斯被他撤换了下来，会玩黑色幽默的总统"提升"他为科尔多瓦街国营市场的"鸡兔稽查员"。这是庇隆对嘲弄他的博尔赫斯的嘲弄。这种安排显然带有侮辱性质。这一段时间也许是博尔赫斯一生中最黑暗的日子。他的痛苦也许并不在于他要充当"鸡兔稽查员"，而在于他离开了朝夕相处的图书馆，离开了那些与他心心相印的书。一九五五年，庇隆下台后，博尔赫斯被任命为国立图书馆馆长。他是在豪华的玫瑰宫接受新总统任命的。博尔赫斯当时的感觉是：像是一场梦。然而博尔赫斯很快就失明了。

他以如此绝妙的讽刺
同时给了我书籍和失明

他在《礼物之诗》里，仍然激动地感谢上帝对他的恩典（"一次给了他八十万册书和黑暗"）。虽然，他已经再也无法去阅读那些书，但只要身在图书的海洋里，他就会感到心醉神迷。

国立图书馆就像博尔赫斯笔下的圆形废墟、曲径花园、巴比伦彩票、萨伊尔钱币一样神秘莫测，竟有三任馆长失明。博尔赫斯与图书馆本身，就是一篇博尔赫斯式的小说。

博尔赫斯心甘情愿地做这篇小说的主人公，他在那里一待就是十八个年头。

书最终成了博尔赫斯生命的一部分。此时，书不再是仅在被阅读时才显出它的"天价"。它存在着，即使千年尘封，对于博尔赫斯来讲，也是不能有片刻消失的风景。他已无法掀开书页去阅读它们，但他分明听到了书页翻动的声音，这声音他太熟悉了，是音乐般的声音。这个盲眼老人几乎要成为"连街上的破字纸都不放过"的塞万提斯。他心里明明知道自己永远也不能再看到美丽的文字了，但他仍在继续买书、攒书。当有人送了他一套一九六六年版的百科全书之后，他说道："我感觉到这本书在我家里，觉得这是一种幸福。这一套字体潇洒、共有三十卷的百科全书在我家里，只是我不能阅读——尽管如此，这套书总在我家里，我感觉到书对我具有亲切的吸引力，我想，书是我们人类能够得到幸福的手段之一。"（《书》）书伴随着他走完了人生的长旅。他是这个世界上少有的几个书的圣徒之一。

我们见到了大量的博尔赫斯的照片。这些照片像他的小说一样充满魅力。这是大师的风采。人的内在总要体现在他的外在上，体现在双目里，体现在眉宇间，体现在哪怕是微小的动作里。大师是一眼就能看出的，就像我们一眼就能看出二流、三流、末流的小说家一样。是大师还是末流的小说家，只消去看一看书上的肖像。这些年，我总有一个疑问：大师们为什么就能让我一眼看出他们是大师？这与摄影术无关。许多从前的大师，他们处在的年代，是摄影刚刚起步的年代，但在若干年后的今天，我们再去重睹那些依稀可见的形象时，我们仍然感到了那种令人敬仰的风采。而在摄影术已无比发达的今天，许多当代小说家的肖像却总是让我看到那些形象的薄弱、轻飘与毫无希望。对博尔赫斯，我最欣赏的一张肖像是他安坐在图书馆里。此时，他已经很衰老了，但衣着整洁、面容平静、一双瞎眼却分明透出一种使人感到震动的精神。我阅读这幅照片，只能在心中说：这就是大师。我曾起了一个恶毒的念头：如果让一个末流的小说家也坐在这里，八成让你觉得他是一个盗书贼。

差异就在"气质"二字上。

而气质与书绝对有关。

博尔赫斯并非是一个英俊的男子，相反，他倒有许多丑陋的地方：与身材相比，头脑过大，五官过于分开……但，书在潜移默化中雕刻与丰富了他。我们无法去描绘这一漫长而神奇的过程，但我们看到了一个事实：许多其貌不扬的人，在书的照拂之下，一日一日地变得光彩起来。他们站着，坐着，走着，或斜倚在随便哪个地方，都分明是一个个人物。他们在诉说着一个朴素的道理：读书养精神。

一股迷人的书卷气，淡淡地萦绕着博尔赫斯这个瞎眼老人。

或许，末流小说家输就输在缺乏这股书卷气上。

博尔赫斯读得最多的书，大概是哲学方面的书。而其中对老庄、柏拉图、休谟、柏格森、叔本华等人的玄学尤为入迷崇敬。他所谓的"懂得多"，不在懂得日常生活的、平头百姓们的道理，而在懂得种种超越油米酱醋茶的终极性的道理。他不是混杂在人堆里、立于大地上的思考，而是脱离人群与日常情景半浮于空中的求索。《长城和书》是关于"或然"命题的，《巴比图书馆》是关于虚无观的，《萨伊尔》探究的则是宇宙的对称性质，而《圆形废墟》则是他思索永恒"循环性"的产物。《阿莱夫》的主人公是空间，而《曲径分岔的花园》的主人公是时间："曲径分岔的花园就是一个巨大的谜语，或者寓言故事，它的谜底是时间；……曲径花园是按照崔朋的想象而描绘出的一个不完整但也不假的宇宙图像。与牛顿和叔本华不同，您的祖先不相信单一、绝对的时间，认为存在着无限的时间系列，存在着一张分离、汇合、平行的种种时间组成的、急遽扩张的网。这张各种时间的互相接近、分岔、相交或长期不相干的网，它包含着全部的可能性。"他的相当多的作品，都是叔本华"不可知论"哲学的又一种叙述。

他确实懂得很多，但差不多都是我们这些常人不懂和不必要懂的。

他说他"经历得很少"，这不是事实。他很早就游历了欧洲。历史悠久的家庭、性生活方面的缺陷、情感方面的失落、政治迫害、疾病的折磨……可以说饱经风霜。但他的作品的确如此：它们较少呈现他的个人经历，而更多呈现的则是他懂得的那些道理。他的书读得太多了，以至于知识牵引了他的全部注意力，反而淹没了他的那些宝贵的经历。他不是一个靠经历来支撑写作的作家，而是一个靠知识来进行虚构的作家。他崇拜书的结果，使他多少不等地忽略了自身经历的价值。"书便是记忆，此外，还有想象力。"他迷恋着书所给予的想象力，终日陶醉于想象力飞翔于浩淼无涯的思维空间而带来的快感之中。他把他宝贵的一生，都耗费在了"莫须有"的创造上，他带来了新的小说景观，这奇特的景观甚至使人怀疑它们是否还是小说。他将他心领神会的哲学奥秘带进了文学。他找到了带进的方式，而这些方式帮助他使那些哲学奥秘顺理成章地化成了文学的新鲜主题。他终究还是文学家。他感兴趣的问题一如庄子、叔本华，但，他的叙述方式却是文学的，而非哲学的。几乎所有的批评家都看到了这一点：博尔赫斯为人类的文学创造了又一种叙述方式。

　　这个书圣、书虫子，被书"奴役"了一生，但书也使他浸润骨髓地享乐了一生。他太珍惜他"懂得"的了，以至于有人责怪他"掉书袋子"。这是缺憾，但这一条缺憾不可弥补，因为一旦弥补，智慧的博尔赫斯将不复存在；博尔赫斯的文字好看，也就好看在"掉书袋子"上。

四

博尔赫斯的视角永远是出人预料的。他一生中，从未选择过大众的视角。当人们人头攒动地挤向一处，去共视同一景观时，他总是闪在一个冷僻的无人问津的角度，去用那双视力单薄却又极其敏锐的眼睛去凝视另样的景观。他去看别人不看的、看出别人看不出的。他总有他自己的一套——一套观察方式、一套理念、一套词汇、一套主题……

在他所青睐的意象中，"镜子"是最富有个性化的意象。镜子几乎是这个世界之本性的全部隐喻。

博尔赫斯看出镜子的恐怖，是在童年时代。他从家中光泽闪闪的红木家具上，看到了自己朦胧的面庞与身影。这一情景使他顿时跌落在一种神秘、怪诞而阴气飘飘的氛围之中。他居然看到了自己，这未免太可怕了——不亚于在荒野中遭遇鬼影的可怕。他望着"红木镜"中的影子，心如寒水中的水草微微颤索，那双还尚未被眼疾侵蚀的双目里满是诧异和疑惑：

模糊的

红木镜，在红色黄昏的薄雾中抹掉了
那副张望着和被张望着的面孔。

他一生都在想摆脱镜子，然而他终于发现，他就像无法摆脱自己的影子一样无法摆脱它。闪亮的家具、平静的河水、光洁的石头、蓝色的寒冰、他人的双眼、阳光下的瓦片、打磨过后的金属……所有这一切，都可成为镜子映照出他的尊容甚至内心，也映照出这个世界上的所有。宇宙就仿佛是个周围嵌满镜子的玻璃宫殿。人在其间，无时无刻不在受着镜子的揭露与嘲弄。"玻璃"，是黑暗中刺探着人的幽目。

镜子还是污秽的，因为它象征着父性，象征着交媾。"镜子从远处的走廊尽头窥视着我们。我们发现（在深夜，这种发现是不可避免的）大凡镜子，都有一股妖气。"更糟糕的是，它如同父性一般，具有增殖、繁衍的功能。镜子和父性是令人恶心的，而"恶心是大地的基本属性"。

> 我看他们无穷无尽，
> 一个古老契约的基本履行者们，
> 无休止地、致命地
> 以生殖来扩充这世界。

交媾，增加人口，使人群如蚁，这是丑陋之举，是应该被憎恨的——"憎恨它们（父性与镜子）是最大的美德"。镜子既是交媾、增殖的隐喻，并且它还经常是使一个心灵无瑕的孩子看到男女交媾的映照物——由于疏忽，男人与女人的隐秘，被暗中窥视的镜子偷偷地传导给了纯洁无瑕的孩子。由于博尔赫斯对镜子深恶痛绝，因此，他本人在性这个问题上，始终畏缩不前。或许是因为能力方面的原因而导致他对性的憎恶态度，或许是因为他对性的憎恶而导致他在性方面的困惑与软弱，总而言之，镜子始终是他存在空间的障碍物与令人无法忍受的窥视者。

博尔赫斯一向害怕镜子，还因为它的生殖只是一种僵死的复制——他"害怕自己遭到复制"。在镜子中，他倘若能看到一个与自己有差异的形象，也许他对镜子就并不怎么感到可怕了，使他感到可怕的是那个镜子中的形象居然就是他自己的纯粹翻版。博尔赫斯大概是世界上最早的对"克隆"提出哲学上的、伦理学上的疑义的人之一。他无法接受这样一个事实：一天早晨起来，他走到布宜诺斯艾利斯街头，见到了无数的人，但他们都是一模一样的面孔。这太可怕了！所以"复制""重复""循环""对称"这些单词总是像枯藤一般纠缠着他的思绪与灵魂，使他不能安宁。他希望博尔赫斯永远只能有一个，就像是上帝只有一位一样，而不想看到"分裂"，看到无数的"同样"。

也许虚构是镜子的最根本的特性。镜子将博尔赫斯带进了柏拉图的哲学境界：世界就是一个面对洞窟而坐的人所看到的被火光映照在石壁上的影子。我们以为是面对世界，而实际上只是面对镜子，我们看到的这个世界，只不过是一个拙劣的模仿之作，并且，我们永远只能是观望，而无法融入其中。我们企图触摸，但触摸的只是镜子本身，而不是镜子中的世界，这就好比我们无法触摸镜中人之脸一般。从某种意义上讲，博尔赫斯的全部哲学思想与美学观，都来自镜子的启示。他那样亲近叔本华的不可知论，也正是他看到的世界，被他的心认作了它仅仅是幻象。既然世界本就是虚构的，诗、小说，自然也就只能将自己视作虚构。当博尔赫斯认定了这一点，他便心安理得地进入了虚拟的境地。他的文字成了永不能走出的迷宫，成了扑朔迷离的游戏。"我入神地想着这些虚幻的景象，忘记了自己被捕捉的命运。在一段难以确定的时间里，我感到自己成了这个世界抽象的感知者。朦胧而活跃的田野，月亮、暮色，都在我心中活动起来；同样，那能消除任何疲劳的下坡路也是如此。黄昏是亲切而无限的。路不断地向下，在已经模糊的草地上分成岔道。一阵尖锐的、仿佛按音节吹出的音乐，随着风的变化时远时近，裹挟着树叶和距离。"（《曲径分岔的花园》）他认同了虚幻，并心情愉悦地观望着这一道道风景。然而，我们却又分明感受到了一种真实：他最真实地道出了世界的虚构性。

一切都是虚构，甚至是镜子本身以及关于镜子的解释，也都是虚构。

人生，则是镜中人生。

博尔赫斯为了使他人也能感受到镜子的性质，借用了具体可感的形象：一个国王，给了一位诗人三种奖励品：银镜、金面具和匕首，诗人最后接过匕首，一出王宫就自杀了，而国王本人从此成了乞丐，在他的王国四处流浪（《镜子与面具》）；一个神情忧郁的女孩疯了，她卧室里的镜子被蒙了起来，因为她在镜子里看到"我"——一个男人的影子以及被它篡夺了的她本人的影子，她面对魔幻般的追逐颤抖着（《被蒙的镜子》）……

博尔赫斯说："我对上帝及天使的顽固祈求之一，便是保佑我不要梦见镜子。"

（文中引文取自中文版《博尔赫斯传》《博尔赫斯文集》《博尔赫斯》等书）

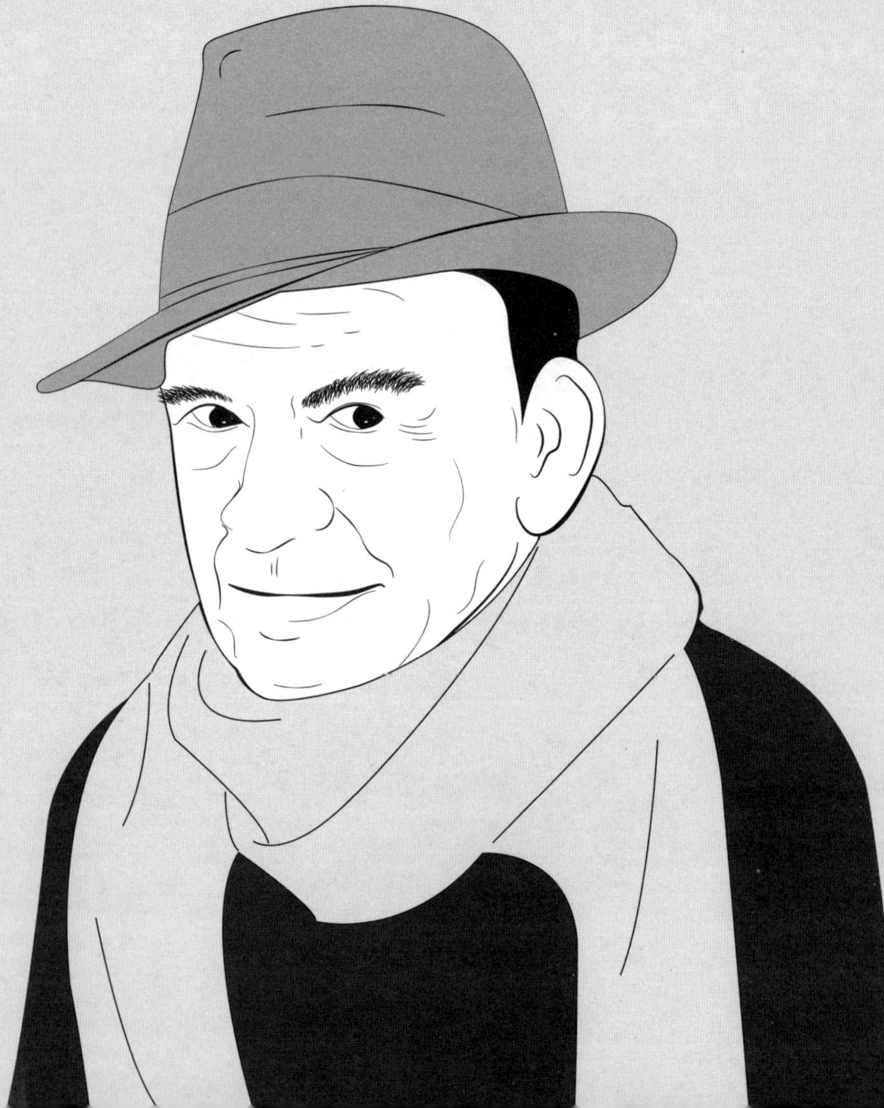

第十四讲 进入现代形态

读米兰·昆德拉

米兰·昆德拉，捷克作家，苏联军队占领布拉格之后，移居法国。他的作品在东西方国家都引起了强烈反响，是一位世界性的作家。

在苏联的坦克袭击并占领布拉格七年之后，米兰·昆德拉终于决定放弃自己的国家。他和妻子把几本书和几件衣服抛掷在小汽车的后舱里，匆匆驱车到了法国。从此，作为一个移民，他开始了异邦那份孤独而平静的生活。

一

　　一九八四年，米兰·昆德拉出版了被称为"二十世纪最伟大的小说之一"的长篇小说《生命中不能承受之轻》（以下简称《生》）。从此，他作为"世界性的伟大的小说家"的地位，便变得不可动摇了。

　　今天，当我们评论这部小说时，往往是意识不到"移居"这一重要因素的。而实际上，它的巨大成功，是与米兰·昆德拉的移居分不开的。

　　在"移居"这个问题上，我以为，是有许多文章好做的。十八世纪与十九世纪之交，法国的两大暴政期间，一批法国文人亡命瑞士、德国、英国或是北美，许多人后来成了世界著名作家，许多作品成为世界名著，为世界文学史添了许多光彩。勃兰兑斯的《十九世纪文学主流》，曾以"流亡文学"为题专门撰写了第一分册。第二次世界大战期间的流亡文学自然又是十分出名的，出了一大批作家。再后来，便是由从苏联出走以及由于苏联的原因从捷克等国出走的一批作家所构成的令世界瞩目的流亡文学。流亡文学，可以成为一个很重要的研究课题。这里头，恐怕暗藏着许多关于文学的命题。

当有人问米兰·昆德拉作为一个移民感觉如何时，他说："对于一个作家，在几个国家生活的经验是极其有益的，你只有从几个方面来观察才能理解世界。"他进一步具体化地说，他不久前在法国出版的一部作品，展示了一个特殊的地理空间：通过西欧的眼睛来看那些发生在布拉格的事件，同时以布拉格的眼睛来看在法国发生的一切。如果我们采用理性的手法来分解他的这段话时，我们可以从中获得"参照""距离"等一系列命题。

正是两种或两种以上的生存环境和文化氛围的对比，使这批作家对原先的生活状态以及它的本质，有了清晰而透彻的认识。空间距离的拉大，非但没有使原先的生活在他们的视野或记忆中远去或消失，反而使那些生活向他们节节逼近，并且变得异常明朗，昭然若揭。空间的转换，使他们获得了新的审察视角和艺术视角。不同系统的文化和思想，强化和丰富了他们的艺术感受能力和思维质量。还有一点——也许这是更重要的一点，就是他们获得了一种孤独。在异国，他们虽得到了所谓庇护和自由，但却丢失了故土的温馨和一个熟悉的群体的喧闹以及彼此间毫无障碍的精神、情绪上的交流。"独在异乡为异客"，异客的心境推脱不去地追撵着他们，孤独也便日甚一日地深刻起来。而正是这一深刻的孤独成全了他们。孤独使他们的目光和头脑皆变得冷静。它帮助他们去除了影响思维深度的浮躁和影响他们观察质量的迷乱。它使他们有可能在清静中进行冷峻的自我询问和反省。他们会发现，从前许多理解是浅显的，许多判断是愚蠢可笑的。当把种种与他们缠绕的关系解除，把种种功利性的目的忘却，而在寂寞中较为纯粹地进行思考时，他们不可避免地走向又一个思想和艺术的深度。《生》便是这种孤独的结果。无论在思想还是在艺术上，它的成就都超出了米兰·昆德拉移居前的作品。

不同世界的体验，还使他摆脱了民族和国家的有限性思考。他发现了人类——人类的共同性——人类的一伙与另一伙是如此的相似！如果说他的《玩笑》（"布拉格之春"期间创作）还是基于对某一种政治制度和意识形态之下的独特生活所进行的思考的话，那么，《生》向我们显示的是：他是一个形而上的哲学家，他开始思考人类的基本命题。面对苏联的坦克占领他的国家这样一件最容易激起民族情绪的事件，他都不再是在一般的民族范畴（如主权、领土、民族尊严等）进行思考，却从这件特定的政治事件中看出了人类的一些基本原型。"轻与重""灵与肉""媚俗"等一系列主题，自然都不是捷克意义上的，也不是法国意义上的，而是人类意义上的。因为，他看到了所有这一切（如媚俗），都不是仅仅发生在布拉格。移居在很大程度上帮助他超越了似乎神圣但却常常是狭隘、肤浅的国家情调和民族情绪，而使他站到人类这样一个更高的高度。这就是《生》这样一部表面看来政治色彩很强烈的作品，却使全世界的读者都感兴趣的一个原因（人们在阅读这部作品时，对它所涉及的政治是忽略不计的）。

二

　　米兰·昆德拉对小说这种文学样式十分虔诚。他对小说进行深入持久的思考，一些独到的见解，是小说理论中的精彩片段。关于小说存在的理由，他的观点是值得小说家们（尤其是中国的小说家们）注意的。他确认这样一种对小说的诠释：发现只有小说才能发现的，这是小说存在的唯一理由。对这一诠释，他有许多引申和很具体的论说。《生》正是对这一小说理论所进行的忠心耿耿的实践。

　　在米兰·昆德拉的意识里，小说是人们认知世界的一种绝对特殊的形式。它既不同于其他文学样式，更不同于哲学、科学这样一些认知形式。如果说过去有许多诗人还有着强烈的诗的意识的话（如"诗到语言止"等判断），那么，很少有小说家对小说能有米兰·昆德拉如此清醒的意识。在他看来，小说就是小说，它的性质是先验的、绝对的、不可更改的。任何易轨和背叛行为，都是小说的堕落或是对小说的断送。"我不想预言小说未来的道路，对此，我一无所知；我只是想说：如果小说真的要消失，那不是因为自己用尽自己的力量，而是因为它处在一个不再是它自己的世界中。"他显然不是那种仅仅只是不停顿地写作小说而不中断写作去思索小说的小说家。

那么，所谓的小说世界又到底是一个什么样的世界呢？他用《生》向我们做了再一次呈示：这是一个被哲学和科学忽略和遗忘了的世界——人的生存状态。他把托马斯、特丽莎、萨宾娜、弗兰茨等人看成是人这一总范畴之下的特殊存在。通过对他们的行为的深入透彻的揣摩，从中揭示出人类的生存境况和一些最基本的生存方式。他抛弃了传统的历史主义的眼光，而换用人论哲学的眼光，看出了一些千古不变的东西。一些曾在历史主义眼光里滑脱的那些细节，在这里却获得了重大的意义。由于他认定的小说的世界是一种形而上的生命世界，因此，黑格尔对人物的"这一个"的经典定义（这是形而下的观念），对他笔下的人物已完全失去了阐释能力。他关注的并不是个性和所谓性格，而恰恰是抽象的共性。就像他自己在这部小说中声称的那样，"作品中的人物不像生活中的人，不是女人生出来的，他们诞生于一个情境，一个句子，一个隐喻。简单说来那隐喻包含着一种基本的人类可能性，在作者看来它还没有被人发现或没有被人扼要地谈及"。对这里的细节，我们不能再用现实的、世俗的眼光来看待，因为，它们都可能是一个个隐喻。"现在，他站在她上方了，一把托住她的膝下，把她叉开的双腿微微向上举起。那双腿猛一看去，就像一个战士举起双臂对着瞄准他的枪筒投降。"这当然不是一个对交合动作的细节描写，自然也不是一个比喻，而是一个隐喻。这一细节发生时的背景是苏联侵占布拉格。但是，我们如果光从"影射苏联的侵略"来理解这一细节，依然没有到达这一隐喻的深处。这显然是一个关于人类固有的侵略性以及人类面对侵略所可能采取的行动的一个尖刻的隐喻。

我们很难一下子说清楚《生》向我们提供的那部分存在。我们能对托马斯们下一个明确而且精确的判断吗？他们究竟是什么样的人呢？我们能对那一系列主题做出一个没有任何歧义的价值判断吗？米兰·昆德拉只有描写，没有判断（尽管这部作品充满理论色彩）。这是模糊的充满相对性的世界。在米兰·昆德拉看来，被哲学和科学遗忘的正是这种不可遗忘的相对性。他发现了小说的意义。

人在处理这个世界时，十分干脆又十分愚蠢：非此即彼。哲学家们各自宣称：世界是这样子的，而不是那样子的。每一位哲学家都只有一个主题，并都认定世界只有这样一个主题。哲学与科学的主题单一性，把人们推入了一个狭窄的渠道，无限的复杂的存在，在人们的思维中成了孤立的一点或一线，并且使人们再也无法回到这个弥漫性的没有边缘的世界里面来了。当小说将自己的双足踏入这片于黑暗中哑默着的世界时，便对人类做出了不朽的贡献。米兰·昆德拉正是依据这一点，论证了小说不可能终结（这是他对小说的意义进行辩护的突出的理论贡献）。《生》以相对性（多义性）为描写存在的宗旨，用模糊性作为策略，把被遗忘的存在拱手托在我们的面前。

三

我们如此喜欢《生》,除了米兰·昆德拉式的幽默和他的那些大量的富有智慧的醒世恒言以外,大概还因为他那种发现和创造新主题的惊人的能力。这种能力,使我们感到惊诧和望尘莫及。

世界上的小说家大体上可分为两类。一类小说家是对已有的主题重复使用。他们以新的故事,新的环境,新的背景,或新的叙事艺术,加上一个古老的主题,构成一部"新"作品。或者对古老主题进行变奏,使我们误认为这个主题是新颖的。(巴尔扎克的主题,作为经典主题,成为成千上万个小说家的主题。)另一类小说家,则抛弃已有主题,而去发现和创造新的主题。这些主题是我们经验过或未经验过但都不曾意识到更未变为清晰观念的种种精辟的见解。卡夫卡是,萨特是,米兰·昆德拉当然也是。

《生》的主题是陌生的(对于中国的小说家们而言,是闻所未闻的)。这些主题虽然曾经被提及过,但只是作为一个动机,并未得到发展("生命中不能承受之轻",只不过是哈姆雷特的一句台词)。这部作品最突出的两大主题是:"轻"和"媚俗"。这是两个具有哲学意味的主题。轻是相对于重而言的。它是米兰·昆德拉始终喜欢琢磨的一个范畴。在他这里,轻与重是一个不可攻破的悖论。轻与重,是他对人的存在状态的一种高度的也是最后的抽象。人徘徊于轻与重之间,宿命般地找不到第三条道路。人注定了只有在这一圆圈中充满喜剧性地循环。但实质上是不论选择了重还是选择了轻,都是悲剧性的。重代表着一种明确的价值,一种责任,一种可以操作的行为规则,一种生动的激情,一种严肃认真的态度,是具体的、可以言说的。它对人造成一种心理压力、一种不胜承担的负荷。轻只是意味着意义的消解,精神参照系的失落,人走入了虚无。然而,轻却比重更加使生命难以承受。轻也是一种重量("轻的负担")。当人处于轻之状态中时(如一缕轻烟),他并不能感到"如释重负",相反,却走入了一个更加无法把握的困境。米兰·昆德拉曾在他的另一部作品(《生活在别处》)中写道:"雅罗米尔有时做过可怕的梦:他梦见他必须抬起一些极轻的物件——一个茶杯、一只匙子、一片羽毛——但他拿不动。物件越是轻，他也变得越衰弱，他陷落在它的轻之中。"在《生》中，托马斯似乎是轻的，特丽莎似乎是重的。沉重的人生与潇洒的人生各执一端，然而，他们又各自不安于自己的选择，最终不得不在两者之间游动，从而不停地质询自己、反思自己，企图找到可以使心灵平静的理论依据。在《生》中，米兰·昆德拉专门用一章的篇幅，带着一副智者的调侃口吻，阐述了"媚俗"这一主题。媚俗是人类从众心理所导致的直接后果、是人类的基本行为之一，是生命的一个欲望。人们几乎是不由自主地滑入媚俗的。人的天性中就含有媚俗的因素，因此滑入媚俗几乎变成自然而然的事情。这种心理机制，使人类在面对潮流、时尚和群体性的运动时，毫不觉察地停止了（失去了）那种必要的中立态度和客观判断。此时的人几乎失去了一切记忆，任一种无形的力量所驱动，而不知去向地漂浮。这是人类的不可救药之处，也是悲惨之处。托马斯、特丽莎、萨宾娜、弗兰茨都曾竭力摆脱这一粗鄙低下的品质，然而都不能够做到。其中，萨宾娜最为坚决，她愤怒地高喊："我的敌人是媚俗，不是共产主义！"然而，她在这一面拒绝了媚俗，却在另一面（对家庭的幻象）又陷入了媚俗。"我们中间没有一个超人，强大得足以完全逃避媚俗。无论我们如何鄙视它，媚俗都是人类境况的一个组成部分。"米兰·昆德拉从发生学、动力学的意义上看出了在人类历史舞台上出现的那些事件的背后，促发它们产生的那种巨大的、旋转的（越旋转越疯狂）盲目力量——媚俗。

这些主题新鲜得如同初生的婴儿。发现和创造新主题是米兰·昆德拉的一个本领。他在其他作品中所运用的那些主题，也一样是有趣的、别致的。

从《生》这里，我们看出了一点：小说已从古典形态转向现代形态。表现在主题方面，现代形态的小说肩负着一个几乎是预定了的使命：发现和创造新的主题。它已全部遗忘古典形态时期的小说主题，而走向新的主题领域。现实是：重复和变奏已有主题，皆不可能走向现代小说的殿堂。

米兰·昆德拉使我们对小说产生了深深的敬意。

四

如同米兰·昆德拉的其他几部长篇小说一样,《生活在别处》又是一部观念独到、见解新颖而别致的作品,曾获重要的外国文学奖——法国梅迪西斯奖。米兰·昆德拉总是深刻的,并且,这是一种米兰·昆德拉式的深刻。他居然有那么多大大小小的发现。这些大大小小的发现散布于他作品的字里行间,不断启示和惊醒着我们——我们这些平常或平庸的人,在他的智慧面前,为自己的智力和目光的迟钝与软弱,感到了一种拂之不去的自卑。

他是个哲人,并且是一个绝不重复甚至绝不再度阐释先前哲人们的哲人。他对人们津津乐道的现有观念(无论多么深刻的观念)视而不见。他的目光穿越了呈现于光天化日之下的思想,而到达了深邃的黑暗里,并把我们未能意识到的黑暗中的世界照亮,让我们看见了我们从未看到过的东西。他对世界和人类做出了许多别具一格并且令人信服的解释。他让我们看见了许多帐幕之后的秘密。

世上有两种哲人。一种哲人所做的是对阳的发现,另一种哲人所做的是对阴的发现。前者发现的是一些直接的但却不为一般人所看出的秘密。我们一旦得到指点，就能清晰地看到那些重要的规律和重要的因果关系。前者有黑格尔这样的哲人。后者发现的则是处于远处和暗处的东西：隐形结构、无名力量、看不见想不到的因果关系。后者如弗洛伊德。当我们在用阳性的学说解释世界的运转和人的行动时，他却使人绝对想不到地指出：一切皆受动于性。然后，他用手指着一条我们过去从未看到过的因果链条让我们看。现代哲学的兴趣就在于对阴的发现。

米兰·昆德拉的许多发现，也是阴的发现。阴的发现总使人感到新奇、意想不到。

《生活在别处》的最重要发现便是：人类社会许多重大事件的发生，是因为人的激情——抒情性所导致的。"抒情态度是每一个人潜在的态势：它是人类生存的基本范畴之一。……千百年来人类就具有抒情态度的能力。"(《生活在别处》)米兰·昆德拉本以《抒情时代》作为这部长篇小说的书名的，因从出版商的脸上看出他们担心如此深奥的书名是否能有好的销路，才在最后一刻改名为《生活在别处》。"生活在别处"这一从兰波那儿借用的名言，也还是对他的思想的表述：抒情时代——青春时代，是向往、幻想的时代，总认为自己周围的生活是世俗的、平庸的，真正的生活——光辉的、充满理想的、具有浪漫色彩的生活，在远处，在未来。

鉴于这一发现，米兰·昆德拉选择了一个诗人作为这部长篇小说的主人公。因为已经存在了许多世纪的抒情诗，正是人类这一特性的产物。显然，这里的诗人，不是我们在谈论从事某种事业时所说的那种通常意义上的诗人。他是一个被抽象出来的符号，他是"抒情时代"的象征，或者说，他就是抒情时代。并且这个抒情时代不是某个人或某一群人的某个人生阶段，而是人类的一个基本生存状态。主人公雅罗米尔，在捷克语里，意思是"他爱春天"和"他被春天所爱"。而"春天"——正如我们都知道的，一直是人类理想王国的代名词，是我们激情澎湃、幸福感洋溢全身时所产生的一个诗的意象。

为了使我们领略到抒情时代的那种充满美感的浪漫情调，米兰·昆德拉用描写天国的又带几分戏谑的文字描写了孕育诗人的那一时刻和环境：一个阳光明媚的夏日早晨，在绿色溪谷的背景上生动地衬出轮廓的一块巨石后面；周围是广阔的自然，使人联想到翅膀和自由的飞翔；……

接下去，米兰·昆德拉为抒情态度展开了各个侧面的分析——

处在抒情时代，人们便会沉溺于憧憬。人们远眺无限的前方，用自己的主观想象，去描绘一个未来的世界，心中充满诗情画意和一种崇高感。人们毫不犹豫地相信某些预言家对未来的承诺。对毫无把握的未来，不光自己豪情满怀，还用真理在握、"未来已经明朗"、"一定要实现"的劲头，向周围的人进行鼓动和催迫。诗人的母亲在诗人还很小的时候就看出他可能成为诗人的根据，也正在于诗人喜欢并善于憧憬和遐想。

抒情状态，也是陶醉状态。"诗是酩酊大醉。"（《生活在别处》）除了最后一段岁月，雅罗米尔的一生，便是陶醉的一生。他是酒神之子。他总是不知不觉地进入一个心荡神怡的世界。陶醉状态也就是一种梦的状态。从这个意义上讲，米兰·昆德拉对梦幻世界的兴趣绝非是一般的考虑。

抒情时代也是疯狂和情绪昂扬的时代。因此，这一时代最喜欢"火"这一象征物。抒情时代的语汇中，有许多是与火联系着的。米兰·昆德拉笔下的诗人犹如被火所燃烧——他的快感便是来自燃烧。他一刻也不得安宁，充塞他生活的便是沙龙、集会、游行、诗歌朗诵会，这是一个喧嚣的世界。抒情态度使他总有旺盛的精力，这种精力甚至从所谓革命延伸到对异性的征服和享用方面去。米兰·昆德拉意味深长地写了这样一个情节：那个姑娘禁不住对诗人激情的迷恋，决定从那个具有田园诗气质的中年人（宁静的象征）身边离去。激情与火永远是迷人的。

抒情时代最重要的特征便是崇拜，但非常值得我们注意的是：所崇拜的往往只是语词。抒情诗的魅力也正在于语词所制造的种种效果。抒情时代最喜欢的正是抒情诗。人们处于抒情状态之中时，就失去了怀疑、检验、核实的心理机制。他们沉醉在感觉之中。而感觉常常不代表事实。然而，人们又总是把感觉与事实当成了同一回事。当那些语词（观念、蓝图的叙述……）滚滚而来时，他们从来不能停顿下来发问：它们之下有实际存在吗？雅罗米尔的世界是一个色彩和声音的世界，他从不去做理性的分析。米兰·昆德拉设计了一个刻毒的细节：当他与他的姨父在进行辩论时，姨父的身后是门，而他的身后是收音机——这使他感到有成千上万的人在支持他。

处于抒情状态之下的一切情感和理念都是抽象的。抽象绝对大于具体。因此，抒情时代总是以牺牲具体来保存抽象。在这里，具体的道德原则绝对服从于抽象的历史原则——如果是为了历史的进程，一切牵涉到个人关系的道德原则都应抛弃。雅罗米尔就是这样干的：他在理想带来的眩晕之中，出卖了那位红发姑娘，使她身陷囹圄。他并不是卑鄙，而是他的抒情性使他失去了最起码的判断力和人性。人类生活中的许多悲剧，就是这样产生的。

革命是抒情的最重要的形式。这里所讲的革命，并不是我们通常意义上说的革命。它泛指人类历史上和现实中的一些重大事件。由于与生俱来的抒情性，革命几乎是不可避免的。"革命并不要求受到检验或分析，它只是要求人们沉浸到里面去。由于这个原因，革命是抒情的，是需要抒情诗风格的。"（《生活在别处》）雅罗米尔选择革命，是顺理成章的事情，因为，在他的性格深处埋藏着一种纯粹的热情。这种热情需要奔放的峡谷口，至于奔放到何处，就显得很不重要了。抒情性可能会与各种不同性质的革命一拍即合。作为抒情诗人的兰波、莱蒙托夫、雪莱、马雅可夫斯基——如米兰·昆德拉在本书中所描绘的那样，都义无反顾地参加了他们所认为的那种崇高事业。潜在的抒情态度，使我们看到了一部波澜壮阔的人类的历史。

当人们不能完成从抒情时代到叙事时代的过渡时，人们便会陷入巨大的绝望。许多抒情诗人选择了自杀。雅罗米尔虽没有自杀（他也曾渴望死。"自杀的念头像夜莺的鸣啭一样迷住了他。"），但陷入了不可自拔的忧郁，不到二十岁便结束了人生的梦幻。回顾历史，每当一个抒情时代结束时，我们总能看到一批人跌入悲惨的境地，他们或颓废，或悲观，或沉沦，或将自己毁灭掉。

由于米兰·昆德拉的特殊境况和现代哲学思潮的影

响,他对抒情时代是持保留看法的。他在解释"青春"这个词时引用了他的另一部作品《玩笑》中的一段话:"一阵愤怒的波涛吞没了我:我为自己和我在那个时代的年纪气愤,那个愚蠢的抒情年纪……"他偏向现代主义。因为现代主义是反抒情的,反浪漫主义的。他愿意接受"小说＝反抒情的诗"这样一个定义。他推崇福楼拜、乔伊斯、卡夫卡、冈布罗维茨。他向我们展示和分析了对于抒情时代的崇高感有讽刺意味的细节:自杀是悲剧性的,而未遂的自杀却是可笑的,如果莱蒙托夫没有自杀成功呢?雪莱喜欢火焰,但他却死于溺水……他有意消解那种令我们着迷的崇高感。

人类社会的发展是离不开抒情时代的,抒情时代在动力学上有着无比重要的意义,如果人类仅仅只有叙事时代,就会失去可歌可泣的热情和动荡带来的快感,也会失去前进的动力。然而,抒情时代却又不断地给人类带来灾难。——这是一个悖论,一个连米兰·昆德拉也不得不承认的终极悖论。

第十五讲 结语：混乱时代的文学选择

我们对我们所处的这个时代的文明性、先进性，可能不宜过于乐观。我们在民主、自由的大陶醉中纵情放浪，而将一切历史与一切价值毫不珍惜地踩在脚下，并从无情的践踏中获取无边的乐趣。怀疑一切、推翻一切、唾弃一切，日益成为时尚，成为一个思想者深刻的辉煌标志，也成了民主与自由的尺度——谁不给予这种虚无主义以天地，谁就代表了专制，谁就是民主与自由的不共戴天的大敌。反之，若这一切可以通行无阻，也就意味着民主与自由已经形成。

这真的就是我们——那些知识精英、思想巨霸们早在文艺复兴时期就推崇并界定了的民主与自由吗？

我常常怀疑。

民主与自由，是有规定的，是有分寸与尺度的，是有体系与秩序的，它的实现，绝不意味着削平一切高度、取消一切权威，也不意味着没大没小、没有等级、没有礼数、没有秩序，更不意味着欲望一泻千里却毫无管束。如果是这种状态的自由与民主，我们是否应当有所警惕？一个人类通过世世代代的摸索而逐步建立起来的有主流、有制度、有伦常、有规则、有高低、有尊卑的社会，仅仅于一夜之间，就要成为一个没有方向、没有底线的社会，而且还以民主、自由为金光闪闪的幌子。它是否真的就是文明，就是先进，难道就不应该加以怀疑吗？

对这个时代的判断，也许美国学者哈罗德·布鲁姆的言论是值得我们关注的。他称这个时代是一个"混乱的时代"，而根本不是一个什么民主的时代——民主的时代已经过去。人类社会经历了神权时代、贵族时代、民主时代，而现在则是到了一个混乱的时代——混乱并非民主。他说："作为文学批评界的一员，我认为自己遭遇了最糟的时代。"

我是在阅读《西方正典》这本书时真正认识这位著名的西方学者的。在此之前很久，我已经读过他的那本很有名气的《影响的焦虑》。这是一位孤独的却是有着巨大的创造力与敏锐的识别力的学者。他的性格中有着不合流俗的品质，我将他视为远在天涯的思想知己。《西方正典》这本书是我的一个博士生建议我阅读的。她在电话中颇为兴奋地向我介绍了这本书,并说书中的基本观点与你——老师的观点如出一辙。我将信将疑,她就在电话的那头向我朗读了书中的一些片段。布鲁姆的一连串的表述使我感到十分惊诧,因为他所说的话与我这些年在不同场合的表述竟是如此的不谋而合,其中有许多言辞竟然几乎一模一样。我们对我们所处的时代的感受、对这个社会的疑惑、疑惑之后的言语呈现,实在不分彼此。我们在不同的空间中思考着——思考着同样的处境与问题。"英雄所见略同"——这个我一生大概永远不会谋面的人,使我感到无比的振奋与喜悦。我一直对自己的想法有所怀疑:你与这个时代、与那么多的人持不同学见(不是政见)、不同艺见("艺术"的"艺"),是不是由于你的错觉、无知、浅薄与平庸?我常常惶惶不安。我在各种场合所显示出的理直气壮的外表之下,掩盖着的恰恰是虚弱、无奈、困惑与自我怀疑。我甚至为我持有如此学见、艺见有了变态的敏感:当我面对那么多的人,在声嘶力竭地宣扬我那一套时,听者是不是在私下里嘲笑我?如此心态,可想而知我在相遇《西方正典》时,心情是如何的激动——我仿佛是独自漂流到一座孤岛上的人,忽然看到了天水相接的苍茫处,悄然滑动着一叶帆,而且这片白帆显然是朝这座孤岛悠悠而来。

憎恨学派与怨毒文学

布鲁姆曾将那些背离审美原则的形形色色的文化批评——比如女性主义、新历史主义，等等，笼而统之为"憎恨学派"。因为在他看来，所有这些打着不同旗号的学派，都志在摧毁从前、摧毁历史、摧毁经典。它们要做的只有一条：让"已死的欧洲白人男性"立即退场。这些男性代表着历史，是西方的文学道统。他们包括莎士比亚、但丁、歌德、托尔斯泰等组成泱泱一部西方文学史的一长串名单。

"憎恨学派"——这是一个很别致且确实击中要害的称谓。二十世纪的各路思想神仙，几乎无一不摆出一副血战天下、"搞他个人仰马翻"的斗士姿态。对存在、对人性、对世界的怀疑情绪流播在每一寸空气中。我们的思维走向再也不像从前那样自然而然地去肯定一些、建树一些，而是不免生硬、做作地去否定一切、毁灭一切。世界走到今天这个时代，我总觉得存在世界范围内憎恨空气的流播。这些学派不管如何深刻、如何与文明相关，它们的效果是一致的：打破了从前那个也许隐含着专制主义、隐含着独断的和谐，众声喧哗的那一边，出现了价值体系的崩溃、意识与行为的失范。

"憎恨学派"的主旨在于揭示存在的恶、倡导压抑的释放与声音、腔调的杂多、对流行采取绝对的放任自流的态度，它是一种迎合那些因个人道路不畅而对世界充满憎恨的人之心理，并为他们找到憎恨理由的思想潮流，在人们唯恐压制民主、自由这样一种非理性的语境中，漫无边际地张扬开了。

我们所看的这个世界，究竟是民主、自由还是混乱？

憎恨学派蔓延到文学批评领域，使本来没有多少疑问的文学发生了疑问。在上百年上千年的时间里，文学尽管流派众多，但从来没有人怀疑过文学本身是什么。文学是什么，从来也不是一个问题。而现在，有无文学性都成了一个问题。这个学派似乎也不关心文学问题，他们关心的是社会问题、哲学问题以及若干形而上的问题。布鲁姆讥讽他们是"业余的社会政治家、半吊子社会学家、不胜任的人类学家、平庸的哲学家以及武断的文化史家"。

文学界不谈文学，已是司空见惯之事。每年一度的研究生学位论文答辩以及一年不知要开多少回的国内国际学术会议，都是以文学的名义而进行的。但，你如果身处现场，保证不会想到这是一个将要获取文学硕士或博士学位的文学论文答辩、这是一个关于文学的会议，你会误以为一脚闯进了政治局或某个社会问题论坛。这个场合的几乎所有人都在侃侃而谈政治、革命、现代性、经济、全球化、反恐、三农、格瓦拉、卡斯特罗与普京。

而谈来谈去，就只有憎恨——对制度的憎恨、对人性的憎恨、对人类的憎恨、对历史和经典的憎恨。

"憎恨学派"这一称谓使我想到了另一个称谓——这个称谓是由我近来确立的：怨毒文学。

这一称谓最适合中国当下的文学。世界文学似乎并没有因为憎恨学派的流播，而让怨毒充斥于其中。相反，世界文学倒一直保持着一种较好的平衡。而当下的中国文学，某些作品却散发着阴沉而浓重的怨毒气息。

文学离不开仇恨。莎翁名剧《哈姆雷特》的主题就是仇恨。仇恨是一种日常的、正当的情感。它可以公开。哈姆雷特在向母亲倾诉他内心的仇恨时，滔滔不绝，犹如江河奔流。仇恨甚至是一种高尚的情感。人因仇恨而成长，而健壮，而成为人们仰慕的英雄。复仇主题是文学的永恒主题。然而怨毒又算什么样的情感呢？

我总觉得这种情感中混杂着卑贱，混杂着邪恶，并且永远不可能光明正大。它有种种下流品质。这种情感产生于一颗不健康、不健全、虚弱而变态的灵魂。它是这些灵魂受到冷落、打击、迫害而感到压抑时所呈现出来的一种状态。

中国某些文学作品浸泡在一片怨毒之中。这就是我们对那些作品普遍感到格调不高的原因之所在。

那些作品在善与恶、美与丑、爱与恨之间严重失衡，只剩下了恶、丑与恨。诅咒人性、夸大人性之恶，世界别无其他，唯有怨毒。使坏、算计别人、偷窥、淫乱、暴露癖、贼眉鼠眼、蝇营狗苟、蒜臭味与吐向红地毯的浓痰，这一切，使我们离鲁迅的深仇大恨越来越远。

说到底，怨毒是一种小人的仇恨。

文学可以有大恨，但不可以有这样一种绵延不断的、四处游荡却又不能堂而皇之的小恨。

并且文学必须有爱——大爱。文学从它被人们喜爱的那一天开始，就把"爱"赫然醒目地书写在自己的大旗上。而今这面肮脏不堪的大旗上就只有精液、唾沫与浓痰。

历史主义与相对主义

传统的历史主义一直有着较好的口碑。文学批评对历史主义方法的运用，给文学带来了宽广而丰厚的世界。历史主义批评，历来是最行之有效也是最重要的批评。即使后来五花八门的新批评新方法得以登场而批评界趋之若鹜时，它也依然是不可以动摇的。当那些时髦的、灵动的、怪异而神秘的批评，在经过一阵实践之后，而纷纷显出它们的玄虚、所得结论似是而非、只能求得一些鸡毛蒜皮的小小解释时，人们看到，只有历史主义批评，才有能力阐释文学的基本命题和解决重大的文学史问题。它的宏大、厚重、稳妥与颠扑不破的科学性，是其他任何批评方法都望尘莫及的。

但历史主义在走过二十世纪的最后阶段时，却在虚无主义的烟幕中逐渐蜕变为相对主义。

历史主义的基本品质是：承认世界是变化的、流动的、没有一成不变的事物，我们对历史的叙述，应与历史的变迁相呼应。它的辩证性使我们接近了事物的本质，并使我们的叙述获得了优美的弹性。但传统的历史主义批评并没有放弃对恒定性的认可，更没有放弃对一种方向的确立：历史固然变动不居，但它还是有方向的——并且这个方向是一定的。据于此，历史主义始终没有放弃对价值体系的建立，始终没有怀疑历史基本面的存在。它一直坚信不疑地向我们诉说着：文学是什么、文学一定是什么。

而现在的所谓历史主义则无限夸张了相对性——辩证性成了"世上从没有什么一成不变的东西，一切皆流，一切皆不能界定"的借口。因此，就有了一种貌似历史主义的结论：文学性是一种历史叙述。也就是说，从来就没有什么固定的文学性——所谓文学性永远是一个历史性的概念，也只能是一个历史性的概念。这样，变与不变的辩证，就悄悄地、使人不知不觉地转变为"变就是一切"的相对主义。

如此历史主义，使那些使用者们享受了思想深刻而带来的巨大优越感。在这个时代，肯定什么，是浅薄的标志，而否定什么，是深刻的标志。

相对主义，其实就是怀疑主义。当今的知识分子，所扮演的形象是满腹狐疑的形象。最优雅的姿态，不是认同，而是质疑——质疑一切现行的价值模式、道德模式、审美模式。近几年，我很少去参加什么学术性会议的一个很重要的原因，就在于我知道任何一次学术性会议的结果——结果就是最终跳出一个相对主义者来，将你三天或五天的会议成果，统统解构掉。这几乎是所有学术会议的厄运。

相对主义使用的惯常语式是疑问句而不是陈述句。

假如你用一个陈述句说：文学是有基本面的。他就会用一个疑问句反问你：文学有基本面吗？文学真的有什么基本面吗？这个所谓的基本面在哪儿？然后，他在你还没有来得及反应过来时，十分干脆利落地使用一个独断性的陈述句：文学从来就没有过什么固定不变的基本面，所谓的文学性纯属虚构，文学性从来就是一个相对性的概念。相对主义者总是站在一个十分主动的位置上，这个主动几乎就是天然的。一个短促有力的反问句，于瞬间就能毁掉你一个苦心经营了一千年才建立起来的思想。到了今天，相对主义在中国已成了一件无往而不胜的秘密武器。许多思想者，对这一武器的性能心领神会。他们正是凭借这种武器而雄踞思想界的巅峰的，将一切都通过如此的历史主义（相对主义）解构掉。

我曾在一个沙龙性的辩论中调侃过这个笼罩着我们精神世界的相对主义。我说，总有一天，你回到家中，在你的母亲为你打开门的那一刻，你疑惑地发问：你是谁？你就是我的母亲吗？母亲是什么？怎么能证明你就是我母亲呢？难道你站在门里就能证明你就是我的母亲了吗？再说了，世界上有母亲吗？——有真正的母亲吗？

当下的中国文学界，从批评到创作，都沉浸在相对主义的氛围中。我不知道，这是深刻还是不幸。

相对主义的宽容、大度的姿态，还导致了我们对文学史的无原则的原谅。由于从心中去除了一个恒定的文学标准,当我们在回顾从前的文学史时,我们似乎很成熟地说:我们不能以今天的标准来要求从前的作品。文学的标准有今天与昨天之区分吗?文学也在进化论的范畴之中吗?徐志摩的诗一定(至少应该)比李白的诗好吗?鲁迅的小说若不超过《红楼梦》,就一定说不过去吗?

历史是可以原谅的,但文学史却是不可以原谅的。

文学需要界定吗？

相对主义的策略，就是将简单问题复杂化。将无须去说的话语，变成饶舌的语言循环。

世界上有两种东西，是不能言说也无法言说的，一是没有最终解的复杂问题，一是常识，因为常识已经是最后的话语——它无法再被言说了。

"重新定义'文学'是徒劳的，因为你无法获得充足的认知力量涵盖莎士比亚和但丁，而他们就是文学。"（《西方正典》）文学是什么？是《诗经》、《楚辞》、李白、杜甫、李商隐、《红楼梦》、《孔乙己》、《边城》、《围城》。这一切，构成了一种经验，而这种抽象的经验，又可以落实到每一部具体的作品上来。当然，也有看走眼的时候，但此类情况毕竟不多，通过一段时间，我们可以纠正自己——而纠正的过程，又是强化经验的过程。经过若干年的接触、辨认，加上专家学者们的反复言说，我们其实已在心中有了"文学"。当一篇由文字组成的东西摆在我们面前时，我们便会脱口而出：这是文学。若你再仔细阅读，或许会说这是好的文学。看法千差万别，甚至对立，但这一切并没有妨碍我们在一定的概率上对这些文字加以认定。

如果没有一些恒定不变的东西，我们就不会一代人一代人地传诵《红楼梦》——我们今天依然将它看作是经典，并且是可以阅读的经典，就说明了文学的基本面没有改变，我们的审美经验没有改变，文学就是文学，它的性质——文学之性——文学性一贯如此。

如果没有这个一贯的文学性，可能有文学史吗？如果文学性是历史的，一段历史有一段历史的文学性，我要问：这一段历史中的人可能欣赏上一段历史中的作品吗？这大概是根本不可能的。如果没有这一贯的文学性，你又怎么去认定当下作品的水平——是以流行、商业成功来论还是以其他什么标准来论？如果有什么其他的标准，那么这个与以前的标准不一样的标准又究竟是什么样的标准？这一标准又是凭什么来确立的呢？

文学无须界定，它存在于我们的生命之中，存在于我们的情感之中，存在于一代一代人的阅读而形成的共同经验之中。不要复杂化——复杂化并不能证明你是一个思想深刻的人。

那年暑假，我去千岛湖参加《萌芽》的一个会议，在谈论美时，又有人使用相对主义对我加以质询：美是什么？有共同的美吗？我就说：在我们去千岛湖的路上，我们不时地看到一幢一幢发了财的农民盖起的小楼，这些小楼显然成本都很高，可能花费了他们所有含辛茹苦积累起来的资产，但无论从造型还是从颜色来看，都丑陋不堪，我们车上的几十个人都是这种感觉。

我问相对主义者：如果我们没有共同的审美经验，为什么我们会那么默契地认定那些不伦不类的建筑是令人不快的呢？

有人就是想千方百计地制造混乱。

中国文学：你需要什么样的真实

混乱时代的中国文学，又有着只属于它自己的独有的混乱，也是一份独特的景观——世界上没有这种气质与格调的文学。

它在许多方面令人感到疑惑，比如它的真实观。

我怀疑它的真实观是极端的，甚至是变态的。中国文学的种种情状，都根植于这种固执的、几乎没有一个人对其加以怀疑的真实观。如果现在有一部作品，只要越出了这一真实观，它就可能落得一个"矫情"的评语，善、雅、温情、悲悯、清纯，所有这一切都是不真实的。因此，也是矫情的。

我这里向诸位说一件耐人寻味的事情——

日本有一篇小小的作品，叫《一碗清汤荞麦面》。单行本在日本很畅销，在韩国出版后，在很短的时间内发行一百万册。我并不认为它是一流的作品——也就是一篇可以关注的作品。作品的内容大致是：大年三十的夜晚，日本北海道的一家面馆，等最后一位客人走后，面馆正准备关门时，来了母子三人。那位母亲问老板和老板娘：能不能要一碗清汤荞麦面？这说明他们的生活很拮据。但这位母亲在问"能不能要一碗清汤荞麦面"时,并没有因为贫穷而感到卑微。而这家面馆的老板与老板娘也并没有因为他们的贫穷而瞧不起他们,说:当然可以。将母子三人迎到了屋里。下面的一个场面很感动人:外面大雪纷飞,屋里母子三人头碰头,在这样一个安静的大年三十夜,很幸福地享用着这一碗热气腾腾的清汤荞麦面。第二年、第三年的大年三十夜,也是在面馆准备关门时,这母子三人会再度出现在这家面馆。通过母子三人的对话,我们得知:小孩的父亲因一次交通事故而死亡,并留下了一笔沉重的债务。现在,这位坚强的母亲除了要把两个儿子拉扯成人,还要带领他们在一定的时间内偿还所有债务。当母子三人再度出现时,老板娘悄悄地对老板说:"是否给他们一人下一碗清汤荞麦面?"老板说:"不,这会使他们感到尴尬的。"他们最后决定,在一碗面里放入一碗半面的量。后来,一连许多年,这母子三人再也没有出现。老板、老板娘每年的大年三十夜,都会去惦记这母子三人,他们还把母子三人吃清汤荞麦面的那张桌子称为"幸福的桌子"。这一年的大年三十的夜晚,两位神清气爽、显然事业有成的年轻人,来到了这家面馆,而此时的面馆已无空座。正当面馆老板要谢绝这两位年轻人时,一个身穿和服的老妇人随即出现了,并且平静地说:"要三碗清汤荞麦面可以吗?"老板、老板娘一眼就认出了这就是当年带着两个孩子于大年三十的夜晚来吃一碗清汤荞麦面的那位母亲,连忙将他们迎到屋里,那张当年母子三人吃一碗清汤荞麦面的桌子就在那里空着……

一九九七年亚洲金融风暴,韩国三星集团濒于倒闭时,它的总裁让副总裁向公司四万五千名员工朗诵了这篇作品。当时台下一片唏嘘声。二〇〇三年,当三星在世界百大品牌中排名第二十五位时,三星总裁再度让三星的员工阅读这篇作品。头一回阅读,是让四万五千名员工领会那位母亲在艰难困境中坚忍不拔的精神;第二回阅读,是让公司全体员工体会面馆老板人性化的经商之道。

我将这篇作品分别说给几个朋友听,然后问他们:怎么样?他们问:谁写的? 我说:我写的。他们说:构思不错,就是有点儿矫情。这一结论早在我预料之中,我只不过是想再验证一下而已。

这本书在小小的韩国发行上百万册,在中国又能发行多少?台下一片唏嘘声——中国人看这篇小说又能有几人感动——中国人拒绝感动,中国文学也不会去做感动文章——谁做谁矫情。

我敢说，这样一篇作品，无论它高明还是不高明，但有一点可以肯定：全世界不会再有一个国家的人会说它矫情。

中国文学，你究竟要什么样的真实？

那天，我的一个女博士生在一家饭店举行婚礼，酒席上，我们又谈起了中国人和中国文学的真实观，这时进来了两个陌生的年轻人，一男一女，各执一只盛了酒的酒杯，走上前来，对新娘新郎诚挚地说：我们受隔壁包间全体朋友的委托，向这对新人祝贺——祝贺你们一生幸福！当时，我们都很感动。他们走后，我们又回到话题上：假如我将这个细节写进作品如何？我的结论是：即使不落个矫情的评语，也至少要被说成是"浅薄"。应当怎么写？说：这里正热闹时，从隔壁包间扔过一只啤酒瓶来，随即听到一句骂声：丫的，谁他妈没结过婚！

这就是中国文学的追求，这就是中国文学要的真实，这就是中国文学的高度与深度。《泰坦尼克号》《美丽人生》之类的东西，若是出自中国人之手，八成落得个"矫情"的评语——《泰坦尼克号》中那个"迎风舒展"的经典造型，还不矫情吗？——十足的矫情！

顽强抵抗

面对这个混乱的时代，你又如何选择？道路无非两条，要么投降，要么抵抗。

诸位知道，我选择的是抵抗，先是无声的抵抗，后是有声的抵抗。但这种抵抗，似乎已坚持不了多久了。因为我开始怀疑我抵抗的意义，甚至怀疑这种抵抗的正确性。我几乎就要放弃这种写作，甚至要放弃写作。我已多次对人说过，假如我还写作，我也要写一些让人觉得深刻的东西，并且一定能写出深刻的东西，因为研究了几十年的文学，我太清楚这个所谓深刻是怎么弄出来的了。无非是往死里写，往狠里写，往恶里写，往脏里写，往怨毒里写就是了。

这些年，为了强调一种东西，我宁愿让人将我说成是一个唯美主义者。其实，我一点也不喜欢这个称呼。大家如果有兴趣可以看一看《天瓢》。那里头不只是美，还有乡村政治——我不知道，在当下的中国作家中，究竟有多少人能像我对乡村政治有如此深入而细致的体察。

没有错，我在强调美，我在私下里抨击文学批评与文学创作的意识形态化。按理说，我这样一个对政治充满热情、对革命如痴如迷的人，不应当做这样的选择。但我没有办法阻止我对中国文学的怀疑——我怀疑的绝不是哪一个作家、哪一部作品，而是文学的格局。

一个作家可以放弃审美，但一个国家不可以。

文学的单维度，一直是我的一块心病。

去年，我在山东出版集团的专家咨询会议上，曾阐述过我的看法：文学的维度绝不只是思想深刻这一个维度，还有审美、情感等。在那些经典中——尤其是十九世纪的经典（我更认可这样的经典）中，各种维度是交织在一起的，比如《战争与和平》。那时的作品，有一种可贵的平衡。审美是经典的重要指标，感化与浸染能力，也是经典的重要指标。

中国文学放弃审美的理由非常简洁有力：面对这样一个"万恶"的社会，面对这样一片邪恶的生活，我们只有愤怒，有愤怒无愉悦，也就是说，一个处于愤怒中的人，是不可能进入审美的。

我就想问：莎士比亚不愤怒吗？但丁不愤怒吗？托尔斯泰不愤怒吗？川端康成不愤怒吗？鲁迅不愤怒吗？蒲宁、沈从文也未必不愤怒吧？愤怒是文学放弃审美的理由吗？如果要谈发起攻击，你就没有发现美具有同样不可小觑的力量吗？我说过：普天之下，美是最具有杀伤力的。

记得二〇〇三年作家出版社出版我的文集，在发布会上，李敬泽先生有一个发言——我认为是那个会上最好的一个发言。他的原话我已记不太清楚，大概意思是，当我们都在向前奔突时，有一个人却一直守在原先的高地上。李敬泽提出了一个观点：文学不是往前走的问题，而是向后撤的问题——撤到文学的基本面上。我知道，他是在赞扬我，但他的这种描述，使我当时觉得甚是凄凉。

附 录

三个放羊的孩子:

三个文学的隐喻

中国的儿童文学乃至中国文学，究竟需要思考一些什么重要问题？在整个世界文学的格局中，我们究竟处在何种位置上？我们究竟采用何种文学标准？这个世界上有那样一种普适的标准吗？这些标准是谁建立起来的？又是怎样被建立起来的？它是先天的显示还是一种后天的理念装置？是客观的还是建构起来的意识形态？

我们这些从事文学创作的人，始终处在极度的焦虑中。我们的焦虑主要来自我们在世界文学格局中被他者所认可的位置——一个很低的位置，甚至没有位置。我们自己甚至也是这样来确定自己的位置的。我们更多地看到了他者——他者的辉煌和荣耀。我们毫不犹豫地就将他者所确定的标准看成了无须证明的公理。其实，他者的标准在他者那里也是朝三暮四、朝令夕改的。今天的文学标准还是昨天的文学标准吗？西方的激进主义——用布鲁姆的话说，那些"憎恨学派"们要干的一件事就是让"已死的欧洲白人男性"立即退场。在西方人眼里，所谓文学史也就是欧洲文学史，而欧洲文学史又是谁写就的呢？男人。这些男人，又是清一色的白色人种。他们包括莎士比亚、但丁、歌德、托尔斯泰等一长串名单。这些男人们都已统统死去。他们代表着历史，是西方的文学道统。让"已死的欧洲白人男性"立即退场，这就等于彻底地否定了历史，也就否定了从前的文学标准。

我们来问一个问题："如果将那两个日本人——川端康成与大江健三郎，生活的年代颠倒一下，大江在川端时代写大江式的作品，而川端在大江的时代写川端式的作品，他们还会获得诺贝尔文学奖吗？"

回答几乎是肯定的：不会。

因为到了大江时代，当年被川端视作命根子的美，被彻底否决并被无情抛弃了。

可见，那些总是乐于为整个人类制定标准的西方人，其实自己也没有恪守一个与日月同在的黄金标准。那么，我们为什么又要无怨无悔地将自己锁定在由他们制定的标准上呢？

中国先人们在数百年数千年间建立起来的标准，为什么就不能也成为标准呢？

西方文学在经过各路"憎恨学派"对古典形态文学不遗余力的贬损与围剿之后，现在的文学标准，也就只剩下一个：深刻——无节制的思想深刻。这既是诺贝尔文学奖评奖委员会的标准，也是掌握话语权的专家学者们的标准。这个标准，成为不证自明的标准，并吸引了成千上万的文学朝圣者，气势非常壮观。可是，中国自己在数千年中建立起来的文学标准里有"深刻"这一条吗？没有，尽管它的文学中一样具有无与伦比的深刻。就中国而言，它在谈论一首诗、一篇文章或一部小说时，用的是另样的标准、另样的范畴：雅、雅兴、趣、雅趣、情、情趣、情调、性情、智慧、境界、意境、格、格调、滋味、妙、微妙……说的是"诗无达诂""羚羊挂角无迹可求"之类的艺术门道,说的是"昨夜西风凋碧树,独上高楼,望断天涯路""衣带渐宽终不悔,为伊消得人憔悴""众里寻他千百度,蓦然回首,那人却在灯火阑珊处"之类的审美境界。

有谁令人信服地向世人证明过我之"意境"就一定比你之"深刻"在价值上来得低下呢?没有任何人做过任何证明。怕是我能抵达你的"深刻"而你却无法抵达我的"意境"吧?

我们退一步说,即使他者的标准是天经地义、放之四海而皆准的,我们的文学就真的经不起这些尺度的考量吗?源源不断的版权买入之后的遍地开花的翻译作品,就真的技高一筹吗?我们对这些舶来品难道不存在夸大解读的事实吗?怕是一边是对他者的无限夸大,一边又是对自己文本的无限缩小吧?如此这般,便造成了一条鸿沟,从此天壤两极。

我们的文学在世界上所处位置的低下,问题究竟出在哪里?是我们文本的先天不足?是我们对自己缺乏推销抑或是推销错误?是他者的本能低看?是意识形态作祟?难道这一切不需要我们去仔细辨析吗?我们能从我们作品没有被他者广泛译介就从此在心中认定那是因为我们技不如人从而陷入焦虑吗?

我是一个承认文学是有规律可循的人,是一个承认文学标准并顽固地坚持标准的人。我始终认为文学是有恒定不变的基本面的。但这个规律、标准、基本面,是我切身体会到的,它既存在于西方也存在于中国,既存在于昨天也存在于今天。我认为的文学,就是那样一种形态,是千古不变的,是早存在在那儿的。我承认，文学的标准是无需我们再去重新建立的，它已经建立了，在文学史的经验里，在我们的生命里，它甚至已经包含在我们的常识里。走近文学，创造文学，是需要这些道理、这些常识的。儿童文学也不例外——我从来也不承认儿童文学在本质上与一般意义上的文学有什么不同。我们该讲三个放羊的孩子的故事了。

第一个放羊的孩子的故事——

有一本书，叫《牧羊少年奇幻之旅》，作者巴西人，保罗·戈埃罗。这部书全球发行一千万册。我在巴西的巴西利亚大学文学院做演讲时，讲到了这部作品，当时台下的人笑了，因为保罗·戈埃罗本人就在巴西利亚大学文学院。

作品写道：一个牧羊少年在西班牙草原上的一座教堂的一棵桑树下连续做了两个相同的梦，梦见自己从西班牙草原出发，走过森林，越过大海，九死一生，最后来到了非洲大沙漠，在一座金字塔下发现了一堆财宝。他决定去寻梦。他将自己的决定告诉了父亲。父亲给了他几个金币：去吧。他从西班牙草原出发了，穿过森林，越过大海，九死一生，最后来到了非洲大沙漠。他找到了梦中的金字塔下，然后开始挖财宝——挖了一个很大的坑，却并未见到财宝。这时，来了两个坏蛋，问他在干什么，他拒绝回答，于是他遭到了这两个坏蛋一顿胖揍。孩子哭着将他的秘密告诉了这两个坏蛋。他们听罢哈哈大笑，然后丢下这个孩子，扬长而去。其中一个走了几十步之后，又走了回来，对牧羊少年大声说："孩子，你听着，你是我在这个世界上见到的最愚蠢的孩子。几年前，就在你挖坑的地方，我也连续做过两个相同的梦，你知道梦见什么了吗？梦见了从你挖坑的地方出发，我越过大海，穿过森林，来到了西班牙草原，在一座教堂的一棵桑树下，我发现了一大堆财宝，但我还没有愚蠢到会去相信两个梦。"说完，哈哈大笑，扬长而去。孩子听完，扑通跪倒在金字塔下，仰望苍天，泪流满面：天意啊！他重返他的西班牙草原，在他出发的地方，也就是那座教堂的那棵桑树下，他发现了一大堆财宝。

这是一个具有寓言性的故事。

这个故事告诉我们一个道理：财富不在远方，财富就在我们自己的脚下。但我们却需要通过九死一生的寻找，才会有所悟。

写作的最重要也是最宝贵的资源究竟是什么？

就我们作为一个中国作家而言，便是中国经验。就我们个人而言，就是我们的个人经验。

一个作家只有在依赖于他个人经验的前提下，才能在写作过程中找到一种确切的感觉。

"每个人在不同的时空背景之下，会得到不同的经验。"在这个世界上，每个人都是独特的，每个人都有一个只属于他自己的世界。命运、经历、不同的关系网络、不同的文化教育以及天性中的不同因素，所有这一切交织在一起，使得每一个人都作为一种"特色"、作为"异样"而存在于世。"我"与"唯一"永远是同义词。如果文学不建立在个人经验的基础上，那么在共同熟知的政治的、伦理的、宗教的教条之下，一切想象都将变成雷同化的画面。而雷同等于取消了文学存在的全部理由。让－伊夫·塔迪埃在分析普鲁斯特的小说时,说了一段十分到位的话:"有多少艺术家,就有多少面不同的镜子,因为每人有自己的世界,它与其他任何世界都不相同。伟大的作品只能与自己相似,而与其他一切作品不同。"

无疑,个人经验是片面的。

但我们无法回避片面。

托尔斯泰是片面的,蒲宁是片面的,雨果是片面的,普鲁斯特是片面的,狄更斯是片面的,卡夫卡和乔伊斯是片面的,鲁迅是片面的,沈从文也是片面的,同样,安徒生是片面的,林格伦也是片面的,而这一个又一个片面的融合,使我们获得了相对的完整性。我们没有必要害怕现代的卡夫卡,因为我们还拥有古典的托尔斯泰;我们没有必要害怕沈从文的超然与淡化,因为我们还有鲁迅的介入与凝重;我们没有必要害怕林格伦的嬉笑与愉悦,因为我们还有安徒生的忧伤和诗性般的美感。

没有个人经验,集体的经验则无从说起。集体的经验寓于个人经验之中,它总要以个人的经验形式才得以存在。

书写个人经验——我们都做到了吗?

第二个放羊的孩子的故事——

这是一个我们很小的时候就听到的寓言故事——《狼来了》。一个放羊的孩子从峡谷里跑出来,大叫狼来了,但后面并没有狼。人们上当了。一次又一次,最后一次,狼真的来了,但人们再也不相信他,结果极其悲惨:这个孩子被狼吃掉了。这个警示性的故事讲了一代又一代。

但现在有一个人——写《洛丽塔》的纳博科夫重新解读《狼来了》这个故事。他居然说,那个放羊的孩子是小魔法师,是发明家，是这个世界上一个非常了不起的孩子，因为这个孩子富有想象力，他的想象与幻想，居然使他在草丛中看到了一只根本不存在的狼，他虚构了一个世界。然后，他说道，一个孩子从尼安德特峡谷里跑出来，大叫"狼来了"，而背后果然跟一只大灰狼——这不成其为文学；一个孩子从峡谷里跑出来，大叫"狼来了"，而背后并没有狼——这就是文学。这个孩子终于被狼吃了，从此，坐在篝火旁边讲这个故事，就带上了一层警世危言的色彩。其实，他说，那个可怜的小家伙因为撒谎次数太多，最后真的被狼吃掉了，纯属偶然。

我们是什么人？我们应该就是那个放羊的孩子。

但，我们在各种教条的束缚下退化了，我们已经失去了虚构的能力。

文学从根本上来讲，是用来创世纪创造世界的。

二十年前我就在北大课堂上向学生宣扬——

> 艺术与客观，本来就不属于同一世界。我们把物质性的、存在于人的主观精神以外的世界，即那个"有"，称之为第一世界，把精神性的，是人——只有人才能创造出来的文学艺术，即从"无"而生发出来的那个世界，称之为第二世界。

造物主创造第一世界，我们——准造物主创造第二世界。

这不是一个事实的世界，而是一个无限可能的空白世界，创造什么，并不是必然的，而是自由的。创造的自由是无边无际的。

这个世界不是罗列归纳出来的，而是猜想演绎的结果。它是新的神话，也可能是预言。

儿童文学更应当是，儿童文学最有理由谈论想象的问题。因为儿童最善于想象，并对想象有强烈的欲望。随着他们的成长，因为各种各样的原因，他们的想象力可能会有所退化。儿童文学有义务尽可能地为他们提供想象的世界。这是他们的本钱。当世俗世界一点一点磨灭了他们的想象力而将他们驱向平庸时，这些本钱会使他们活得依然富有诗意，人生依然优雅。我曾在一篇短文中说过一句话：当一个人处于弥留之际，如果能够回忆起童年读过的儿童文学中呈现的天堂情景，那么这个人的人生也就是完美的人生。

第三个放羊的孩子故事——

故事选自《大王书》的第三卷。作品写道，整个世界上的书籍，统统被一个暴君下令焚烧了。一座座书的火山，在都城燃烧了许多时日，天空都快被烧化了。你可以去联想秦始皇、希特勒，还有其他人。最后一座火山中，突然，好像是从火山的底部喷薄而出，一本书飞向了夜空。这是这个世界上的最后一本书。它最后宿命般地落到了一个放羊的孩子手上。现在他已是一位年轻的王。他的名字叫茫——茫茫草原的茫。《大王书》中所有的人物，甚至是那群羊，他（它）们的名字也都只有一个字，所有这些字，都是很有意味的，是相生相克的。代表邪恶的王叫熄——大火熄灭了的熄。现在，一场战役拉开了序幕——鸽子河战役。这天，茫带领他的军队来到了一条大河边。这条大河因两岸有成千上万只野鸽子而得名：鸽子河。茫军要过河，肯定过不去，因为对岸有熄军重兵把守。茫军连续几次强渡鸽子河，均以失败而告终，鸽子河的水面上已经漂满了茫军将士的尸体。这一天，鸽子河的上空出现了一幕令人惊心动魄的情景：一只巨大而凶恶的老鹰在追杀一只白色的小鸽子。所有茫军将士都在仰望天空，在心中为小鸽子的安危祈祷。但他们看到的是：老鹰突然劈杀下来，将小鸽子的翅膀打断了。鸽子非常顽强，歪斜着继续在天空飞翔。这时老鹰再次劈杀下来，千钧一发之际，我们年轻的王、那个放羊的孩子，从地上捡起一颗石子，一下子将那只鹰从空中击落下来。下面的场景是：那只小鸽子又飞行了两圈，最后落在年轻英俊的王的肩上。

第二天，鸽子河的上空出现了令人感到不可思议的怪异情景：成千上万只鸽子分成两部分，分别飞行在这边和那边两个不同的空间里，并且一部分是纯粹的白色，而另一部分则是纯粹的黑色。所有茫军将士都仰望着天空，但没有一个人读得懂天空的这篇文章究竟是什么意思。茫读懂了，他觉得这些鸽子们好像要告诉茫军什么。他就久久地仰望着天空，最终，他突然明白了：那些鸽子们是要告诉茫军，对岸的熄军是怎样布阵的，在黑鸽子飞翔的地方，是熄军重兵把守的地方，在白鸽子飞翔的地方，则是熄军力量薄弱的地方。茫军再次强渡鸽子河——在白鸽子飞翔的地方。果然没有遭遇到熄军的猛烈反扑。但就在茫军的船只马上就要到达对岸的时候，那边熄军的增援部队赶到了，于是我们看到成千上万支箭纷纷射向了正在渡河的茫军。这时，我们看到了极其惨烈而悲壮的一幕：成千上万只鸽子迎着成千上万支箭纷纷扑上，天空顿时一片血雨纷纷。就在这时，茫军趁机登陆，歼灭了全部的熄军。本来茫军是可以继续前进的，但他们却留下了，他们要做一件事，将这些鸽子埋葬掉。他们把这些鸽子一只一只捡起来，做成了一个很大的鸽子的坟墓。第二天，当霞光染红了东方的天空时，全体茫军将士绕着这座巨大的鸽子的坟墓缓缓走过，每个人走过的时候，都会往上面放上一朵刚刚采来的野花。等全部走过，这座巨大的鸽墓已经被鲜花厚厚地覆盖了。茫军告别了鸽子河，开赴前线，从此，那成千上万只鸽子化成精灵，将永远飞翔在全体茫军将士的灵魂之中。

在我看来，文学从诞生的那一天开始，始终将自己交给了一个核心单词：感动。

古典形态的文学做了若干世纪的文章，做的就是感动的文章。感动自己，感动他人，感动天下。文学就是情感的产物。人们对文学的阅读，更多的就是寻找心灵的慰藉，并接受高尚情感的洗礼。悲悯精神与悲悯情怀，是文学的基本精神和基本情怀。当简·爱得知一切，重回双目失明、一无所有的罗切斯特身边时，我们体会到了悲悯；当沈从文《边城》中的爷爷去世，只翠翠一个小人儿守着一片孤独时，我们体会到了悲悯；当卖火柴的小女孩在寒冷的冬夜擦亮最后一根火柴点亮了世界，并温暖了自己的身和心时，我们体会到了悲悯。我们在一切古典形态的作品中，都体会到了这种悲悯。

人类社会滚动发展至今日，获得了许多，但也损失或者说损伤了许多。激情、热情、同情……损失、损伤得最多的是各种情感。机械性的作业、劳动重返个体化倾向、现代建筑牢笼般的结构、各种各样淡化人际关系的现代行为原则，使人应了存在主义者的判断，在意识上日益加深地意识到自己是"孤独的个体"。无论是社会还是个人，都在止不住地加深着冷漠的色彩。冷漠甚至不再仅仅是一种人际态度，已经成为新人类的一种心理和生理反应。人的孤独感已达到哲学与生活的双重层面。

文学没有理由否认情感在社会发展意义上的价值，从某种意义上讲，这个世界上所发生的一切皆是与情感不可分割的。

悲悯情怀(或叫悲悯精神)是文学的一个古老的命题。我以为，任何一个古老的命题——如果的确能称得上古老的话，它肯定同时也是一个永恒的问题。我甚至认定，文学正是因为它具有悲悯精神并把这一精神作为它的基本属性之一，它才被称为文学，也才能够成为一种必要的、人类几乎离不开的意识形态。

如果我们的儿童文学只是以取乐为能事而丧失了感动的能力，悲耶？幸耶？

别拿西方的文本说事，也不必固执地坚持我之所见，科学的态度是：说真理，说应该，说责任，说合理，说天道，说地久天长。中国人该说自己的标准了，也该说自己价值的普适性了。